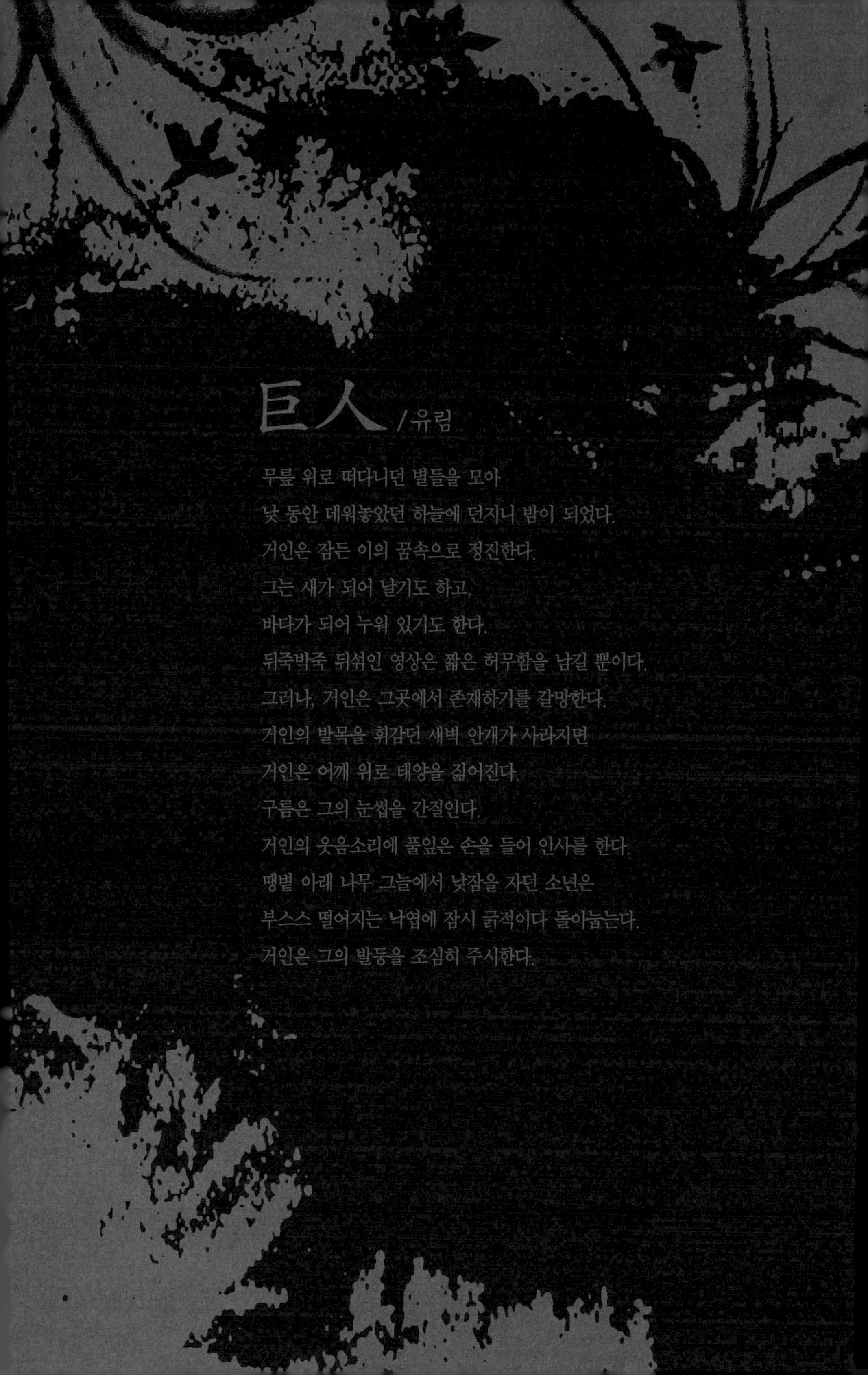

巨人 /유림

무릎 위로 떠다니던 별들을 모아
낮 동안 데워놓았던 하늘에 던지니 밤이 되었다.
거인은 잠든 이의 꿈속으로 정진한다.
그는 새가 되어 날기도 하고,
바다가 되어 누워 있기도 한다.
뒤죽박죽 뒤섞인 영상은 짧은 허무함을 남길 뿐이다.
그러나, 거인은 그곳에서 존재하기를 갈망한다.
거인의 발목을 휘감던 새벽 안개가 사라지면
거인은 어깨 위로 태양을 짊어진다.
구름은 그의 눈썹을 간질인다.
거인의 웃음소리에 풀잎은 손을 들어 인사를 한다.
땡볕 아래 나무 그늘에서 낮잠을 자던 소년은
부스스 떨어지는 낙엽에 잠시 긁적이다 돌아눕는다.
거인은 그의 발등을 조심히 주시한다.

광마도법
狂魔刀法

광마도법 3

백항목 新무협 판타지 소설

초판 1쇄 찍은 날 § 2005년 11월 13일
초판 1쇄 펴낸 날 § 2005년 11월 23일

지은이 § 백항목
펴낸이 § 서경석

편집장 § 문혜영
편집책임 § 이재권
편집 § 장상수 · 유경화 · 심재영

펴낸곳 § 도서출판 청어람
등록번호 § 제1081-1-89호
등록일자 § 1999. 5. 31
어람번호 § 제2-0742호

주소 § 경기도 부천시 원미구 심곡1동 350-1 남성B/D 3F (우) 420-011
전화 § 032-656-4452 팩스 § 032-656-4453
http://www.chungeoram.com
E-mail § eoram99@chollian.net

ISBN 89-5831-734-5 04810
ISBN 89-5831-731-0 (세트)

Fantastic Oriental Heroes
백향목 新무협 판타지 소설
꽝마도법
狂魔刀法
3
해신
도서출판 청어람

목차

이유강은 하토를 응시하며 담담히 말했다.

"내가 누군지는 이미 알고 있을 텐데……."

"닥쳐라! 광마황이라는 이름은 들어본 적이 없다. 수작 부리지 말고 정체를 밝혀라."

하토는 입술을 씰룩이며 말했다. 단 일 초에 여덟 명의 부하들이 죽었음에도 불구하고 다소 안색이 굳어졌을 뿐 두려워하는 기색은 전혀 없었다. 이유강이 희미하게 웃었다.

"나의 부하가 되면 살려주겠다."

"건방진! 조금 전의 우위로 진정 나를 꺾었다고 생각하는 것이냐?"

하토의 눈빛이 차갑게 변했다. 이유강은 고개를 끄덕였다.

"인정할 수 없다면 다시 한 번 기회를 주겠다."

"닥쳐라! 기회는 내가 결정한다. 네놈의 목숨을 거두겠다."

하토는 그 말이 끝남과 동시에 입술을 달싹였다. 전음으로 무엇인가를 말한 듯 그의 부하들이 일순 허공으로 날아올랐다.

퍼펑!

커다란 폭음 소리와 함께 회색의 연기가 피어오르더니 이유강과 광룡을 둘러쌌다. 순식간에 연기는 마치 살아 있는 듯 주위를 회오리치며 사방의 시야를 차단했다.

웅웅웅웅.

정신을 혼미하게 만드는 사이한 소리가 들렸다. 이유강은 눈을 감았다.

'…시각뿐만 아니라 청각까지 차단하다니.'

회색 연기 사이로 섬뜩한 살기들이 느껴졌다. 그러나 그것들은 섣불리 다가오지 않고 담담히 주위를 맴돌았다. 서두르지 않고 확실한 일격을 노리는 게 분명했다.

'하토, 대단한 자로군. 그러나 이따위 잡술은 내게 통하지 않는다.'

이유강은 광룡을 일순 크게 울부짖게 했다.

까아아아아!

광룡은 시뻘건 눈빛을 번뜩이며 입을 쩍 벌려 섬이 떠나가도록 크게 울부짖었다.

"…크헉!"

"…허억!"

급작스런 광룡의 포효에 대경실색하여 헛바람을 내뱉는 소리가 이유강의 귀에 포착되었다. 이유강은 그대로 날아올라 도를 휘둘렀다.

"크악!"

"크아악!"

두 명의 복면인이 나뒹굴었고, 그와 동시에 하토와 그의 부하들이 펼친 진형이 흐트러졌다. 회색 연기가 옅어지며 드러난 그들을 향해 이유강은 지체없이 도를 휘둘렀다. 도가 마치 부채꼴처럼 퍼지며 사방을 휩쓸었다.

파파파팟.

"피, 피해랏!"

누군가 급하게 외쳤고 복면인들은 사방으로 신형을 날렸으나 도는 이미 그들의 전신을 훑고 지나간 후였다.

후두두둑!

사방으로 몸을 날렸던 복면인들의 신체가 허공에서 분리되어 바닥으로 떨어졌다. 미처 비명도 지르지 못하고 세상을 하직한 것이다.

"으으……!"

하토는 울부짖듯 이유강을 노려봤다. 그는 옷자락이 몇 군데 베어진 것을 제외하고는 별다른 부상이 없었다. 이유강은 담담히 말했다.

"이제 네놈 혼자 남았다."

"닥쳐랏! 결코 살려두지 않겠다."

오 장 밖에 있던 하토의 신형이 순식간에 반 장 거리로 단축되었고 두 개의 사선이 교차하듯 그려졌다.

'…빠르군!'

이유강은 잽싸게 공격을 피했다. 하토는 다시 오 장 밖에 있었다.

파앗!

또다시 거리를 단축하며 공격이 쇄도했다. 이유강은 다시 피했다.

'…같이 죽자는 말인가?'

분명 빈틈이 보였다. 그곳을 노려 도를 휘두르면 하토는 치명적인 상처를 입고 죽음을 면키 힘들 것이다. 그러나 바로 그 순간 이유강 자신도 무시 못할 상처를 입을 가능성이 있었다. 가공할 동귀어진(同歸於盡)의 수법이었다.

"크크. 죽음이 두려운가 보군."

하토는 입술을 실룩이며 말했다. 이유강은 냉소했다.

"다시 한 번 그렇게 공격해 봐라."

"못할 것도 없지."

하토는 다시 빠른 속도로 쇄도했다. 이유강은 순간 앞으로 돌진하며 도를 휘둘렀다.

차앙!

"…우욱!"

하토가 채 검을 휘두르기도 전에 먼저 다가가 도를 휘둘렀기에 하토는 깜짝 놀라 검을 교차하여 가까스로 도를 막았으나 도에 실린 막대한 내력에 밀려 뒤로 나가떨어졌다. 이유강이 물었다.

"아직도 보여줄 게 남았나?"

"건방 떨지 마라!"

하토는 벌떡 일어나 다시 공격해 왔다. 그의 신형이 사라지며 이유강의 주위에 네 개의 환영이 나타났다.

"유치한 수작."

이유강의 도가 회전하며 네 개의 환영을 휩쓸었다.

차앙! 차앙!

"크윽……!"

세 개의 환영이 사라지며 남은 하나의 환영이 비틀거렸다. 가슴에 길게 베어진 자상 사이로 피가 새어 나왔다. 하토의 안색은 붉게 물들어 있었다.

"어찌 나를 죽이지 않고 이토록 모욕을 주는 것이냐!"

길게 베어진 상처를 입었지만 생명에는 지장이 없을 만큼 얇게 베어진 것이다. 이유강은 말했다.

"죽는 것이 소원이라면 죽여주는 것은 그리 어렵지 않다."

"나보다 강한 자의 손에 죽으니 여한은 없다. 죽여라."

하토는 두 자루의 검을 땅에 꽂고는 바닥에 털썩 주저앉았다. 이유강이 냉소했다.

"진정 죽기를 원하나?"

"그렇다."

하토는 주저없이 말하고는 눈을 감았다. 이유강은 정색하며 말했다.

"무사로서 당신을 존중한다. 내게 충성을 바칠 생각은 없는가."

"…허튼수작 부리지 마라!"

"진정한 무사의 피가 흐르고 있는 당신이 어찌 아스케 같은 자의 수하가 되었는지 알 수 없군."

"더 이상 모욕하지 말고 죽여라!"

하토는 눈을 번쩍 뜨며 소리쳤다. 이유강은 허공으로 도약해 도를 휘둘렀다.

파파파팟!

도가 마치 살아 있는 것처럼 삼십육 방위를 누비더니 이백십육 개의 변초를 만들며 공간의 위와 아래를 분리시켰다. 또한 그것이 다시 사백삼십이 개의 변초를 만들며 공간의 구궁(九宮)을 분리시켰다.

"……!"

하토의 눈이 크게 부릅떠졌다. 이유강은 그런 그를 담담히 응시하며 물었다.

"보았는가?"

하토는 굳어진 표정 그대로 고개를 끄덕였다.

"…보았소."

"이 초식을 보고 느낀 것이 있는가?"

"왜 이토록 나를 비참하게 하는 것이오? 그 초식은 나로서는 감당할 수 없는 한계를 느꼈소! 부디 방금의 그 초식을 펼쳐 나를 죽여주시오!"

하토는 울부짖듯 외쳤다. 이유강은 잔잔한 미소를 흘렸다.

"나를 꺾고 싶지 않나?"

"…꺾고 싶소."

"나를 진심으로 따른다면 방금의 그 도법을 전수해 주겠다. 또한 언제든 내게 다시 도전할 기회도 주겠다."

"……."

하토의 눈빛이 흔들렸다. 그러나 그는 이내 고개를 저었다.

"그럴 수 없소."

"어리석군. 진정 죽기를 원하나."

"당신은 나의 적이오. 또한 나의 부하들이 모두 당신에게 죽었소.

배려는 고맙지만 당신의 뜻에 따를 수 없으니 이제 그만 나를 죽여주시오."

하토는 단호하게 고개를 저으며 말했다. 이유강은 냉소했다.

"먼저 나의 부하 백여 명이 죽었다. 나 역시 부하들에 대한 복수를 한 것이다."

"죽여주시오."

이유강은 성큼 다가가 하토의 목에 도를 들이댔다.

"마지막으로 묻겠다. 진정 죽기를 원하는가."

"……."

하토는 대답 대신 눈을 감았다. 이유강은 도를 들어 내려쳤다.

파앗!

"……!"

수백의 잘려진 머리칼이 허공에 흩날렸다. 이유강은 도를 거두며 씨익 웃었다.

"돌려보내 주겠다."

"……."

하토는 몸을 부르르 떨었다. 이유강은 신형을 돌리며 말했다.

"이제 가도 좋다."

"가지 않겠소."

이유강은 고개를 다시 돌렸다. 하토는 어두운 표정으로 말을 이었다.

"나는 방금 당신에게 죽었소. 이미 죽은 자가 어찌 돌아갈 수 있겠소?"

"그렇다면 나를 따르겠다는 것인가."

"…대제는 나보다 훨씬 강하오. 나를 처음으로 패배시킨 자가 대제였고, 두 번째는 당신이오. 당신이 진정 그를 꺾는다면 그때부터 나는 당신을 따르겠소. 지금은 나를 옥에 가둬주시오."

"그렇게 하지."

이유강은 환한 미소를 지었다.

'상당한 무재(武才)다. 잘만하면 능히 십대마존 중 한 명을 상대할 만한 칼이 될 수도 있겠군.'

하토를 옥에 가두고 바다에 있는 흑골연합의 배들을 한 척씩 환물 괴어들로 끌어들인 후 모두 무장을 해제시켜 제압했다. 환물 괴어들 앞에서는 그 어떤 선박이든 무력할 수밖에 없었다. 이전부터 모든 해역을 제패하는 것에 자신감을 가졌던 이유도 환물 괴어들 때문이었다. 흑골대제 역시 본진으로부터 바다로 끌어낸다면 어렵지 않게 제압할 수 있을 것이다.

섬에 끌려온 해적들은 광룡의 모습을 보고는 감히 저항할 생각을 하지 못했다. 백 척의 선박에서 내려온 해적들은 수천 명이 넘었으나, 그들은 모두 무장이 해제된 채 요새의 넓은 공터에 빽빽이 꿇어 앉혀졌다. 이미 이유강의 부하가 된 섬의 무사들은 완전 무장한 상태로 그들을 둥글게 포위하여 감시했다. 광룡의 앞발에는 이번에 새로 잡은 수룡 한 마리가 축 늘어진 채 들려 있었고, 해적들은 두려운 표정으로 광룡을 훔쳐보고 있었다. 이유강은 광룡의 머리 위로 도약해 올라선 후 암흑마기를 펼쳐 사방을 쏘아보았다.

"……!"

호기심과 분노가 어우러져 이유강을 쳐다보던 해적들은 이유강의 몸에서 휘몰아치는 흑색 구름을 보며 긴장한 기색을 감추지 못했다.

"네놈들이 감히 내게 도전을 했으니 내가 누군지 알려주겠다."

까아아아아!

광룡이 크게 울부짖었다.

"…헉!"

"…허헉!"

느닷없는 광룡의 포효에 바닥에 꿇어앉은 해적들은 귀를 막으며 공포에 떨었다.

까아아아아!

광룡은 다시 한 번 울부짖고는 들고 있던 수룡을 발기발기 찢었다.

끄아악!

수룡의 끔찍한 비명 소리와 함께 사방에 피가 튀었고 광룡의 전신이 붉게 물들었다.

"으으……."

"허억……!"

해적들은 대경실색하여 입을 다물지 못했다. 이유강은 소리쳤다.

"보았느냐? 이제 네놈들을 어찌했으면 좋겠느냐?"

"…제발 살려주십시오!"

"살려주십시오!"

해적들은 필사적으로 엎드러져서 빌었다.

"나를 따르면 살려주겠다. 나를 따르겠는가."

"…따르겠습니다! 살려만 주십시오!"

“충성을 맹세하겠습니다!”

해적들은 앞을 다투어 충성을 맹세했다. 수천 명의 인물들이 살려달라고 빌자 사방은 시장판처럼 시끄러워졌다. 이유강은 크게 소리쳤다.

“명심해라! 해적질을 일삼은 네놈들을 살려둔 것은 비록 죽어 마땅한 해적이라도 살길을 열어달라는 부탁을 받았기 때문이다! 그러나 단 한 번뿐이다! 앞으로 나의 말을 어기거나 배신하는 놈은 조금 전 수룡을 찢어발기듯 없애 버릴 것이다!”

“…….”

사방은 쥐 죽은 듯 조용해졌고 공터 가운데 무릎 꿇은 해적들뿐 아니라 주위에서 그들을 감시하고 있는 무사들 역시 벌벌 떨었다.

새로 얻은 무사들은 각각 기존의 대에 분할 배치시켰다. 위정과 귀상을 비롯한 대주들은 늘어난 그들의 대원들에게 이유강이 지시한 교육을 시키고 있을 것이다.

"수천 명의 인원이 늘어났으니 앞으로 더 이상의 인원은 이 섬에서 수용하기 힘들겠군."

현재 섬의 인원은 노예들을 포함한다면 일만에 육박하고 있었다.

쪼르륵.

탁자에 놓인 다배에 차를 따라 마셨다. 용정(龍井)에서 나는 특상급 차[茶]가 이곳에도 있었다. 분명 해적들이 누군가에게 약탈한 물건일 것이다.

"휴우……."

이유강은 나직이 한숨을 쉬었다. 최근 십여 일 동안 심히 바빴던 것 같았다. 구사키를 제거하고 요새를 장악하며, 오늘은 새로 수천 명의 해적들도 부하로 만들었다.

차아앙.

도를 빼 들었다. 일전에 구입했던 다섯 자루의 현철도 중 현재는 세 자루만 남아 있었다. 흑색 도는 예전의 비혼이 부서질 때 제갈수연이 들고 갔고, 황색 도는 광룡, 즉 독룡과 싸울 때 부러졌다. 현재 들고 다니는 현철도는 청색 도였다.

"…그렇게 닦았건만 핏자국이 아직 남아 있군."

도신에 물든 얼룩들은 쉽게 지워지지 않았다. 이유강은 천을 들어 도신을 묵묵히 닦았다. 그러나 아무리 닦아도 얼룩진 핏자국은 완전히 지워지지 않았다.

달칵.

도를 도집에 꽂은 후 창문을 열었다. 바람이 제법 부는 것이 폭우가 쏟아질 것 같았다. 오랜만에 찬찬히 야월(夜月)이라도 볼까 했건만 잔 뜩 흐린 하늘엔 작은 별 하나도 보이지 않았다.

휘이이잉.

바람이 더욱 세차게 불어 옷자락이 팔락였다. 창문을 닫고 탁자 앞 에 앉았다.

"……"

무언가 마음이 허전했다. 알 수 없는 고독감이 전신을 휩쓸었다. 차 를 한 모금 들이켰다.

"…내가 실로 잔인해졌군. 과연 지금 잘하고 있는 것인가."

해적들에게 겁을 주어 부하로 삼기 위해 부득이하게 잔인한 손속을 펼칠 수밖에 없었다. 그로 인해 처참히 죽은 자들의 숫자도 그리 적다 할 수 없는 것이다.

"일평생 동안 한 사람도 죽이지 않고 사는 사람도 많을 것인데……."

벌써 몇 명을 죽였는지 알 수 없고, 앞으로도 얼마나 많은 사람을 죽여야 할지 알 수 없었다.

"이것이 나의 숙명이라면 담담히 받아들여야겠지."

이유강은 주먹을 말아 쥐었다. 잠시 그대로 주먹을 쥐고 앉아 있었다. 다시 차를 들어 마셨다. 이상하게 계속 마셔도 목이 탔다.

"오늘은 왠지 쓸쓸하구나."

며칠 사이로 얻은 부하들이 섬에 가득했지만 그들은 공포심에 일시적으로 충성하는 것이지 결코 진심을 얻었다고 할 수 없었다.

"무생은 정녕 죽은 것인가……."

폭풍으로 실종된 철무생과 유풍룡. 그들이 옆에 있다면 지금 큰 힘이 되어줄 것이고 같이 술이라도 한잔 편하게 할 수 있을 것이다. 구자삼이나 여송, 손후, 음서 또한 모두 먼 곳에 있었다.

"여송은 잘하고 있겠지. 조만간 연락을 취해야겠군."

이번에 흑골연합을 무너뜨리고 해역을 장악하면 여송과 연락을 취해 풍운장의 현황을 알아보고 전체적인 조직을 재정비할 생각이었다. 다배에 조금 남아 있는 차를 입 안에 모두 털어 넣었다. 문득 서문소혜의 얼굴이 떠올랐다.

"그녀는 잘 있는지 모르겠군."

충동적으로 입맞춤을 했던 환가영의 얼굴도 떠올랐다. 서방무림을 향해 떠난 제갈수연과 주소영의 얼굴도 스치듯 떠올랐다.

"그녀들도 잘 있겠지……."

이유강은 일순 머리를 흔들며 벌떡 일어났다.

'왜 이토록 나약한 생각을 한단 말인가. 제길! 나가서 도법 수련이나 해야겠군.'

도집에서 막 도를 뽑아 들 찰나 밖에서 누군가 문을 두드렸다.

"광마황님, 삼대주 염호입니다."

"무슨 일인가?"

그러자 문이 열렸다. 염호는 한 명의 여인을 데리고 조심스럽게 들어왔다. 여인은 십대 후반의 눈이 번쩍 뜨일 만한 미인이었다. 그녀는 방에 들어와 이유강을 슬쩍 응시하고는 부끄러운 듯 고개를 숙였다. 이유강이 물었다.

"이 여인은 누구인가?"

그러자 염호는 멋쩍은 듯 웃었다.

"마황님께서 적적해하실 듯하여……."

"닥쳐라! 혹시 이 여인도 노예로 잡혀온 것이냐?"

"저, 그것이……."

"네놈! 내가 분명 노예들을 함부로 대하면 가만두지 않겠다 말했다!"

이유강은 도를 빼내 들었다.

"나의 명을 어겼으니 네놈이 비록 대주라 해도 용서할 수 없다."

"주, 죽을죄를 지었습니다!"

염호는 그대로 엎드리며 몸을 떨었다. 그러자 여인이 다급히 이유강의 앞을 막았다.

"이분은 죄가 없으니 부디 저를 벌해주세요."

이유강이 칼을 빼어 들자 여인은 매우 놀랐는지 안색이 창백해져 있었다. 치켜든 칼이 그녀의 얼굴 바로 위에 있었다. 겁에 질려 떠는 그녀의 표정을 보자 이유강은 칼을 거둘 수밖에 없었다. 여인이 말을 이었다.

"이분은 저를 비롯한 노예들에게 잘 대해주셨습니다. 오늘 이 자리에 제가 온 것은 스스로 자청하여 온 것이니 그만 노여움을 거둬주세요."

"자청하여 오다니 그게 무슨 말이오?"

"마황께서는 저의 은인이십니다."

여인은 이유강의 눈을 직시하며 진지하게 말했다. 이유강은 여인의 눈빛을 보고는 내심 놀랐다.

'맑고 서늘한 눈이다. 범상한 여인이 아닌 듯한데…….'

상당한 학문과 교양을 지니지 않았으면 지니기 힘든 눈빛이었다.

"내가 어찌 소저의 은인이 되는지 자세히 설명해 주시겠소?"

"말씀드리겠으니 부디 이분을……."

여인은 바닥에 납작 엎드려 있는 염호를 쳐다봤다. 이유강은 고개를 끄덕였다.

"삼대주, 그만 나가봐라."

"…가, 감사합니다!"

염호는 살았다는 듯 벌떡 일어나 포권을 하고는 조심스레 방을 나갔다. 이유강은 들고 있던 칼을 도집에 꽂은 후 여인을 탁자 앞으로 안내했다.

"이쪽으로 앉으시오."

다배에 차를 따르며 말했다.

"놀랐다면 미안하게 생각하오. 차를 마시면 마음이 편안해질 것이오."

"…은인께 절을 올리겠습니다."

여인은 탁자 앞에 있는 의자에 앉지 않고 공손히 엎드려 절을 하기 시작했다.

"무슨 짓이오?"

이유강은 내력을 발출해 여인을 일으켜 세웠다. 절을 하려다 내력에 벌떡 일으켜 세워진 여인은 놀랐는지 눈물을 주룩 흘렸다.

"어찌 이런……."

"…미안하오."

여인이 고통스러워하자 이유강은 즉시 내력을 거두었다. 여인은 일시 비틀거렸으나 쓰러지지 않고 몸을 바로 세웠다. 그녀는 슬프고도 원망스런 표정으로 이유강을 쳐다봤다.

"너무하십니다. 은인께 절을 올리지도 못하게 하시다니요."

"…하시오."

이유강은 체념하듯 고개를 끄덕였다. 여인은 글썽이는 표정으로 다시 절을 했다. 이유강은 멍하니 서서 그녀의 절을 받고는 부축하여 일으켜 세웠다.

"일어나시오. 내게 자세한 사정을 말해 주시겠소?"

둘은 탁자 앞에 나란히 앉았다. 여인은 차를 한 모금 들이켰다. 조심스레 차를 마시는 그녀의 움직임은 다도(茶道)에 어긋남이 없었다. 이유강은 문득 그녀의 신분이 궁금해졌으나 재촉하지 않고 묵묵히 그녀가 입을 열기를 기다렸다. 잠시 후 여인은 말을 시작했다.

"소녀의 이름은 임수아라 합니다. 조선 남쪽에 있는 작은 섬에서 살고 있었지요."

"조선이라 하셨소?"

"그렇습니다만……."

"소저의 말이 너무 유창하여 짐작도 못했소. 나는 이유강이라 하오."

"마황께서 어찌 우리말을……."

이유강이 한어가 아닌 조선어로 말을 하자 임수아는 믿을 수 없다는 듯 눈을 크게 치켜떴다. 이유강은 고개를 끄덕였다.

"그렇소. 나 역시 조선에서 왔소."

"아……."

임수아는 눈물을 글썽이더니 급기야 오열했다. 이유강은 그런 그녀의 어깨를 다독이며 말했다.

"울지 마시오. 조선 땅도 아닌 망망한 바다의 해적 소굴에서 소저를 만나니 나 역시 누이를 만난 것같이 반갑소. 대체 어쩌다 이곳까지 끌려왔단 말이오."

"흑……."

임수아는 일순 이유강의 품속에 뛰어들더니 목 놓아 울었다. 이유강은 그런 그녀를 잠시 그대로 두었다. 한참을 울던 그녀는 흠칫 놀라며 물러나 앉았다.

“죄송해요…….”

“아니오. 이제 부담 갖지 말고 내게 편히 사정을 말해 보시오.”

“예.”

임수아는 소매로 눈물을 닦고는 미소를 지었다. 이유강은 순간 놀랐다.

‘저토록 아름다운 미소라니…….’

슬프게 울 때와는 달리 그녀가 웃음을 짓자 방 안이 환해지는 것 같았다. 아울러 답답하고 우울했던 심정이 사라지고 포근하고 따뜻한 기분이 드는 것이었다.

“저…….”

이유강이 넋을 놓고 그녀를 쳐다보자 임수아는 얼굴을 붉히며 고개를 숙였다. 이유강은 멋쩍게 웃었다.

“미안하오.”

“아니에요.”

임수아는 다시 고개를 들고는 말을 시작했다.

“제가 살고 있던 섬에는 저를 포함해서 삼십오 명의 사람들이 살고 있었지요. 그분들 중에는 저의 부모님과 조부님도 계셨어요. 한데 일 년 전 해적들이 몰려와 부모님을… 죽이고, 조부님과 저는 이곳으로 끌려왔지요.”

“음…….”

“이 섬의 도주였던 구사키라는 자가 조부님을 죽이고 수룡이라는 끔찍한 괴물들의 먹이로 주었어요.”

임수아의 눈은 분노에 차 있었다. 이유강은 묵묵히 그녀의 말을 들었다. 그런데 돌연 임수아가 벌떡 일어나는 것이었다. 그리고 품속에서 작은 주머니를 꺼내고는 등을 보이며 돌아섰다.

'무엇을 하려는 것인가.'

이유강은 내심 궁금했지만 그녀가 하는 대로 내버려 두었다. 그녀는 천천히 열을 세는 시간이 지나자 다시 돌아섰다.

"…아니, 당신은?"

이유강은 순간 깜짝 놀라 외쳤다. 눈앞에는 사십대 중반으로 보이는 매우 못생긴 여인이 서 있었다. 그녀가 말했다.

"놀라지 마세요."

그녀는 다시 돌아섰다. 또다시 열을 셀 시간이 지난 후 돌아섰는데 이번에는 이십대 후반쯤 되는 날카로운 인상의 남자 얼굴이었다.

"놀라지 마시오."

영락없이 굵은 남자의 목소리였다. 그녀가 다시 한 바퀴 돌았을 때는 원래의 모습으로 변해 있었다. 그녀는 쑥스러운 듯 말했다.

"죄송해요. 놀라셨지요?"

"대단한 변장술이오."

이유강은 진정 감탄하고 있었다. 무림의 환술 중에 내공을 이용해 용모를 변형시킨다는 비술이 있다는 소문을 들은 적이 있었다. 그러나 임수아에게는 그 어떤 내력의 기운도 느껴지지 않았다. 한데 그녀의 역용은 거의 완벽에 가까울 만큼 흠잡을 데가 없었다. 이유강은 물었다.

"내게 이것을 보여주는 이유는 무엇이오?"

"제가 지금껏 무사한 것은 이렇게 변장을 해서 구사키를 비롯한 해적들의 눈을 속였기 때문이에요. 그렇지 않았다면 저는 벌써 그 악마에게 겁탈당한 후 죽음을 당했거나 제 스스로 자결했겠죠."

"음……."

"저는 어떨 때는 허드렛일을 하는 노예의 모습으로, 때로는 해적들의 모습으로 변하기도 하며 구사키를 죽일 날만 기다렸어요. 누구도 나의 변장을 알아챈 자는 없었어요. 그러나 구사키는 저의 능력으로 죽일 수 있는 자가 아니었죠. 부모님과 조부님… 그리고 섬의 모든 사람을 죽인 원수를 죽이지 못해 밤마다 눈물로 지새웠어요. 그러던 중 마황님께서 그를 죽여주셨어요."

임수아의 눈에는 다시 눈물이 맺혀 있었다. 이유강은 고개를 끄덕였다.

"그래서 나를 은인으로 생각했던 것이오?"

"예. 마황님께서 저의 숙원을 풀어주셨지요. 저의 은인이시지요."

이유강은 고개를 저었다.

"은인이라니 감당키 어렵소. 구사키는 어차피 죽을 자였소. 그러니 내게 어떤 부담도 갖지 마시오."

"부족하오나 남은 인생 마황님께 바치겠어요."

임수아는 결연한 표정을 지으며 말했다. 이유강은 정색을 하며 외쳤다.

"그게 무슨 말이오?"

"당신의 여인이 되겠어요. 제가 부족하다면 종이 되어 평생 모시겠어요. 부디 저를 뿌리치지 말아주세요."

"…안 될 말이오. 내 비록 소저의 원수를 갚았다 하나 그것은 내 스

스로 행한 것이지 소저의 뜻과는 상관없는 일이었소. 설령 그렇다 해
도 어찌 그러한 짐을 지려 하는지 이해할 수가 없소.”

“받아주시지 않는다면… 이 은혜를 어찌 갚아야 하나요?”

임수아는 어느새 품에서 은색 비수를 꺼내 들고 있었다. 이유강은
임수아의 차갑게 변한 눈빛을 보고는 순간 가슴이 서늘해졌다.

‘완전 다짐하고 왔구나……’

예전의 서문소혜와 환가영이 행한 다분히 시위적인 자살 협박과는
달랐다. 임수아는 실제로 살 생각이 없는 듯했다.

‘어찌해야 한단 말인가.’

이유강은 난감했다. 거절했다간 비수로 목을 찌를 것이고, 비수를
빼앗으면 혀라도 깨물어 죽을지도 몰랐다. 임수아는 비수의 끝을 목에
댄 채 이유강을 계속 쳐다보고 있었다. 이유강은 고개를 끄덕였다.

“내겐 할 일이 있소. 이 일은 실로 언제 끝날지 모르는 방대하면서
도 위험한 일이오. 이 일이 끝날 때까지 기다려 준다면 그때 소저의 제
안을 생각해 보겠소. 그러니 부디 비수를 거두시오.”

“…제가 싫으신가요?”

임수아는 슬픈 표정으로 물었다. 이유강은 한숨을 쉬었다.

“소저처럼 아름다운 여인이 어찌 싫을 수 있겠소. 하나 지금의 내
옆에 있으면 소저 역시 다치게 되오. 앞으로 손에 얼마나 많은 피를 묻
혀야 할지 나 자신도 모르오. 또한 소저가 내 옆에 있음으로 마음이 약
해지는 것을 스스로 허락할 수 없소. 이것은 소저뿐만 아니라 그 어떤
여인도 마찬가지요.”

“당신……”

임수아는 주루룩 눈물을 흘렸다. 순간 이유강은 임수아의 손에 있던 비수를 빼앗아 내력을 가해 부러뜨려 버렸다.

"또다시 이런 짓을 했다간 용서하지 않겠소."

"…죄송해요."

임수아는 눈물을 소매로 닦으며 자리에서 일어났다. 이유강은 차갑게 말했다.

"밤이 늦었소. 이만 가보시오."

"행여나 마음이 바뀌시거든… 기다릴게요."

"…미안하오."

"아니요. 괜찮아요."

임수아는 살짝 웃었다. 그녀가 웃으니 다시 방 안이 환해지는 것 같았다. 이유강은 덩달아 웃고 싶은 충동이 들었다.

"이제 편히 주무세요."

임수아는 공손히 예를 표하고는 방을 나갔다. 이유강은 실소를 지었다.

'기이한 여인이군……'

뭔가 마음이 허전했다. 밖에는 비가 내리고 있었다. 아까 바람이 심하게 불더니 결국 비가 내리는 것 같았다. 빗소리는 점점 세차졌다. 이유강은 문밖에서 대기하고 있는 염호를 향해 전음성을 날렸다.

"그녀가 지낼 수 있는 처소를 신경 써서 마련해 주도록."

"존명!"

다음날도 폭우가 심하게 내렸다. 이유강은 일찍 일어나 내공 수련을 한 후 웃통을 벗고 나가 도법 수련을 했다. 비가 오든 눈이 오든 그 어떤 악천후에도 도법 수련은 예외가 될 수 없었다. 언제 어느 상황에서든 결투가 벌어질 수 있는 것이다.

수련을 마치고 몸을 씻은 후 옷을 갈아입으니 개운했다.

"폭우가 며칠은 가겠군."

이런 날씨에 배를 띄우거나 훈련을 하는 것은 불가능했다. 제법 강한 바람과 함께 내리는 폭우니 섬의 선박이나 시설물에 피해를 입지 않도록 대비하면서 무사들도 휴식을 취하게 할 생각이었다. 그때 누군가 문밖에서 외쳤다.

"광마황님, 아침 준비가 되었습니다!"

“들어와라.”

문이 열리며 금발의 청년 두 명이 음식을 가지고 들어왔다. 위정의 요리사였던 비스트로와 푸앙이었는데 지금은 이유강의 전속 요리사가 되어 있었다. 이들의 요리 솜씨는 상당히 뛰어났다. 같은 재료를 가지고도 다양한 요리를 만들어냈고 한 번도 먹어보지 못한 독특한 요리도 많았다. 이유강은 탁자에 앉았다.

‘오늘 아침은 뭘 만들었나.’

사실 이것이 요즘의 낙(樂)이라면 낙이었다. 예전 흑의인이 있던 섬에서는 몇 년 동안 이름 모를 나무 열매들만 먹고 살았고, 그 후로도 가끔씩 객잔에서 사먹을 때를 제외하고는 대충대충 때우기 일쑤였다. 특히 환물을 만들거나 어딘가 틀어박혀 수련을 하는 경우에는 고기 말린 것이나 주먹밥으로 끼니를 해결했고 때론 물고기나 산짐승을 잡아 먹기도 했다. 그중 가장 잊을 수 없는 것이 독룡의 생살을 우걱우걱 뜯어 먹은 일이었다.

‘제길, 왜 아침부터 그 생각을…….’

비릿하고 고약했던 그 맛이 떠오르자 이유강은 인상을 찌푸렸다. 그러자 비스트로가 걱정스런 표정으로 물었다.

“요리… 별로 맘에 안 드십니까?”

“아니, 맛있어 보이는구나.”

이유강은 그렇게 말한 후 죽처럼 보이는 음식을 수저로 떠 입에 넣었다.

‘음……?’

특이한 맛이었다. 아니, 엄청난 맛이었다. 단연코 지금껏 먹어본 그 어떤 음식과도 비교할 수 없었다. 먹으면 먹을수록 몸에 활력까지 솟는 것이었다. 이유강은 정색을 하며 단숨에 죽을 비웠다. 비스트로와 푸앙이 흐뭇한 기색으로 쳐다보고 있었다. 이유강은 천으로 입 주위를 닦으며 미소 지었다.

"이런 죽은 생전 처음 먹어보는군. 대단한 맛이야."

"…사실 그 죽은 저희가 만든 게 아닙니다."

"저희보다 뛰어난 분이 손수 만드셨습니다."

비스트로와 푸앙은 머리를 긁적였다. 이유강은 내심 놀랐다. 비스트로와 푸앙은 항주 서호반점의 특급요리사 못지않은 실력을 갖추고 있었다.

"그런 자가 있단 말인가."

"그분… 밖에 계십니다."

"누군지 한번 보고 싶군. 들어오라 해라."

그러자 푸앙이 문을 열고 한 여인을 들어오게 했다. 다름 아닌 임수아였다. 그녀는 살포시 웃으며 말했다.

"음식이 마음에 드셨는지 모르겠어요."

"…소저가 만든 음식이었소?"

"부족하오나 은인께 올리고 싶었지요."

이유강은 고개를 끄덕였다.

"대단한 솜씨였소. 지금껏 먹어본 중 가장 맛이 있었소."

"…별말씀을."

임수아는 쑥스러운 듯 고개를 숙였다. 그때 돌연 쾅당 소리가 났다.

"으윽……!"

비스트로가 탁자 위를 정리하여 식기를 들고 가다가 넘어진 것이었다. 제법 심하게 넘어졌는지 그의 이마가 식기에 부딪쳐 터지며 피가 흘러내렸다. 푸앙이 급히 그를 부축하며 천으로 피를 닦아주었고 비스트로는 안절부절 못하며 어쩔 줄 몰라 했다.

"…죄송합니다."

이유강은 품속에서 금창약을 꺼내며 말했다.

"조심해야지. 이걸로 치료하게."

그러자 임수아가 품속에서 작은 주머니를 꺼내며 말했다.

"그 약으로는 얼굴에 흉이 질 수도 있으니 제가 치료할게요."

그녀는 그렇게 말하며 주머니에서 꺼낸 가루를 비스트로를 향해 뿌렸다.

화아악!

동시에 그녀의 손에서 백색의 빛이 비스트로의 이마를 향해 쏘아졌다.

'……!'

이유강은 기이한 광경에 놀라움을 금치 못했다.

'내력이 전혀 느껴지지 않았는데 저런 빛을 쏘아내다니. 실로 특이하구나.'

게다가 더욱 놀라운 것은 제법 심하게 터져 피가 흐르던 비스트로의 이마가 완벽하게 나아 있었다. 전혀 상처를 입지 않았던 그 상태와 다를 바 없었다.

"오오!"

푸앙은 믿을 수 없다는 듯 입을 딱 벌렸다.

"어찌 그러한 능력을 가지고 있으면서 해적들에게 당한 것이오?"

"사람을 치료할 수는 있어도 해를 끼치는 능력은 없지요……."

비스트로와 푸앙이 나간 후 이유강은 임수아와 차를 마시며 대화하고 있었다. 그녀는 어렸을 때부터 기이한 심결을 전수받아 지금껏 익혀왔다고 말했다. 그것은 무공을 펼칠 수 있는 내력과는 다른 기운임이 분명했다.

"그렇다면 그것으로 할 수 있는 것이 무엇이 있소?"

"섬에서는 주로 맛있는 음식을 만들어 먹었어요. 어제 보신 것처럼 외모를 바꿀 수도 있고, 가끔 다친 사람을 치료하기도 했지요. 그 외에는 특별한 게 없어요."

"특이하오. 상처를 복원시키는 능력은 내공이 절정에 다다른 고수들도 불가능한 일인데……. 소저의 집안에 내려오는 그 심결은 범상한 것이 아닌 듯하오."

이유강은 임수아가 어렸을 때부터 배웠다는 심결이 무엇인지 궁금해졌다. 그러나 그런 것을 물어볼 수는 없는 일이었다. 임수아는 고개를 끄덕였다.

"명광심결(明光心訣)이라 하죠. 다소 신기하긴 했지만 다들 이것에 그다지 큰 관심을 두지 않았어요. 그저 맛있는 음식을 만들어 먹고, 책을 읽거나 시를 읊으며 살았죠. 금(琴)을 타거나, 그림을 그리기도 했어요. 가끔은 인형을 만들기도 했지요."

"인형이라 했소?"

"그다지 대단한 건 아니지만 명광지기를 이용해 예쁘고 귀여운 인형을 만들 수 있어요."

이유강은 내심 실소를 흘렸다. 명광지기(明光之氣)라. 이름으로 보면 암흑마기와 상극되는 기운인 것이다. 문득 그 명광지기라는 기운을 통해 만들어진 인형이 보고 싶어졌다.

"혹시 그러한 인형을 가지고 있는 게 있소?"

"원하시면 보여 드릴게요."

임수아는 품속에서 그녀의 손가락만한 작은 인형을 꺼내 탁자 위에 올려놓았다. 인형은 매우 정교하게 만들어져 있었다. 홍색의 예쁜 옷이 입혀진 인형은 매우 아름다운 여인의 모습을 하고 있었는데 가만히 보니 누군가와 흡사했다. 다름 아닌 임수아였다. 이유강은 내심 놀랐다.

'놀랍군. 피부가 사람의 피부와 거의 동일하다. 어찌 이토록 만들었단 말인가.'

그러나 더욱 놀라운 일이 벌어졌다. 인형은 크기에 맞는 자그마한 금(琴)을 들고 있었는데 탁자 위에 살포시 앉아 섬세하게 금을 타는 것이었다. 자그마한 다섯 손가락이 자유자재로 움직이고 있었다.

띠디딩… 띠딩…….

소리가 비록 작았지만 완벽하게 하나의 곡을 연주하는 것이었다. 거기서 끝나는 것이 아니었다. 인형은 곡조에 맞춰 노래를 하기 시작했다. 영롱하고 아름다운 목소리였다.

"이럴 수가……!"

이유강은 자리에서 벌떡 일어났다. 도저히 믿을 수가 없는 일이 벌어지고 있었다.

'이것은…… 분명 환물 인형이다.'

이유강은 눈을 부릅뜨고 임수아를 노려봤다. 임수아는 이유강이 강하게 노려보자 두려운 듯 몸을 떨었다. 그녀는 서운한 표정을 지으며 말했다.

"어찌 저를 그리 노려보시는지요."

이유강은 안색을 굳힌 채 추궁하듯 물었다.

"조환물여의경이라는 책을 아시오?"

"…처음 듣는 이름이에요. 제가 무슨 잘못이라도……."

임수아는 서러운 듯 왈칵 눈물이라도 흘릴 것 같았다.

"환물을 어떻게 만들었는지 말해 주어야겠소."

이유강은 표정을 풀지 않았다. 임수아는 원망스러운 듯 이유강을 노려보았다.

"제가 왜 그것을 당신에게 말해야 되나요?"

"무례를 용서하시오."

이유강은 돌연 임수아를 강하게 쏘아봤다. 순간 그의 눈에서 암흑마기가 쏟아져 나와 임수아를 휘감았다.

"…이게 무슨 짓이죠?"

임수아는 벌떡 일어나 그녀의 주위를 감싸는 검은 기운을 불안하게 쳐다보며 물었다. 그녀의 눈은 공포에 질려 있었다. 그러나 순간 그녀의 손에서 자연스레 백색의 빛이 흘러나와 암흑마기를 밀어내는 것이었다. 이유강은 암흑마기를 거두었다. 놀랍게도 임수아는 암흑마기의 결박에 걸리지 않았다.

'대략 암흑마기를 십오 년 정도 수련한 수준이로군.'

사실 그녀가 지닌 명광지기의 수준을 알아보려 십수 년 정도의 암흑마기를 슬쩍 펼쳤다가 그녀의 저항하는 수준을 알고는 바로 거둬들인 것이다. 이것으로 명백해진 것 같았다.

'명광지기……. 암흑마기 못지않은 신비한 기운이 존재하다니.'

이유강은 내심 가슴이 뛰었다. 어쩌면 이 명광지기라는 것을 통하여 그동안 의혹으로 남아 있던 암흑마기의 정체를 알아낼 수 있을지도 모르는 것이다. 비록 상극되는 속성을 가지고 있지만 환물까지 만드는 것을 보면 두 기운 사이에는 분명 뭔가 연관성이 있을 것 같았다. 더욱이 놀랍게도 임수아가 만든 환물 인형은 사람의 목소리까지 내고 있었다. 그것은 이유강으로서도 할 수 없는 능력이었다.

"……."

이유강은 문득 임수아를 쳐다봤다. 그녀는 새파랗게 질린 표정으로 넋이 나간 듯 울고 있었다.

'이런… 내가 대체 무슨 짓을 한 것인가.'

그녀는 비록 명광지기로 저항은 했으나 조금 전 당한 암흑마기의 흑색 공포에 상당한 심적 충격을 받은 것이 분명했다. 이유강은 의문점을 풀기 위해 서슴없이 암흑마기를 쏘아 보낸 것이 내심 미안하고 후회가 되었다.

"소저, 미안하오. 해칠 생각은 전혀 없었소. 그만 진정하시오."

"……."

임수아는 말이 없었다. 이유강은 조심스레 그녀를 부축하며 말했다.

"소저… 괜찮으시오?"

“손대지 말아요.”

임수아는 토라진 표정으로 이유강의 손을 밀쳤다. 그리고는 휙 돌아서 방을 나가 버렸다.

“…….”

이유강은 잠시 그대로 서 있다가 고개를 저었다.

‘아무래도 단단히 화가 난 모양이군.’

그녀의 입장에서 보면 그럴 만도 했다. 그러나 이유강은 마음속에 명광지기에 대한 호기심이 발동한 터라 어떻게든 그녀의 화를 풀어 그에 대한 얘기를 나누고 싶었다.

‘방법이 없을까…….’

사실 이제 무슨 수를 쓰든 그녀를 곁에 두어야 했다. 어쩌면 그녀는 세상에서 명광지기를 사용할 수 있는 유일한 사람일지도 몰랐다.

‘…그를 상대하기 위해서라도 반드시 알아내야 한다.’

이유강은 언제든 나타나면 자신의 모든 것을 단숨에 무력화시킬 수 있는 유일한 한 명의 인물을 떠올렸다. 자신이 직접 목을 베어 죽였지만 아무리 생각해도 그는 그리 쉽게 죽을 자가 아니었다. 어쩌면 지금도 어디선가 자신을 주시하고 있을지도 몰랐다.

‘만일 그가 나타나면 나의 모든 환물을 무력화시킬지도 모른다. 광룡이나 비혼이 그의 수족이 되어 나를 공격할 수도 있을 것이다.’

비록 비혼은 그가 저술한 신조환물여의경(新造幻物如意經)을 뛰어넘는 이유강의 추가적인 심득에 의해 만들어진 환물이나, 그 이론적 뿌리는 신조환물여의경에 두고 있기에 안심할 수 없었다. 이유강에게 그는 오히려 마교의 대종사인 엽무극보다 더욱 두려운 인물이었다.

  '명광지기와 암흑마기를 조화시킬 수 있는 방법을 찾아야 한다. 만일 그것이 불가능하다면… 최소한 그의 암흑마기로부터 나의 환물들을 보호할 수 있는 방법이라도 찾아야 한다.'

  엽무극이 드러난 적이라면, 흑의인은 드러나지 않은 잠정적인 적이었다. 천하의 해역을 장악하여 엽무극을 견제하는 것 못지않게, 암흑마기의 약점을 보완하여 흑의인의 재등장에 대비해야 하는 것이다.

  '내 비록 알 수 없는 이유로 이백 년이 훨씬 넘는 암흑마기를 가지고 있지만, 그가 나보다 더 많은 암흑마기를 가지고 있다면 환물로써 그에게 대항하는 것은 불가능하다.'

  이것이 암흑마기의 약점이었다. 암흑마기를 이용해 위력을 발휘할 수 있는 유일한 수단인 환물이 그것을 만든 자보다 더욱 높은 수준의 암흑마기를 보유한 인물에게는 무력한 것이다. 제아무리 통천가공할 능력을 가진 환물일지라도 소용없었다.

  "…참, 그녀가 어디로 갔을까."

  이유강은 밖으로 뛰어나가 임수아를 찾을까 하다가 그만두었다.

  '내일쯤은 화가 풀리겠지. 그때 가서 얘기하는 게 좋겠군.'

  오늘은 그녀를 그대로 내버려 두는 것이 나을 것 같았다.

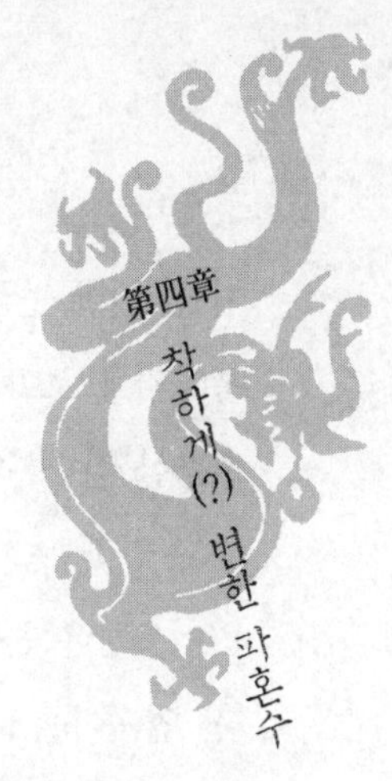

폭우는 삼 일째 계속되었다. 이유강은 아침을 먹고 탁자에 앉아 있
었다.

"그게 그토록 서운했단 말인가. 생각보다 오래가는군."

염호의 말에 의하면 그녀의 거처에도 그녀가 보이지 않는다 했다.
벌써 이틀째 행방불명이었다. 아무래도 심하게 토라져 외모를 바꾸고
어디엔가 숨어 있는 것 같았다. 그녀의 명광지기는 암흑마기로 감지할
수 있는 기운이 아니었다.

"그래도 찾으려 한다면야 못 찾을 것은 없지만……."

완벽한 역용술로 염호와 같은 산전수전 다 겪은 무사들도 그녀를 찾
아낼 수 없지만, 이유강은 사실 마음만 먹으면 그녀를 찾는 것은 그리
어렵지 않았다. 어차피 섬을 빠져나가기는 불가능하니 그녀는 틀림없

이 섬 안에 누군가로 변장해 있을 것이다. 그저 사람이 보이는 족족 암흑마기를 쏘아 보내 그것에 저항하는 기운을 가진 자가 있다면 그는 변장한 임수아인 것이다.

"……!"

이유강은 문득 탁자 위에 다소곳이 앉아 있는 환물 인형을 쳐다봤다. 임수아를 닮은 조그만 인형이 새침한 표정으로 이유강을 바라보고 있었다. 이유강은 순간 피식 웃음이 나왔다.

'…그렇군.'

그녀는 어디선가 이 인형을 통해 이곳을 지켜보고 있는 것이 틀림없었다. 이유강은 손가락으로 살짝 인형을 건드렸다. 순간 인형이 당황하는 표정을 짓더니 고개를 돌리는 것이었다. 이유강은 부드럽게 웃으며 말했다.

"임 소저, 아직도 화가 안 풀렸소?"

"……."

"인형으로 지켜보고 있는 것 다 알고 있소. 일전의 그 일은 정말 미안하게 생각하오. 화가 풀릴 때까지 기다릴 테니 더 이상 숨어 있지 말고 거처에 가서 쉬도록 하시오."

인형이 고개를 돌려 이유강을 쳐다봤다. 섭섭함이 가득한 표정이었다. 이유강은 그 모습에 내심 감탄했다.

'환물 인형이 이런 세세한 표정을 보일 수 있다니. 대단하군.'

이유강은 인형을 집어 손바닥 위에 올려놓았다. 그러자 인형은 안색이 붉어지며 당황해하는 것 같았다. 이유강은 그 모습이 귀여워 인형의 머리칼을 쓰다듬었다.

"…내려주세요."

인형은 부끄러워 어쩔 줄 몰라 했다. 이유강은 인형을 탁자 위로 내려놓았다. 인형은 쑥스러운 듯 말했다.

"죄송해요. 그냥 어디론가 도망치고 싶었어요."

"아직도 많이 섭섭하시오?"

"당신의 눈이 너무 무서웠어요. 마치 악마같이……."

"놀라게 해서 미안하오."

"다시는 제게 그런 표정 짓지 말아주세요."

이유강은 미소를 지으며 고개를 끄덕였다.

"이제 그런 일 없을 것이니 걱정하지 마시오."

"네……."

인형은 환하게 웃음을 지었다.

"흠… 손가락 크기 이상으로는 인형을 만들 수 없단 말이오?"

"네. 사실 몇 번 시도해 본 적은 있었지만 모두 실패했어요."

사방에 횃불이 밝혀진 지하 밀실. 이유강은 임수아와 얘기 중이었다. 밀실은 제법 컸고 한쪽에는 몇 수레 분의 흙더미가 쌓여 있었다.

어제 인형과 대화를 하며 임수아를 잘 달래자, 그녀는 오늘 아침 요리를 맛있게 만든 후 직접 이유강의 방에 들고 들어왔다. 이유강은 그녀의 요리 솜씨를 칭찬하며 식사를 마친 후 그녀와 함께 비어 있는 지하 밀실을 찾아 들어왔고 염호에게 지시하여 몇 수레 분의 흙도 실어다 놓았다.

"만드는 과정을 보고 싶은데 괜찮겠소?"

“물론이에요.”

그녀는 흙 한 덩이를 물에 섞어 반죽했다. 그리고는 능숙한 솜씨로 조그마한 인형을 만들기 시작했다. 이유강은 묵묵히 그 과정을 지켜보았다.

‘보통 솜씨가 아니로군.’

그녀는 이각 정도의 시간이 지나자 조그마한 남자 인형을 완성했다. 이유강은 그것을 보고 실소를 금치 못했다. 인형의 얼굴은 다름 아닌 이유강의 얼굴이었다.

“다 된 것이오?”

“이제부터가 시작이에요.”

임수아는 품속에서 작은 주머니를 꺼냈다. 이유강은 고개를 갸웃했다.

‘또 가루를……?’

예상대로 임수아는 주머니에서 은백색의 가루를 집어내 인형에 발랐다. 며칠 전 비스트로의 상처를 치료할 때 슬쩍 가루를 뿌렸던 것과는 달리 상당한 시간을 들여 세심하게 인형 전신에 가루를 바르는 것이었다. 대략 일각의 시간 동안 정성스레 가루를 바른 후 그녀는 오른손을 들어 인형을 가리켰다.

화아악! 화악!

눈부신 백색의 빛이 인형을 향해 연신 쏟아졌다. 때로는 길게, 때로는 짧게 대략 수십 번의 빛이 인형의 전신에 스며들었다. 이유강은 순간 눈에 이채를 발했다.

‘역시… 예상대로군.’

수십 번 일어났던 명광지기의 흐름. 그것은 이유강이 특정한 환물을 만들 때 주입하는 암흑마기의 주입 방식과 거의 유사했던 것이었다.

그러나 임수아는 거기서 그치지 않고 또 다른 흐름의 빛을 쏟아냈다. 이유강은 놓치지 않고 그것을 기억했다.

'저런 류의 흐름이라니. 실로 특이하구나.'

그것은 조환물여의경은 물론, 신조환물여의경에도 없는 방식이었다. 임수아는 소매를 들어 이마에 맺힌 땀을 닦았다.

"다 되었어요."

"수고했소."

이유강은 완성된 인형을 찬찬히 살펴보았다. 마치 사람이 손가락만 하게 작아진 것 같았다. 또렷한 눈동자에, 피부 또한 사람과 다를 바가 없어 보였다.

"대단하오. 오늘 많은 것을 배웠소."

"별말씀을요."

이유강의 칭찬에 임수아는 쑥스러운 듯 안색을 붉혔다.

"이제 내가 한번 만들어보겠소. 내가 가진 기는 암흑마기라는 것으로 그대가 가진 명광지기와 다소 유사한 능력을 가지고 있소. 이에 대해 혹시 들은 적이 있소?"

이유강은 내심 기대를 하며 물었으나 임수아는 고개를 저었다.

"들은 적 없어요. 이름을 보니 상당히 무서운 기운 같아요. 혹시 그때의 그 검은… 기운을 말씀하시는지요."

"그렇소. 그러나 단지 색이 검은 것뿐, 그대의 명광지기와 다를 바 없소. 두려워하지 마시오."

"네……."

임수아는 고개를 끄덕였지만 약간은 불안한 듯 겁먹은 표정이었다.

이유강은 그녀를 향해 빙긋 미소를 지어 보이고는 반죽을 시작했다. 반죽과 동시에 눈에서 암흑마기가 쏟아져 나갔다. 임수아는 두려운 듯 눈을 감고 보지 않았다. 반 시진에 걸쳐 만들었던 임수아의 인형과는 달리 이유강은 채 일각도 안 되어 어린아이만한 환물 인형을 완성했다. 물론 조금 전 새로 깨달은 흐름은 아직 시험해 보지 않았다. 이유강은 눈을 감고 있는 임수아를 향해 말했다.

"다 되었소. 그만 눈을 뜨시오."

"……."

임수아는 눈을 뜨더니 눈앞에 어린아이만한 환물 인형이 서 있는 것을 보고는 깜짝 놀라는 것 같았다.

"…이토록 크게 만들 수도 있나요?"

"물론이오. 이것보다 더욱 크게 만들 수도 있소."

"정말 신기해요."

그녀는 손으로 조심스레 환물 인형을 쓸었다.

"그대가 만든 인형에 비하면 조잡할 뿐이오. 이것은 말도 할 수 없고, 피부 또한 사람에 비할 수 없소."

동물 뼈로 만든 것이 아니기에 사이한 기가 느껴지지는 않았으나, 임수아가 만든 것에 비해 차가운 기운이 느껴지는 것은 어쩔 수 없었다. 임수아는 이유강이 만든 환물 인형을 요리조리 살피더니 돌연 품속에서 가루 주머니를 꺼냈다.

"한 가지 시험해 보고 싶은 것이 있어요."

뭔가 호기심이 가득 찬 얼굴이었다. 이유강은 흔쾌히 고개를 끄덕였다.

"해보시오."

"…혹시라도 이 인형이 부서지면 안 되겠죠?"

그녀는 약간 초조한 표정으로 물었다. 이유강은 미소를 지었다.

"부서져도 상관없으니 안심하고 해보시오."

"네."

그녀는 안도한 듯 고개를 끄덕이고는 뭔가 생각에 잠겼다. 이유강은 그녀를 흥미롭게 지켜보았다.

'가루를 바르려는가?'

그것은 불가능할 것이다. 손가락만한 인형이라면 모를까, 이유강이 만든 크기의 환물 인형에 가루를 바르려면 임수아가 들고 있는 작은 주머니 수십 개 분량은 필요할 것이었다. 임수아는 뭔가를 결심한 듯 주머니에서 가루를 꺼내 환물 인형을 향해 뿌렸다.

화아악! 화악!

동시에 그녀의 손에서 백색 빛이 뻗어나가 환물 인형을 감쌌다. 순간 이유강은 깜짝 놀랐다.

'…기의 흐름이 바뀌었다.'

믿을 수 없게도 환물 인형이 이유강의 통제를 벗어나 있었다. 임수아는 상기된 표정으로 말했다.

"성공이에요."

환물 인형은 바뀌어 있었다. 피부와 눈빛에도 생기가 맴돌았다. 물론 그녀가 만든 인형처럼 완벽하지는 않았으나 다소 차가운 분위기를 풍기던 조금 전과는 달리 따스한 분위기를 풍기는 생기있는 인형으로 바뀐 것이었다. 환물 인형은 이리저리 움직였다. 펄쩍 뛰기도 하며 흙

뭉치를 번쩍 들기도 했다.

"신기해요. 제가 만든 인형에 비해 이 인형은 매우 힘이 세군요."

"그럴 것이오."

환물 인형은 임수아의 지시에 의해 움직이고 있었다. 완전히 이유강의 통제를 벗어난 것이다. 암흑마기를 통해 조종을 해보려 했으나 통하지 않았다. 이유강은 내심 쓴웃음을 지었다.

'비록 간단히 만든 환물이나 이렇게 나의 통제를 벗어날 수가 있다니.'

내심 그녀의 능력이 어느 정도인지 궁금해졌다. 이유강은 파혼수를 한 마리 불렀다. 환물 인형을 조종하며 즐거워하던 임수아는 파혼수의 사이한 분위기를 보고 안색이 창백해졌다. 이유강은 미소를 지으며 부드럽게 말했다.

"걱정하지 마시오. 이것도 단지 환물에 불과할 뿐이오. 조금 전처럼 이것도 한번 바꿔보시겠소?"

"…저를 공격하지는 않겠지요?"

임수아가 불안한 표정으로 물었다.

"나를 믿으시오. 내가 있는 한 그대는 절대 안전할 것이니 걱정하지 마시오."

"믿겠어요."

임수아는 끄덕이고는 파혼수를 쳐다봤다. 다소 겁먹은 표정이었으나 그녀는 주머니에서 가루를 꺼내 뿌렸다.

화아악! 화악!

명광지기가 파혼수를 감싸자 일순 파혼수가 몸을 부르르 떨었다. 이유강은 파혼수 내부의 암흑마기가 미미하게 진동하는 것을 느꼈다. 늑대나 호랑이의 뼈로 만든 환물 괴물에 비해 독룡이 있던 섬에서 살던 괴물들의 뼈로 만들어진 파혼수는 월등히 강한 전투력을 가지고 있었다. 따라서 파혼수의 내부에 흐르는 암흑마기의 힘 또한 보통의 환물에 비해 강한 것이다. 임수아의 이마에 땀방울이 맺혔다.

화아악! 화악!

조금 전 작은 환물 인형을 향해 슬쩍 쏟아냈던 것과는 달리 그녀는 거의 일각에 달하도록 명광지기를 쏟아냈다.

뭉클뭉클.

일순 파혼수의 몸에서 검은색 암흑마기가 흩어지며 백색의 빛이 환하게 빛나기 시작했다. 이유강은 순간 파혼수가 자신의 통제에서 벗어났음을 인식했다. 미리 예상했던 터라 담담히 백색의 빛무리에 둘러싸인 파혼수를 살펴보았다.

'…저것은!'

빛무리가 옅어지며 드러난 파혼수의 모습을 보고 이유강은 실소를 금치 못했다. 조금 전까지만 해도 사이하고 괴악스런 분위기를 풍기던 파혼수의 모습이 매우 선량한 사람 비슷하게 뒤바뀌어 있었다. 피부는 다소 거칠었지만, 영락없이 십 척 장신의 조금은 모자라 보일 만큼 착해 보이는 장한의 모습이었던 것이다.

"성공… 이군요."

임수아는 매우 피곤한 모습으로 말하고는 비틀거렸다. 안색이 창백한 것이 상당한 심력을 소모한 것이 분명했다. 이유강은 그녀를 부축하며 말했다.

“너무 무리한 것 같소. 그만 가서 쉬는 것이 좋겠소.”

“당신께 도움이 되었다면 저는 괜찮아요.”

임수아는 이유강이 어깨를 잡아 부축하자 수줍은 듯 눈을 내리깔았다. 이유강은 부드럽게 웃으며 말했다.

“내게 너무 큰 도움이 되었소. 내일 다시 부를 테니 오늘은 이만 쉬도록 하시오.”

“네……”

이유강은 임수아를 부축하여 그녀의 거처까지 바래다주고는 다시 지하 밀실로 들어왔다. 우두커니 서 있는 선량한(?) 파혼수의 모습이 보였다. 그것은 이제 이유강의 통제 밖에 있었다. 오직 임수아의 지시대로 움직일 것이다. 물론, 그녀가 했듯이 이유강 역시 특정한 방법으로 암흑마기를 주입한다면 다시 원래로 돌릴 수 있을지도 몰랐다.

'일단은 몇 가지 흐름만 시험해 보도록 하자.'

명광지기의 환물을 암흑마기의 환물로 돌리는 것은 내일쯤 생각하기로 하고, 먼저 임수아가 환물을 만들 때 그녀가 쏘아 보냈던 명광지기의 흐름을 암흑마기에 적용시켜 보는 것이 좋을 것 같았다.

주물주물.

이유강은 지체없이 반죽을 시작했다. 일단은 기존의 환물을 만들 듯 암흑마기를 주입했다. 잠시 후 어린아이만한 환물 인형 하나가 완성되었다.

츠으읏! 츠읏!

곧바로 임수아가 했던 방식대로 암흑마기를 주입해 보았다. 순간 환물 인형의 피부가 탄력있게 변했다. 또한 눈에도 생기가 도는 것이었다. 물론 임수아가 만든 환물에서 풍기는 명광지기의 밝은 모습과는 다른 여전히 뭔가 사이해 보이는 모습이었다. 그러나 이유강은 내심 가슴이 뛰었다.

'성공이군……'

그동안 비혼을 비롯한 환물 인형들은 모두 생기가 없어 누구라도 자세히 보면 사람이 아니라는 것을 느낄 수 있었다. 이유강은 연속해서 임수아가 시전했던 방식대로 암흑마기를 주입했다. 그러자 환물 인형은 점점 더 생기를 띠었다.

'저것은……!'

이유강은 눈을 부릅떴다. 생기가 감도는 사이한 환물 인형. 그것은 분명 임수아가 만든 환물과는 차이가 있었지만 완벽한 사람의 모습과 별반 다르지 않았다. 그러나 왠지 그것을 언젠가 본 적이 있는 것 같았다.

'분명 어디선가 보았는데……?'

이유강은 잠시 기억을 더듬었다. 이러한 사이한 분위기를 풍겼던 인간이라면 오직 한 명뿐이었다.

'설마……?'

이유강은 순간 둔기로 머리를 세게 맞은 것 같은 충격을 느꼈다.

'그렇군. 역시 그는 죽은 게 아니었군……'

이유강은 미간을 찌푸리며 잠시 생각에 잠겼다. 그러다 다시 환물 인형을 향해 특정한 흐름의 암흑마기를 주입하고는 입을 열어 말하게 했다.

"한 번만 더 그런 짓을 했다간 네놈의 팔을 잘라 버리겠다!"

저승사자와 같은 사이한 목소리. 분명 흑의인의 그 음성과 비슷했다. 이유강은 등에 식은땀이 흐르는 것을 느꼈다.

'…내가 죽인 것은 환물이었다. 그는 분명 살아 있다.'

한 가지 이해가 가지 않는 것이 있다면 흑의인의 환물 인형은 이유강을 향해 암흑마기를 이용한 결박을 시전했던 것이다.

'환물이 암흑마기를 쏟아내 상대방을 제압하게 할 수도 있단 말인가. 내게 암흑마기의 운용법을 모두 가르쳐 준 것이 아니었군.'

암흑마기에 있는 신비한 능력을 비롯하여, 그것을 이용해 환물을 만드는 내용이 적혀 있는 신조환물여의경에도 수록되지 않은 다수의 비법들이 존재하는 것이다. 분명 흑의인은 고의로 그것들을 기록하지 않았을 것이다.

'대체 왜 그는 그러한 방법으로 나를 속였단 말인가. 나의 잃어버린 기억도 분명 그와 연관이 있을 것이다.'

이유강은 당시 붉은색의 특이한 도로 흑의인을 베었던 기억이 났다. 도에 서려 있는 화기(火氣)로 인해 흑의인은 피도 흘리지 않고 시커멓게 타버렸다. 환물이니 당연히 피를 흘릴 수 없었을 것이다. 그것을 화기로 인한 것으로 착각하게 만든 것이다.

'어떻게든 잃어버린 기억의 봉인을 풀어야 한다.'

이유강은 입술을 깨물었다.

'…암흑마공을 전혀 수련하지 않는데도 매일 조금씩 늘어가고 있는 상단전의 암흑마기. 이것도 분명 무언가 이유가 있을 것이다. 혹시 이 암흑마기가 나의 기억을 봉인하고 있는 것은 아닐까…….'

현재 이유강의 상단전에 존재하는 암흑마기의 수위는 어느덧 이백 사십 년에 육박하고 있었다. 암흑마기는 오직 암흑마기가 존재하는 지역에서 수련해야 그 수위를 올릴 수 있기에 이유강은 섬에서 나온 이후 단 하루도 암흑마공을 수련한 적이 없었다. 그런데 이해할 수 없을 만큼 빠른 속도로 암흑마기가 늘어나고 있었다. 아무래도 체내의 어딘가에 가공할 만한 암흑마기가 잠재되어 있고 조금씩 상단전의 암흑마기로 용해되는 것 같았다. 이 또한 이해할 수 없는 일이었다.

'임 소저를 만난 것은 내게 천행이다. 그녀의 명광지기를 이용해서 흑의인이 내게 전수하지 않은 비법들을 알아내야 한다. 그와 맞서 싸울 수 있는 방법을 연구해야 한다.'

이제 마교와 엽무극이 문제가 아니었다. 광마도법과 암흑마기를 다룰 수 있는 이유강의 모든 것을 알고 있는 흑의인. 그야말로 엽무극보다 수십 배는 무서운 자인 것이다. 그러나 현재로서는 그에 대해 알 수 있는 것은 아무것도 없었다.

'그가 나를 이용하려 했다면 언젠가 내 앞에 다시 나타날 것이다. 아직까지 내 앞에 나타나지 않은 것을 보면, 지금의 내가 그의 뜻대로 움직이고 있기 때문이 아닐까…….'

그런 생각이 들자 온몸에 소름이 돋아 올라왔다. 이유강은 주먹을 말아 쥐었다.

‘일단은 지금처럼 마교를 견제하며 천하의 해역을 장악해 나가야 한
다.’

이유강은 잠시 눈을 감고 생각에 잠겼다. 그러다 일순 눈을 뜨며 차
갑게 웃었다.

‘결코 네놈의 뜻대로 되지 않을 것이다. 네놈이 내 앞에 나타나는
그 순간을 기다리마.’

“그러니까 꼭 그 가루가 있어야 된다는 말이군.”

“네. 명광초(明光草)라는 풀에서 추출한 가루예요. 제가 살았던 섬에
가득한 풀이죠.”

다음날 이유강은 임수아와 아침을 먹으며 대화를 나누고 있었다. 임
수아는 가루가 들어 있는 주머니를 보더니 씁쓸한 표정을 지었다.

“이제 가루가 조금밖에 안 남았어요. 당신께 맛있는 요리를 많이 만
들어 드리고 싶은데 며칠 있으면 그것도 힘들겠군요.”

“요리에도 가루를 쓴단 말이오?”

“신비한 맛을 내는 조미료로 주로 쓰이죠. 먹으면 몸에 활력을 주고
원기가 회복되는 효과도 있어요.”

이유강은 고개를 끄덕였다. 어쩐지 임수아가 만든 요리를 먹으면 몸
에 활력이 솟았던 것이다. 물론 맛도 다른 것에 비교할 수 없을 만큼
뛰어났다. 내심 며칠 있으면 가루가 떨어져 그러한 요리를 맛볼 수 없
다 하니 조금은 섭섭한 마음이 들었다.

“그 섬의 위치를 아시오?”

“사실 섬을 벗어나 본 적이 없어서 저도 그 위치를 몰라요. 하지만

조선 남쪽에 있는 섬들 중에 한곳이라 들었어요. 몇십 리 반경 안에 있으면 명광지기를 감지해서 찾을 수 있지만……."

섬에만 있다 해적들에게 끌려왔으니 그 위치를 모르는 것은 당연했다. 그나마 대략적으로 조선의 남쪽 섬들 중 하나임을 알고 있어서 다행이었다.

"이번에 흑골연합을 복속시킨 후 그 섬을 한번 찾아보겠소. 억울하게 돌아가신 분들 장례도 치러야 하지 않겠소?"

"정말인가요?"

임수아는 그 말에 눈물까지 글썽이며 기뻐했다. 이유강은 고개를 끄덕였다.

"물론이오. 그대가 내게 많은 도움을 주었으니 나도 그에 대한 보답을 하고 싶소."

임수아는 환한 미소를 짓더니 품속에서 두툼한 두루마리 종이를 꺼냈다. 이유강은 그것을 받아 들며 물었다.

"이것은 무엇이오?"

"필요하신 듯하여 적었어요. 도움이 되었으면 좋겠어요."

이유강은 두루마리를 펼쳐 내용을 살펴보았다. 예쁘고 단정한 필체가 마음에 들었다. 한데 그 내용은 다름 아닌 명광지기에 대한 것이었다. 이유강은 감동의 표정을 지으며 말했다.

"이것은 실로 내게 절실히 필요했던 것이오. 정말 감사하오."

임수아는 고개를 끄덕였다.

"저의 부족한 재주가 당신께 도움이 되었다니 너무 기뻐요."

"무엇이든 원하는 것이 있다면 말해 보시오. 내가 들어줄 수 있는 것이면 반드시 해주겠소.”

이유강이 정색하며 말하자 임수아는 고개를 저었다.

“…보답을 바라고 한 것이 아니에요.”

“그러지 말고 말해 보시오. 내 진정 그대를 위해 뭔가를 해주고 싶소.”

이유강은 강경하게 말했다. 명광지기에 대한 내용은 사실 임수아에게 통사정을 해서라도 알아내야 했던 것이다. 외부적으로 보였던 명광지기의 몇 가지 흐름만이 아닌 명광지기의 심결과 환물을 만드는 세부 내용까지 임수아는 두루마리에 자세히 적어놓았다. 그러한 그녀에게 이유강은 진심으로 감사의 마음을 가지고 있었고 진정으로 그녀가 무엇을 원하든 들어주고 싶었다.

“…나중에 말할게요. 지금은 아무 생각이 안 나요.”

임수아는 뭔가 말할 듯 말 듯하다가 얼굴을 붉히고는 조심스레 말했다. 이유강은 그녀가 아무것도 원하지 않자 조금은 섭섭했으나 고개를 끄덕였다.

“알았소. 언제든 생각나면 부담 갖지 말고 내게 얘기하시오.”

“그렇게 할게요.”

어느덧 폭우가 그쳐 있었다. 하토의 부대가 돌아가지 않았으니 흑골 연합의 본진에서도 조만간 움직임이 있을 것이 분명했다.

‘백 척의 전함 중 한 대도 돌아가지 못했으니 그들도 섣불리 움직이지는 않을 것이다.’

이유강은 조용히 임수아가 준 두루마리를 펼쳐 들었다. 그때 갑자기

들리는 소리가 있었다.

〈대인, 여송입니다.〉

이유강은 급히 두루마리를 내려놓고 눈을 감았다. 여송의 모습이 보였다. 그는 풍운장에 있는 이유강의 거처에 특별히 만들어진 환물 인형의 손을 잡고 서 있었다. 특별한 일이 아니면 연락하지 말라 했던 여송이 연락을 취한 것을 보면 뭔가 일이 발생한 것 같았다. 이유강은 환물 인형의 고개를 끄덕이게 하고는 그 앞에 놓인 붓을 들어 글을 적었다.

오랜만이오. 별일없었소?

〈예. 대인께서도 별일없으신지요.〉

풍랑을 만나 유풍룡과 철무생을 비롯한 일부 무사들을 잃은 것 외에 특별한 일은 없소. 지금은 흑골연합의 서부 기지를 점령하고 있고 조만간 본진을 장악한 후 그렇지 않아도 풍운장에 한 번 들를 생각이었소. 한데 무슨 특별한 일이라도 발생한 것이오?

여송은 종이에 써진 글자들을 보고는 고개를 저었다.

〈모든 일은 계획대로 잘되고 있습니다. 대인께서 연락이 없으셔서 걱정도 되고 현재까지 진행된 일에 대하여 보고를 드리고자 연락을 드리게 되었습니다.〉

이유강은 내심 풍운장의 사정이 궁금해졌다. 환물 인형의 고개를 끄덕이게 하고는 붓을 움직였다.

 잘하셨소. 그때 말했던 비밀 기지 건설은 잘되고 있는지 궁금하오.

 〈물론입니다. 항주 동쪽 수백 리 정도 떨어진 제법 커다란 섬으로
천험의 요새입니다. 비밀을 요하는 곳이라 부득불, 장신구를 만들던
환물 장인들 중 오백을 투입하여 전각 및 요새, 포구 등을 건설하였습
니다. 섬 주위에는 기진과 기관을 설치하여 어지간한 병력으로는 섬을
공략할 수 없게 하였습니다.〉

 수고하셨소.

 〈별말씀을……. 참, 흑골연합을 치시려면 무사들이 다수 필요하실
텐데 말씀하시면 곧바로 지원 병력을 보내 드리겠습니다. 현재까지 광
마전사가 총 삼백여 명이 배출되었고, 지금 추세로 보면 앞으로 이 년
안에 대략 이천 명 정도의 광마전사가 배출될 예정입니다. 주요 도시
의 상권에 모두 지부를 세웠고 호위무사는 이천여 명을 모집하였습니
다. 아직까지 상권은 계속 확장되고 있고 특별한 방해 세력은 없습니
다.〉

 삼백 명의 광마전사라. 광마도법을 일백 초식까지 구사할 수 있는
능히 무림의 일류무사에 준하는 실력을 가진 풍운장의 정예 무사들이
삼백이나 배출된 것이다. 과연 여송이었다. 이유강은 내심 감탄했다.

대단하오. 하나 병력은 충분하니 지원은 필요없소. 가까운 시일 안에 내가 풍운장에 방문할 것이오. 그때부터는 상당히 바빠질 것이니 당분간 좀 쉬도록 하시오.

그러자 여송은 미소를 지었다.
〈저는 충분히 휴식을 취하고 있습니다. 부디 대인께서도 몸을 보중하셨으면 합니다.〉

하하. 걱정하지 마시오. 참, 조만간 비밀 기지에 백 척 정도의 선박을 보낼 작정이니 선박은 특별히 매입하지 마시오. 해적들이 사용하는 성능 좋은 전함들이니 개조하면 유용하게 쓸 수 있을 것이오.

〈…백 척이라 하셨습니까? 불과 몇 개월 사이에 어떻게 그토록 많은 배들을 확보하셨는지요?〉
여송은 깜짝 놀라는 것 같았다. 이유강은 미소 지었다.

황물은 바다에서 거의 무적이나 마찬가지요. 조속히 이쪽 일을 마무리하고 풍운장에 방문하겠소.

〈기다리고 있겠습니다.〉
여송은 포권하며 대화를 마쳤다. 이유강은 눈을 떴다.
'흑골연합을 장악하면 누군가에게 세력을 총괄하게 해야겠군. 이럴 때 유풍룡이 있으면 좋으련만……'

유풍룡은 온갖 군상이 뒤섞인 해적들을 휘어잡기에 적당한 인물이었다. 해적들에게 공포심을 보여주어 일시적으로 충성하게 했으나 이제 이들에게 지속적인 충성심을 갖게 할 필요가 있었다. 또한 해적들에게 잡혀 있는 노예들을 석방하고 전체 조직을 체계적으로 정리, 통솔할 필요가 있었다. 그러나 이유강이 일일이 그러한 것에 매달릴 수는 없었다.

'여송과 음서도 잘해낼 것이다.'

비록 무공은 없으나 그들의 뛰어난 용병술이라면 믿을 수 있었다.

명광지기를 흡수할 수 있는 심법인 명광심결 역시 암흑마기처럼 상단전에 기를 축적하는 것이었다. 다만 눈으로 암흑마기를 쏟아내는 암흑마공과는 달리 명광지기는 손을 통해서 배출되는 것이 특이한 점이었다. 이유강은 명광심결을 암기한 후 그것을 이용해 환물을 만드는 방법 역시 숙지했다. 그로 인해 몇 가지 새로운 깨달음과 호기심이 밀려왔다. 당장 지하 밀실로 내려가 뭔가를 만들까 하다가 고개를 저었다.

"그래, 폭우도 그쳤으니 일단 본진부터 장악해야겠군."

부하들을 시켜 해변을 배회하는 새들을 잡아오라 시켰다. 잠시 후에 염호와 몇 명의 부하들이 수십 마리의 갈매기를 잡아 들고 왔다. 이유강은 그것들을 지하 밀실에 집어넣은 후 환물 비조 수십 마리를 만들었다. 그리고는 곧바로 대주들을 소집했다.

"지금 즉시 본진을 향해 출진할 것이다. 제일대(第一隊)와 삼대, 십대를 제외한 모두가 출진 준비를 하도록."

"존명!"

회의실에 모인 대주들의 표정에 긴장감이 맴돌았다. 일대주(一隊主) 위정이 물었다.

"마황님, 일대는 어찌 제외시키셨습니까?"

"일대주는 남아서 섬을 지켜야 한다. 삼대주와 십대주는 일대주의 명을 따르며 만일의 기습에 대비하라."

"존명!"

잠시 후 출진 준비를 완료한 백사십 척의 선박과 함께 이유강은 섬을 출발했다. 백사십 척의 선박 중 흑골대함(黑骨大艦)이라 불리는 큰 배가 열네 척, 흑골투선(黑骨鬪船)이라 불리는 작은 배가 백이십육 척이었다. 흑골대함은 흑골투선의 대여섯 배는 될 듯한 큰 전함으로 전체 포문이 수십 개가 넘었다. 흑골투선은 흑골대함에 비해 작고 포문도 도합 여덟 개에 불과하지만 기동력이 매우 빠른 쾌속선이었다.

이유강은 제이대주인 귀상이 타고 있는 흑골대함에 승선했다. 임수아는 섬에 남게 했고, 삼대주 염호에게 그녀를 철저히 호위하라 지시했다.

"이곳에서 대략 이틀 정도 걸린다 했나?"

"그렇습니다."

귀상이 대답했다. 이유강은 선수에 서서 묵묵히 바다를 바라보고 있었다. 그런 그의 뒤에 차염과 귀상이 긴장된 기색으로 서 있었다. 이유강이 물었다.

"본진이 있는 섬에 포구가 세 곳이 있다 했던가?"

"그렇습니다. 현재 본진에 대략 삼백 척 정도의 함선이 대기하고 있을 것입니다."

"삼백 척이라…… 다소 싱겁게 끝나겠군."

이유강은 피식 미소를 지으며 환물 괴어들을 움직여 백사십 척의 선박들을 빠르게 움직이기 시작했다. 순간 배의 속도가 보통 때에 비해 서너 배는 빨라졌다.

이유강의 함대가 흑골연합의 본진에 근접했을 때는 한밤중으로 사방이 매우 캄캄했다. 이유강의 앞에는 항해도와 나침반 등 각종 측량 도구가 갖추어진 커다란 탁자가 있었고, 배의 수석항해사와 부항해사들이 서 있었다. 비록 환물로 인해 함대를 빠르게 움직일 수 있으나 선로에 대해서는 뱃길에 환한 선원들의 도움을 받는 것이 편했다. 이들이 말한 방향으로 이유강은 환물들을 통해 백사십 척의 배를 움직이고 있었다. 배가 매우 빠른 속도로 움직이자 수석항해사는 땀을 뻘뻘 흘리며 부항해사들과 선로를 파악하는 데 정신이 없었다.

"마황님, 지금 속도면 대략 일각 후면 본진에 도착할 것 같습니다."

"흠. 예상보다 빨리 도착했군."

"…시간이 무려 하루 반이나 단축되었습니다."

수석항해사의 얼굴은 잔뜩 상기되어 있었다. 이유강은 미소를 지었다.

"쉽지 않았을 텐데 선로를 정확히 파악하느라 수고 많았다. 귀상, 나중에 이들에게 충분한 포상을 내리도록."

"존명!"

뒤쪽에 서 있던 귀상이 포권했다.

"가, 감사합니다."

수석항해사는 감격의 표정을 지으며 이유강을 향해 절했다. 이유강은 끄덕이고는 귀상을 향해 다시 말했다.

"잠시 후에 나는 잠시 선실에 들어가 할 일이 있으니 아무도 들어오지 못하게 해라."

"존명!"

흑골연합 본진 세 개 포구에는 각각 백여 척의 선박들이 정박되어 있었다. 이유강은 선실에 들어가 환물 괴어들을 움직여 세 개 포구를 파악한 후 환물 괴어들을 세 무리로 나누어 세 개 포구에 진격시켰다.

'야심한 시간이라 각각의 배에는 그날의 당번인 소수의 해적들만이 지키고 있을 것이다.'

환물 괴어들은 배들이 정박을 위해 내려놓은 닻과 연결된 줄을 모조리 물어뜯어 버렸다. 순간 배들이 표류하기 시작하자 몇 마리씩 혹은 십여 마리씩 떼를 지어 배를 몰았다. 순간 배 위에 있던 소수의 해적들이 사색이 되어 고래고래 소리를 질렀다.

"으아악! 배가 스스로 움직인다!"

"허억! 괴물들이……."

이때 본진 중앙에 위치한 크고 화려한 전각의 회의실에는 몇 명의 인물이 모여 있었다. 흑골대제 아스케는 인상을 썼다.

"하토의 함대에서는 여전히 소식이 없느냐?"

"며칠 동안 심하게 내린 폭우와 폭풍으로 인해 비상 정박하고 있는 듯합니다. 곧 소식이 올 것입니다. 별일없을 것이니 너무 심려치 마십시오."

그러나 아스케는 인상을 펴지 않고 말했다.

"혼조, 그 광마황이라는 놈에 대해서는 알아봤느냐?"

"어찌 그따위 유치한 칭호를 가진 놈에 대해 신경을 쓰십니까. 하토가 벌써 쓸어버렸을 것입니다."

혼조라 불리는 사십대 초반의 사내는 비릿하게 웃었다. 그러나 아스케는 고개를 저었다.

"왠지 느낌이 안 좋다. 혹시 모르니 경계 태세를 강화해라. 언제라도 출진이 가능하도록 무사들도 배에서 대기시켜라."

"…존명!"

혼조는 내심 내키지 않은 표정이었으나 아스케의 명에 즉시 부복했다. 그때 한 명의 무사가 급히 들어왔다.

"대제님, 큰일났습니다!"

"무슨 일이냐?"

그렇지 않아도 신경이 날카로운 상황에 절차를 무시하고 들어오는 무사를 보자 아스케는 화가 치밀었다. 무사는 아스케의 살벌한 눈빛을 보자 얼굴이 창백해졌으나 기를 쓰고 말했다.

"…포구의 전함들이 모두 사라졌습니다."

"네놈이 미쳤구나!"

"닻줄이…… 크악!"

아스케는 검을 휘둘러 무사의 목을 베어버렸다.

"이놈이 어떤 놈 밑에 있는지 알아봐라. 그놈도 가만두지 않겠다."

그 말에 혼조는 즉시 바깥으로 뛰어갔다. 아스케는 바닥에 쓰러져 있는 무사의 시체를 보며 소리쳤다.

"보기 싫으니 수룡들의 먹이로 던져 버려라."

"존명!"

멀찍이 대기하고 있던 세 명의 무사가 급히 뛰어와 두 명은 시체를 끌고 나갔고 한 명은 바닥을 정리했다. 그때 혼조가 안색이 벌겋게 되어 뛰어들어 왔다.

"…사실입니다. 배가 모두 없어졌습니다."

"뭣이!"

아스케는 밖으로 뛰쳐나갔다. 오영(五影) 중의 한 명인 혼조가 거짓말을 할 리는 없었다. 순식간에 본진의 세 개 포구 중 중앙 포구에 도착한 아스케는 멍한 표정을 지었다.

"…이게 대체 어찌 된 일이냐?"

텅 비어 있었다. 백 척의 함선이 들어차 있어야 할 포구에는 바람에 거세진 물살만 요동치고 있었다. 아스케는 착 가라앉은 음성으로 소리쳤다.

"모든 지부에 전서구를 날려라! 지금 즉시 전력을 총동원해 본진으로 오라고 전해!"

"존명!"

"크악……!"

"크아악!"

회의실에는 수십 명의 무사들이 모여 있었고, 혼조의 검에 의해 서너 명의 무사가 죽음을 당했다. 포구의 경비를 책임지던 수장들이었다. 무릎이 꿇려진 무사들 중 유일하게 살아남은 한 명의 무사는 벌벌 떨며 말했다.

"…괴물들이 나타나 배를 채갔습니다! 순식간의 일이라 미처 보고할 수도 없었습니다! 살려주십시오!"

"죽여라!"

무사가 사정했으나 아스케는 차갑게 말했다.

"크악!"

혼조의 검에 의해 무사는 목이 떨어져 죽었다. 회의실에 모여 있는 무사들의 표정에 긴장감이 맴돌았다. 모두 숨소리조차 죽인 채 아스케의 눈치만 보고 있었다. 아스케가 말했다.

"연락을 취했으니 얼마 지나지 않아 본 맹의 전함들이 본진으로 올 것이다. 어떤 습격이 있을지 모르니 전원 비상 대기하도록."

"존명!"

아스케는 고개를 끄덕이고는 자신의 오른쪽에 앉아 있는 육십대 노인을 향해 말했다.

"아참, 수룡들을 이끌고 섬 주위를 탐색하라."

"맡겨주십시오. 수룡뿐만 아니라 수귀들도 함께 나가 탐색해 보겠습니다."

아참은 포권하며 말했다. 아스케는 내심 안심이 되었다. 수십 마리의 수룡들이 있는 한 제아무리 많은 배들이 몰려와도 대항할 수 있었다. 게다가 일천 마리의 수귀 부대도 있으니 비록 전함들이 탈취되었다 하나 본진이 위험할 정도는 아니었던 것이다.

본진으로부터 수십 리 떨어져 있는 해상에는 이유강의 함대 백사십 척이 머물고 있었다. 이유강이 말했다.

"수룡들과 수귀들이 오는군. 육십대 중반의 키가 작은 노인이 자네의 사부인 아참이 맞나?"

"…그렇습니다. 설마 그가 오고 있습니까?"

차염은 순간 몸을 부르르 떨었다. 순간 배에 있던 무사들이 두려움에 물들어 소리쳤다.

"수, 수룡이다! 수십 마리가 넘는다!"

"수귀들도 오고 있다!"

무사들은 수룡과 수귀들 앞에서 함선들이 무력하게 부서지는 것을 숱하게 보아왔던지라 소동하며 포문 앞에 서서 포격 명령을 내리기를 초조하게 기다리고 있었다. 수룡들이 함대 백여 장 앞까지 접근해 온 그때 돌연 거대한 얼굴이 바다에서 불쑥 튀어나왔다.

까아아아아!

광룡이었다. 순간 수룡들과 수귀들이 벼락이라도 맞은 듯 몸서리쳤다. 그와 함께 삼천여 마리의 환물 괴어들도 수룡과 수귀들을 향해 돌격했다. 환물 괴어들은 이미 둥글게 포위망을 형성하고 있었다.

수룡 가운데 가장 덩치가 큰 수룡의 등에 타고 있던 아참은 광룡과 환물 괴어들을 보고는 얼굴이 하얗게 변했으나 이내 안색을 회복하고는 수룡들을 향해 명령을 내렸다. 그러자 십여 마리의 수룡들이 광룡에게 달려들었다.

끄아아아아악!

광룡의 머리를 공격하러 오던 수룡 한 마리가 광룡에게 물려 목이 뜯겨져 나갔다.

끄아아악!

끄아악!

광룡은 계속해서 달려드는 수룡들을 물속에서 패대기치며 두 마리의 수룡을 순식간에 찢어버렸다.

서너 마리의 수룡들이 광룡의 등과 배를 입으로 물었으나 오히려 이빨이 부서져 나갔고 광룡의 발에 맞아 얼굴이 박살났다. 그러자 수룡들은 질겁하며 도망가기 시작했다.

우두둑. 우둑.

바로 그 순간 빠르게 도망가는 수룡들을 따라잡아 덮치는 세 마리의 환물이 있었다. 환물 수룡들이었다. 비록 광룡에 비교할 수는 없으나 능히 한 마리가 수룡 서너 마리를 가볍게 상대할 수 있는 괴력을 가지고 있었다. 한쪽에서는 수귀들이 환물 괴어들에게 무력하게 당하며 도망 다니고 있었다.

"……!"

아참의 안색이 창백해지더니 급히 수룡들과 수귀들을 이끌고 도망가기 시작했다. 수룡들의 속도는 무척 빨라 환물 수룡들이 쫓았으나 몇 마리를 제외하고는 환물 괴어들의 포위망을 벗어나려 하고 있었다.

이유강은 세 마리의 환물 수룡을 아참이 타고 있는 수룡을 향해 보냈다. 그리고는 한 마리의 환물 괴어 위에 올라타고는 그를 향해 다가갔다.

삼천 마리의 환물 괴어들의 포위망에 수귀들은 모두 갇혔지만, 수룡들 중 십여 마리는 환물 괴어들을 뚫고 어디론가 사라졌다. 그러나 아참이 타고 있는 수룡은 세 마리의 환물 수룡에게 잡혀 움직이지 못했다.

"…허억!"

환물 수룡과 광룡의 살벌한 위용에 경악하고 있는 아참의 앞으로 이유강이 환물 괴어를 타고 나타났다.

"멀쩡한 사람들을 괴물로 만들다니 네놈을 용서하지 않겠다."

"으득! 내 소중한 수룡들을 죽이다니. 네놈은 대체 누구냐?"

아참은 이를 갈며 이유강을 잡아먹을 듯 노려봤다. 이유강은 말했다.

"상황 파악이 안 되나 보군. 지금 큰소리칠 입장이 아닐 텐데."

"크크… 네놈 정도는 죽일 수 있다면 어쩔 테냐?"

"그럴 능력이 있을까?"

이유강이 냉소하자 아참은 득의의 미소를 흘렸다.

"방금 네놈의 코에 심고(心蠱)를 집어넣었다. 크크, 감히 내게 이토록 가까이 올 생각을 하다니 그것이 네놈의 실수였다. 마지막 남아 있던 심고라 조금 아깝긴 하다만, 네놈이 아무리 무공이 강하다 해도 심고에 당한 이상 내가 마음먹으면 한 줌 혈수로 변해 버릴 것이다."

"심고라……. 바람을 타고 코에 들어간 것인가?"

"크크, 눈에 보이지 않을 만큼 작은 벌레니 누구도 알아챌 수 없다. 살고 싶으면 내가 시키는 대로 해야 할 것이다."

아참은 음침한 미소를 지었다. 그러던 그의 표정이 갑자기 당혹스럽게 변했다.

"…심고가 죽다니 어찌 이럴 수가."

이유강의 몸속에 집어넣었던 심고가 갑자기 녹아버린 것이었다. 육고가 아닌 심고는 아참과 심적으로 통해 있기에 즉각 알아챌 수 있었다. 이유강은 훌쩍 날아 아참의 멱살을 잡아 올렸다.

"네놈을 당장 때려죽이고 싶다만 알아낼 것이 있어 잠시 살려두겠다."

말을 마치자마자 주먹으로 아참의 배를 후려갈겼다. 퍼억 소리가 나며 아참은 눈을 까뒤집고 혼절했다.

본진 중앙 건물 지하 연무장. 아스케는 검을 들고 서 있었다. 아참이 섬 주변을 탐색하러 나갔다가 실종된 지 벌써 삼 일이 지났다. 수많은 지부로 전서구를 보냈건만 단 한 척의 배도 본진으로 오지 않았다. 분명히 섬 주위 어딘가에 적이 존재하건만 그는 서두르지 않고 이렇게 피를 말리고 있었다.

"광마황이라 했나. 네놈이 제법 한다만 본진은 어쩔 수 없을 것이다. 오영 중 하토를 제외한 사영이 있고, 일만이 넘는 부하들이 있다. 섬으로 올라오면 토막을 내주겠다."

아스케는 말이 끝남과 동시에 검을 휘둘렀다.

파파팟!

그의 신형이 검과 함께 연무장 곳곳을 누볐다. 그 움직임이 무척 빨라 일순 십여 명의 사람이 움직이는 것 같은 환각을 불러일으켰다.

"감히 나를 건드린 것을 후회하게 해주겠다."

아스케는 검을 검집에 꽂으며 중얼거렸다. 그러던 그의 눈이 한곳을 향하며 부릅떠졌다.

'저것은……!'

연무장 한쪽에 위치한 탁자 위. 조그만 인형이 움직이고 있었다. 일전에 구사키에게 서신이 왔을 때 동봉되어 왔던 특이한 인형으로 절세의 도법을 펼치던 인형이었다. 그런데 이상하게도 그 후로는 움직이지 않아 이곳에 두었는데 갑자기 지금 도법을 펼치는 것이었다. 아스케는 집중하여 인형이 펼치는 도법을 쳐다보다가 안색이 굳어졌다.

'이럴 수가……!'

인형이 펼친 도법은 방금 아스케가 펼친 초식의 허점을 지적하고 있었다. 누군가 도를 들고 인형과 같이 도법을 펼친다면 도저히 감당할 수 없었다.

"감히!"

아스케는 문득 화가 치밀어 인형을 부숴 버리고 싶은 충동이 들었다. 그 순간 인형이 탁자 위에서 훌쩍 뛰어내리더니 바닥에 뭐라고 글씨를 쓰는 것이었다. 글씨를 확인해 보니 다음과 같았다.

伏卽生(복즉생) 抗卽死(항즉사). ―狂魔皇(광마황).

복종하면 살고, 저항하면 죽는다. ―광마황.

'감히!'

뜻을 확인한 아스케는 극도로 화가 치밀어 검을 휘둘렀다.

파악!

인형은 부서져 가루로 흩어졌다.

'…….'

인형은 부서졌으나 아스케는 두려움에 몸을 떨었다. 인형이 펼친 초식. 자신이 가장 자신하던 검초를 파훼하는 무서운 도법이었다. 광마황이라는 자는 그것을 알고 있는 것이 분명했다.

다시 하루가 지났다. 아스케는 신경이 극도로 예민해져 있었다. 그뿐만 아니라 섬의 모든 무사들 역시 며칠 동안 지속되는 비상 대기로 인해 지쳐 있는 상태였다.

'놈은 지금 느긋하게 즐기고 있다.'

그쪽은 언제든 공격을 할 수 있지만, 섬에서는 배가 없으니 오직 방어만 가능한 것이다. 섬의 모든 무사들이 며칠째 비상 경계를 하며 체력을 소진하고 있건만, 그들은 느긋하게 잠잘 것 다 자며 이쪽을 지켜보고 있을 것이 분명했다.

'좋지 않군. 이대로 가다가는 승산이 없다. 대체 왜 지부에서는 한 놈도 오지 않는단 말인가.'

이제 섬에는 서신을 전할 전서구도 없었다. 수백 마리의 전서구 중 한 마리도 돌아오지 않았던 것이다. 누군가 방문 밖에서 소리쳤다.

"대제, 혼조입니다."

"들어와."

혼조가 문을 열고 들어왔다. 그는 들어오자마자 심각한 기색으로 말했다.

"수리 중이라 따로 두었던 전함 십여 척 중 네 척의 수리를 마쳤습니다. 나머지 여섯 척은 며칠 더 시간이 소요될 것 같습니다."

"네 척이라……."

아스케는 미간을 찌푸렸다. 그는 고개를 끄덕였다.

"할 수 없군. 그 네 척으로 일단 이곳을 빠져나가야겠다. 너를 비롯한 사영과 그 휘하 정예 무사들만 추려라. 오늘밤 즉시 떠날 것이다."

"대제, 네 척으로 제가 적을 쓸어버리겠습니다. 적이 아무리 많더라도 그 광마황이라는 놈의 목만 따면 되지 않겠습니까?"

도주한다는 말에 혼조는 흥분했는지 언성이 높아져 있었다. 아스케는 그를 노려봤다.

"혼조, 네놈이 나를 이길 수 있느냐?"

"대제님을 제가 어찌……."

"광마황 그는 나도 장담할 수 없는 자다. 네놈들 중 가장 강했던 하토도 필경 당했을 것이다. 일단은 이곳을 빠져나가 지부의 세력을 규합해야겠다. 즉시 준비하라. 항명하면 네놈이라도 용서치 않겠다."

"…존명!"

네 척의 배가 흑골연합의 본진을 은밀히 떠났다. 흑골대함 한 척과 흑골투선 세 척이었다. 떠나는 인원은 아스케를 포함하여 칠백여 명으로 이중 선원들을 제외한 오백여 명의 무사들은 흑골연합 최강의 정예 무사들이었다. 아스케는 아득히 멀어지는 본진의 섬을 착잡한 표정으로 쳐다봤다.

"광마황, 오늘은 이렇게 간다만 다시 찾아오겠다. 네놈은 나를 건드린 것을 후회하게 될 것이다."

아스케의 말에 혼조를 포함한 네 명의 사내는 주먹을 말아 쥐며 비분에 찬 표정을 지었다. 일순 얼굴에 칼자국이 길게 나 있는 삼십대 후반의 사내가 소리쳤다.

"대제, 이렇게 떠나는 것을 도무지 이해할 수 없습니다!"

“그렇습니다. 명만 내려주십시오. 그 광마황이란 놈의 목을 따오겠습니다.”

그러자 아스케는 시선을 돌려 그들을 노려봤다.

“고작 네 척의 배로 어쩌겠다는 것이냐? 수백 척의 배를 빼가고 수룡과 수귀들까지 모조리 죽인 놈들이다. 적들이 대체 몇 명인지도 모르고 있는 상황에 목숨을 걸고 모험하겠다는 말이냐?”

“하지만…….”

“혼조, 쥬베, 더 이상 아무 말 하지 마라.”

아스케의 눈에는 살기가 어려 있었다. 순간, 혼조와 쥬베는 움찔하며 부복했다. 아스케는 살기를 거두고 하늘을 쳐다봤다. 구름들 사이로 별들이 총총히 빛나고 있었는데 시커먼 새들 십여 마리가 네 척의 선박 상공을 배회하고 있었다. 처음 보는 기이한 새들이었다.

“……!”

뭔가 꺼림칙하여 활을 가져오라 말을 하려던 찰나 갑자기 쾅 하는 소리와 함께 배가 크게 진동했다.

“무슨 일이냐?”

아스케는 소리가 난 방향을 쳐다봤다. 선미(船尾) 부분에 뭔가 충격이 있었던 것 같았다. 그쪽으로 선원들과 무사들이 몰려가고 있었지만 아스케는 혼조를 향해 말했다.

“가서 알아봐라.”

“존명!”

혼조와 쥬베가 일어나 선미 쪽으로 신형을 날렸다. 날렸다 싶은 순간 그들은 이미 선미에 도착해 있었다. 한데 아래를 쳐다본 혼조와 쥬베가 대경실색하며 검을 빼 들었다.

"뭐, 뭐냐?"

"어찌 저런 괴물이!"

그들은 검을 빼 들었지만 선뜻 공격하지 못하고 머뭇거리고 있었다. 뭔가 심상치 않은 것이 있는 모양이었다. 아스케는 급히 신형을 날려 선미에 서서 아래를 내려다봤다.

'…헉!'

차앙!

아스케는 검을 빼 들었다. 시커먼 바닷물 속에서 위를 노려보고 있는 두 개의 눈. 핏빛의 커다란 눈동자가 웃고 있었다.

'세상에 어찌 저런 것이 존재한단 말인가.'

크기로 보건대 수룡의 몇 배는 됨직한 거대한 괴물임이 분명했다. 그동안 숱한 바다 괴물들을 본 적이 있지만 지금처럼 놀래본 적은 없었다. 혼조와 쥬베가 어떻게 할 거냐는 듯 멍한 표정으로 아스케를 쳐다봤다. 선원들과 다른 무사들은 마치 뱀을 만난 개구리마냥 벌벌 떨고 있었다.

"창을 가져와라!"

아스케가 소리치자 누군가 창을 가져왔다. 아스케는 내공을 끌어올려 창을 던지려 했다. 순간, 괴물이 불쑥 얼굴을 물 밖으로 드러내는 것이었다. 그로 인해 아스케는 괴물과 정면으로 눈이 마주쳐졌다. 예상했던 대로 악룡의 형상이었다. 갑판 위는 아수라장이라도 된 듯 법석이 일었다. 혼조와 쥬베도 뒷걸음질치고 있었다.

"감히!"

아스케는 창을 힘껏 던졌다. 창은 정확히 악룡의 눈에 적중했으나 아무런 충격도 주지 못하고 퉁겨졌다. 아스케는 가슴이 서늘해졌다. 급히 내력을 끌어올려 던지긴 했으나 어지간한 철판도 뚫어버릴 만한 힘이었던 것이다. 그것이 악룡의 가장 약해 보이는 눈에 아무런 충격도 주지 못하다니. 한데 더욱 경악할 만한 일이 벌어졌다.

"카카캇……! 이렇게 도망가면 살 수 있을 줄 알았느냐?"

지극히 사이한 음성이었다. 마치 지옥의 악귀가 울부짖는 것 같았다. 악룡이 입을 열어 말을 하고 있었다. 아스케는 소름이 끼쳤지만 애써 침착을 유지하며 물었다.

"혹시… 네가 광마황이냐?"

악룡은 그저 노려보기만 할 뿐 더 이상 말이 없었다. 오히려 뒤쪽에서 음성이 들리는 것이었다.

"나를 찾는가?"

"크윽!"

"윽……!"

동시에 두 마디의 짧은 비명성이 들렸다. 모두들 깜짝 놀라 뒤를 돌아봤다. 배의 선수에서 두 명의 인물이 쓰러지고 있었다. 그들은 오영중의 두 명인 이토와 구루였다. 그곳에 한 명의 백의청년이 도를 들고 서 있었다. 아스케는 손에 땀이 찼다.

'이토와 구루가 당하다니…….'

"이토!"

"구루……!"

혼조와 쥬베가 그쪽으로 뛰어갔다.

"혼조, 쥬베, 멈춰라!"

아스케는 급히 신형을 날려 혼조와 쥬베를 막아섰다. 그리고는 백의청년을 향해 물었다.

"네놈은 누구냐?"

"방금 나를 찾지 않았나."

"뭣이! 네놈이 광마황이란 말이냐?"

백의청년은 고개를 끄덕였다.

"그렇다."

"…네놈!"

아스케는 청년을 죽일 듯 노려보았다. 그러나 뒤에 악룡이 버티고 있으니 섣불리 싸울 수도 없었다. 이해할 수 없는 일이지만 악룡은 정체불명의 저 청년의 지시를 받고 있음이 분명했다. 생각 같아서는 당장 달려들어 요절을 내고 싶었지만 감정대로 행할 때가 아니었다. 아스케는 최대한 분노를 억누르며 찬찬히 물었다.

"광마황! 대체 무슨 이유로 본 맹을 공격하는지 이유를 말해 보라. 우리가 네놈에게 무슨 잘못이라도 한 것이 있단 말인가."

"물론이다. 어차피 무고한 양민들을 약탈하는 해적들이라 살려둘 생각은 없었다만, 그전에 네놈들이 먼저 나를 건드렸다."

"무슨 말이냐?"

"몇 개월 전 서문세가의 선박들을 보내고 두 척의 배를 쫓아갔던 일을 기억하느냐?"

"그게 무슨……?"

그때 갑자기 쥬베가 이를 갈며 소리쳤다.

"으득……! 그러고 보니 네놈이 바로 내 동생을 죽인 그놈이었군!
가만두지 않겠다!"

달려나와 이유강을 공격하려는 쥬베를 아스케가 저지했다.

"쥬베, 무슨 일인지 말해 봐라."

"일전에 말씀드린 그놈입니다. 저놈이 제 동생 야리를 죽였습니다.
복수를 하도록 허락해 주십시오. 크크… 그때 살겠다고 기를 쓰고 도
망가던 모습이 볼 만했습니다."

아스케는 미간을 찌푸렸다.

"십여 일을 쫓았다가 폭풍 때문에 놓쳤다고 했던 그자 말인가?"

"예. 빨리 저놈을…… 크윽!"

쥬베는 불신의 눈빛으로 아스케를 쳐다봤다. 그의 가슴에는 아스케
의 검이 박혀 있었다.

"어찌 저를……."

쥬베는 말을 마치지 못하고 죽었다. 혼조가 눈을 부릅뜨며 아스케를
노려봤다. 아스케는 쥬베의 가슴에 박힌 검을 뽑고는 이유강을 향해
말했다.

"이제 되었나?"

"무슨 뜻인가?"

"이제 원한이 해결되지 않았나? 원한다면 그때 연루되었던 놈들을
모조리 넘겨주겠다."

아스케는 한쪽 입꼬리를 씰룩이며 말했다. 이유강은 싸늘하게 표정
을 굳혔다.

"실망이군. 적 앞에서 살겠다고 자신의 부하를 죽이다니. 그렇다고

내가 네놈을 살려둘 줄 아느냐?”

“크흐, 네놈이 아무리 강하다 해도 우리 모두를 상대할 수 있다고 생각하느냐? 나도 많이 양보한 것이니 이제 그만 하는 것이 어떻겠느냐. 그리고 네놈 역시 네놈의 부하들을 찾고 있는 것 같은데 그들 또한 넘겨주겠다.”

“무슨 소리냐?”

이유강은 순간 깜짝 놀라 소리쳤다. 아스케가 비릿하게 웃었다.

“쥬베가 말한 놈이 네놈인 줄 진작 알았다면 좋았을 것을. 그때 쥬베가 잡아온 놈들이 있다. 이름을 듣자 하니 유…….”

“설마 유풍룡과 철무생이 살아 있단 말이냐?”

“그렇다. 그놈들 이름이 유풍룡과 철무생이었을 것이다.”

이유강은 고개를 끄덕였다.

“진정 그들이 살아 있고 내게 넘겨준다면 네놈의 목숨을 살려주겠다.”

“크흐! 잘 생각했다. 내 즉시 돌아가서 그놈들을…… 커억!”

득의의 미소를 지으며 말하던 아스케의 안색이 창백해졌다. 그의 가슴을 등에서부터 뚫고 들어온 한 자루의 검이 있었다. 아스케의 눈이 붉게 변하더니 고개를 돌려 검의 주인을 노려봤다.

“혼조, 네놈이 감히!”

“크… 당신 같은 자에게 충성을 맹세한 내가 한심스럽소. 십여 년 넘게 목숨 바쳐 충성한 쥬베를 그렇게 죽인단 말이오? 구차하게 목숨을 구걸하느니 차라리 먼저 가시오. 나 역시 저놈을 죽이고 할복하겠소.”

혼조는 그 말을 마치며 아스케의 몸에 박힌 검을 뽑으려 했다. 그러나 아스케는 몸을 미끄러지듯 비틀며 혼조의 손을 벗어났다. 그는 가슴에 검을 꽂은 그대로 자신의 검을 혼조에게 겨눴다.

"크흐흐. 혼조, 네놈을 용서하지 않겠다."

아스케는 혼조를 향해 검을 휘두르며 달려들었다.

차앙!

혼조는 잽싸게 빼 든 소검으로 아스케의 검을 막았다. 그러자 아스케가 입술을 실룩였다.

"크흐흐. 네놈이 감히 막았느냐?"

일순 그의 검에서 웅웅 소리가 들리는가 싶더니 무수한 검영(劍影)이 혼조를 향해 폭사했다.

'……!'

혼조는 혼신을 다해 막았으나 검영 중의 하나가 이미 그의 정수리로 쇄도하고 있었다. 이미 피할 수 없었다. 혼조는 정수리로 파고들 차가운 검신의 감촉을 상상하며 눈을 감았다.

'끝인가. 차라리 이렇게 죽는 것이 다행인지도 모르겠군.'

그런데 정수리에 아무런 감촉도 느껴지지 않았다. 벌써 파고들어 머리가 쪼개졌어야 정상이련만. 혼조는 눈을 떴다. 그 앞에 아스케가 고통 어린 표정으로 서 있었다. 그의 검을 든 손은 팔꿈치에서부터 잘려나가 있었다. 그 앞에 백의청년이 도를 들고 서 있었다. 혼조는 이해할 수 없는 표정으로 청년을 쳐다봤다.

"크으, 이렇게 죽게 되다니……."

아스케는 이제 힘이 다한 듯 혈색이 더욱 창백해졌다. 이유강은 싸늘히 물었다.

"유풍룡과 철무생은 어디에 있느냐?"

그러자 아스케는 애써 득의의 미소를 지었다.

"내가 죽음으로 네놈 역시 그들을 찾을 수 없을 것이다. 크큭… 하긴, 찾는다 해도 그놈들은 이미 정상이……."

아스케는 말을 하던 도중 푹 쓰러지더니 더 이상 움직이지 않았다. 이유강은 고개를 돌려 혼조를 쳐다봤다. 혼조가 딱딱해진 안색으로 물었다.

"왜 나를 살려주었나?"

"죽기에는 아까운 인물 같더군."

"크… 쓸데없는 자비를 베푸는군. 그것으로 네놈 역시 죽게 될 것이다."

혼조는 그 말을 마치자마자 아스케의 몸에 박혀 있던 검을 뽑아 들었다. 그리고는 갑판에 있는 무사들을 향해 소리쳤다.

"오영 중 제이영(第二影) 혼조가 말한다. 너희들은 나를 따르겠느냐?"

"혼조님을 따르겠습니다!"

무사들은 혼조를 향해 이구동성으로 말했다. 혼조는 고개를 끄덕이고는 이유강을 노려봤다.

"이들은 내가 직접 가르친 흑골맹 최강의 정예들이다. 내가 명한다면 모두 죽음을 무릅쓰고 네놈을 공격할 것이다. 네놈을 먼저 죽이고 저기 있는 괴물도 없애 버리겠다."

"용기가 가상하나 상당히 무모하군."

이유강은 피식 웃었다. 그러자 혼조는 냉소하며 소리쳤다.

"모두 저놈을 공격하라!"

"존명!"

혼조의 명에 의해 갑판 위에 있던 백 수십 명의 무사들이 검을 들고 이유강을 향해 다가왔다.

쫘앙!

큰 소리가 나며 배가 크게 흔들렸다. 이유강을 향해 다가오던 무사들은 균형을 잡느라 모두 그 자리에 멈춰 섰다.

쫘앙!

또다시 큰 소리가 나며 흑골대함의 선미 쪽 돛대 하나가 부러져 바다에 처박혔다. 동시에 배가 기울며 크게 흔들리기 시작했다.

"으윽!"

"으아아……!"

혼조를 비롯한 무사들은 바다에 빠지지 않으려 몸을 납작 엎드렸다. 잠시 후 배는 다시 잠잠해졌다. 이유강이 말했다.

"내가 마음만 먹으면 지금 당장 이 배를 산산조각 낸 후 네놈들을 수장시켜 버릴 수 있다."

"으… 우릴 어쩔 셈이냐?"

"나에게 충성을 맹세한다면 살려주겠다."

그러자 혼조는 코웃음 쳤다.

"차라리 죽을지언정 네놈의 수하가 되지는 않을 것이다. 기필코 네놈을 죽여 구루와 이토, 그리고 하토 대형의 원수를 갚겠다."

"하토는 죽지 않았다. 그는 나의 부하가 되기로 맹세했지."

"크크! 그것을 나보고 믿으라는 말이냐? 그는 그럴 사람이 아니다."

혼조는 믿을 수 없다는 표정이었다.

"혼조, 그의 말은 사실이다."

갑자기 어디선가 귀에 익은 음성이 들리자 혼조는 깜짝 놀라며 고개를 돌렸다. 배에 좌측 돛대 위에 한 명의 인물이 서 있다 뛰어내렸다.

"대형… 살아계셨소?"

혼조는 일순 눈물이라도 울컥 쏟을 것 같은 표정이었다. 하토는 담담히 웃었다. 혼조가 일순 표정을 굳히며 물었다.

"설마 방금 한 말이 사실이오?"

"그렇다."

하토는 주저없이 대답했다. 혼조는 눈을 부라리며 소리쳤다.

"믿을 수 없소. 다른 누구도 아닌 대형이 어찌……."

"대제가 그에게 패하면 그의 수하가 되기로 약속했기 때문이다."

"그렇다면 모두 지켜보고 있었소?"

혼조가 묻자 하토는 말없이 고개를 끄덕였다. 그러자 일순 혼조가 안색이 환해지며 말했다.

"크크, 그러고 보니 대형께서는 약속을 지키지 않아도 되오. 대제는 저자의 손에 죽은 것이 아니라 내가 죽였소."

"네 말은 틀렸다. 보통 때라면 네가 대제를 기습해도 성공할 수 없었을 것이다. 대제는 이미 기세에 압도당해 있었다. 싸우기 전에 이미 진 것이다."

"대형! 제발 정신 차리시오! 저자는 이토와 구루를 죽인 원수란 말이오!"

혼조의 눈은 충혈되어 있었다. 하토는 미소를 지었다.

“이토와 구루는 죽지 않았다.”

혼조는 믿을 수 없다는 듯 고개를 돌려 쓰러져 있는 이토와 구루를 쳐다봤다. 이유강이 말했다.

“오영을 살려달라는 하토의 부탁이 있었다. 그들은 잠시 기절한 것 뿐이다. 그러나 쥬베의 일은 나 역시 예상치 못했던 상황이라 어쩔 수 없었다. 애석하게 생각한다. 애당초 아스케는 그대들의 상전이 될 만한 자격이 없었다.”

“…….”

혼조는 아무 말도 하지 않았다. 그러다 하토를 향해 소리쳤다.

“이제 어쩔 셈이오? 설마 우리도 저자의 수하가 되라 말할 생각이오?”

“혼조, 가서 이토와 구루를 깨워라.”

하토는 일순 혼조를 노려보며 강하게 말했다. 그러자 혼조는 움찔하며 하토가 시키는 대로 걸어가 이토와 구루를 흔들어 깨웠다.

“…으음!”

이토와 구루는 인상을 찌푸리며 깨어났다. 하토가 말했다.

“이토, 구루! 속히 정신 차리고 이쪽으로 와라.”

“아, 대형!”

“살아계셨소?”

그들은 하토를 보며 반색하며 벌떡 일어났다. 그러다 바닥에 쓰러져 있는 아스케와 쥬베의 시체를 보고는 표정이 굳어졌다.

“이게 어찌 된…….”

“곧 설명해 주겠다. 일단 이쪽으로 와라.”

이토와 구루는 하토의 곁으로 가서 섰다. 하토가 이유강을 향해 말했다.

"당신이 대제보다 우위에 있음을 인정하오. 그러나 정식으로 겨루지 못했으니 이대로 인정하긴 힘드오."

"틀린 말은 아니군. 원하는 것을 말해라."

"우리 네 명이 합공을 펼쳐 당신을 공격하겠소. 만일 당신이 이긴다면 우리 모두 당신의 수하가 될 것이오. 그러나 만일 당신이 패한다면, 이 자리에서 처참하게 죽게 될 것이오. 그래도 응하겠소?"

"그렇게 하지."

이유강은 주저없이 고개를 끄덕였다. 순간, 혼조와 이토, 구루는 기가 막히다는 표정을 지었다. 특히 혼조의 안색은 상당히 밝아져 있었다.

"크크, 아스케 대제도 우리 중 세 명 이상의 합공은 받아내지 못했는데 대형까지 포함한 우리 넷의 합공을 저자가 어찌 받아내겠소. 역시 대형이시오. 이런 생각을 가지고 있을 줄은 몰랐소."

하토는 말없이 두 자루의 검을 뽑았다. 그것을 본 혼조의 안색이 변했다. 하토가 두 자루의 검을 뽑는 것, 그것은 그가 생각하는 최강의 상대를 만났을 때나 있는 일이었다. 하토가 말했다.

"모두 자신의 최고절기를 펼쳐라. 기회는 한 번뿐이다."

"……."

이토와 구루가 고개를 끄덕였다. 혼조 역시 고개를 끄덕였다. 그때 이유강이 소리쳤다.

"선공을 양보하겠다! 나를 실망시키지 마라!"

"조심하시오."

하토는 사양하지 않고 바로 공격 자세를 취했다. 이토와 구루, 혼조도 신속히 움직여 이유강을 포위했다. 이유강은 도를 하늘로 치켜들고는 묵묵히 그들을 지켜봤다.

파앗!

하토를 비롯한 사영(四影)은 서로 눈빛을 교환하더니 순간 이유강의 시야에서 사라졌다.

'……!'

대뜸 포위하여 합벽 초식을 펼칠 줄 알았는데 갑자기 사라지다니. 비록 밤이라 하나 이토록 완벽하게 자취를 감추기는 쉬운 일이 아니었다. 게다가 땅도 아닌 전함의 갑판 위가 아닌가. 이유강은 내심 그들의 은신술에 놀랐으나 어렵지 않게 그들의 소재를 파악했다.

'위에 있군.'

사라진 것이 아니라 매우 빠른 속도로 공중으로 도약한 것이었다.

츠츠츳.

순간, 공중에서 가공할 살기가 느껴졌다. 위를 보니 네 명이 동시에 마치 회전하듯 내려오고 있었다. 일전에 하토와 그의 부하들이 펼쳤던 합공과는 그 차원부터 달랐다. 회오리치는 바람이 이유강의 사방을 진공 상태로 만들었다. 수십 개의 검기가 그리는 기이한 곡선들. 이유강은 순간 놀라지 않을 수 없었다.

'…사백육!'

사영의 합공은 이유강의 예상을 넘어서 있었다.

'정상적인 방법으로는 상대하기 힘들겠군.'

현재 이유강의 내공은 대략 백칠십 년 정도에 육박해 있었다. 이대로 광마도법을 펼친다면 최대로 펼칠 수 있는 초식이 삼백육십팔 번째 초식이고, 환수(幻手)를 만들어 펼친다면 사백육십 번대 초식을 펼칠 수도 있을 것이다. 그러나 현재 들고 있는 도는 한 자루뿐이고, 갑판 위에는 환수로 만들 만한 흙이 존재하지도 않았다. 더욱이 수십 개의 검기가 이유강을 향해 쇄도하고 있는 상황에 설사 흙이 산재하다 한들 환수를 만들 틈도 없었다.

츠으으읏!

이유강의 눈에서 검은색 기운이 허공으로 분수처럼 쏟아져 올라갔다. 순간 허공의 방원 수장이 암흑 상태로 변했다. 동시에 이유강의 신형이 암흑 속으로 사라졌다.

창! 차앙! 차창!

암흑 속에서는 수십 번의 병기 부딪치는 소리가 들렸고 갑판 위에 있는 사람들은 암흑으로 인해 그 상황을 알 수가 없었다.

"헉……!"

"허억!"

일순, 암흑 속에서 당혹스러워하는 네 마디의 짧은 신음성이 들리더니 갑판 위로 사영이 떨어져 내렸다. 이유강은 도를 들고 내려선 후 담담히 그들을 쳐다봤다. 급작스럽게 쏘아 보낸 암흑마기로 짧은 시간에 사영을 모두 결박시키기는 불가능했다. 그러나 시야를 차단함으로 비록 잠깐이나마 네 명의 움직임을 둔화시킬 수는 있었다. 그 찰나의 순간이면 족했다. 광마도법 사백육 번째 초식에 맞먹는 사영의 합공도 그 순간 위력이 약화될 수밖에 없었다.

이미 암흑은 온데간데없이 사라져 있었다. 하토가 나직하게 말했다.

"…졌소."

길게 베어진 옷이 나풀거리며 하토의 가슴이 드러났다. 하토뿐만 아니라 사영 모두 옷이 길게 베어져 상체가 드러나 있었다. 혼조가 복잡한 표정으로 이유강을 노려봤다. 이토와 구루는 멍하니 서 있었다. 이유강이 혼조 등을 향해 말했다.

"표정들을 보니 진 것을 별로 인정하고 싶지 않나 보군."

"……"

혼조는 아무 말도 하지 않았다. 이토가 고개를 저으며 말했다.

"진 것을 인정하오."

"졌소."

구로 역시 침울한 표정으로 말했다. 이유강은 혼조를 쳐다봤다.

"졌으니 죽이든 살리든 마음대로 하시오."

혼조는 힘없는 목소리로 이내 자신의 패배를 인정했으나 여전히 조금은 불복의 눈빛이었다. 이유강은 고개를 끄덕이고는 말했다.

"나에게 패배를 인정했으니 이제 약속을 지킬 차례다."

그러자 하토가 부복하며 말했다.

"이제부터 저 하토와 혼조, 이토, 구루는 광마황님을 주군으로 모시겠습니다."

하토에 이어 이토와 구루, 혼조도 그를 따라 이유강 앞에 부복했다.

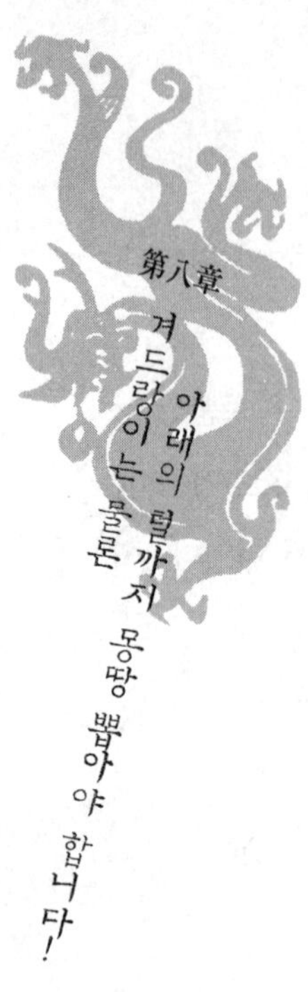

第八章

겨드랑이는 물론 아래의 털까지 몽땅 뽑아야 합니다!

사영(四影)이 충성을 맹세함에 따라 네 척의 배에 타고 있던 오백여 명의 무사들 역시 이유강에게 충성을 맹세했다. 이유강은 이들과 함께 흑골연합의 본진으로 돌아가 손쉽게 본진을 장악했다. 흑골대제 아스케가 죽은 이상 본진은 하토를 비롯한 사영이 실세가 되었고, 그러한 사영이 주군으로 인정했으니 이에 반기를 들 만한 자들은 존재하지 않았다.

사실 본진에 있던 삼백 척의 배를 훔쳐 가고, 공포의 상징이었던 수룡들과 수귀들을 가볍게 해치워 버린 광마황이라는 이름은 이미 본진의 모든 해적들에게 두려움의 대상이 된 지 오래였다. 게다가 흑골연합 최강의 실력자였던 흑골대제 아스케를 죽이고, 사영까지 굴복시켰으니 해적들은 이유강과 눈이 마주치는 것조차 두려워했다.

본진의 섬은 구사키의 근거지였던 응사도에 비해 열 배는 컸다. 능히 수만 명의 사람들도 거할 수 있을 만큼 넓었다. 섬에는 세 개의 포구가 존재했고, 놀랍게도 대형 배를 건조할 수 있는 조선 시설도 갖추고 있었다. 세 개의 포구 중 본진의 중앙에 위치한 포구가 가장 컸고, 양쪽의 포구는 중앙 포구에 비해 반 정도의 규모였다. 중앙 포구에서 수용할 수 있는 배는 대략 삼백 척 정도이고, 좌우측의 포구는 각각 백오십 척 정도였다.

이유강은 이미 환물들을 통해 빼돌렸던 삼백 척의 함선들을 포구에 돌려놓았고, 귀상을 비롯한 응사도에서 왔던 백사십 척의 함선들도 본진의 포구에 정박하게 했다. 따라서 현재 본진에는 도합 사백사십사 척의 함선이 정박되어 있었다.

'이 중 백 척의 함선을 여송에게 보내야겠군. 구자삼에게도 함선 지원을 해줄 필요가 있겠지.'

잠시 생각을 하던 이유강은 자리에서 일어났다. 직접 계획을 세우는 것보다 차라리 여송을 이곳으로 불러 맡기는 게 나을 것 같았다. 사영 중의 한 명인 이토가 방으로 들어왔다.

"명하신 대로 유풍룡과 철무생이라는 자들을 찾아보았으나 감옥에는 없었습니다. 또한, 노예들 중에도 그와 같은 이름을 가진 자들은 없었습니다."

"음……."

이유강은 미간을 찌푸렸다. 아스케가 분명 그들을 잡아 가두었다고 했지 않았던가.

"확실치는 않지만……."

이토가 조심스레 말을 이었다.

"아무래도 수귀가 되어 있지 않은가 하는 생각이 듭니다."

"뭣이!"

이유강은 깜짝 놀랐다. 수귀라니. 순간 아스케가 죽으며 내뱉은 말이 기억났다.

"내가 죽음으로 네놈 역시 그들을 찾을 수 없을 것이다. 크크… 하긴, 찾는다 해도 그놈들은 이미 정상이…….."

마지막 그는 말을 흐렸지만 유추해 보면 정상이 아니란 말이 분명했다. 이유강은 급히 차염을 불렀다. 잠시 후 차염이 방으로 들어왔다. 이유강은 차염이 들어오자마자 대뜸 물었다.

"사람을 수귀로 만드는 데 얼마나 걸리나?"

"보통 장기간 약물을 복용시켜 만들기에 대략 십여 년 이상 걸립니다."

"음… 그렇다면 그들이 수귀가 되었을 리는 없겠군."

이유강은 차염의 말에 다소 안도하며 고개를 끄덕였다. 한데 차염의 말이 이어졌다.

"다만… 예외적으로 불과 몇 개월 만에 수귀로 만들 수도 있습니다."

"뭣이!"

"아참 사부에게 있는 특별한 약물로 피시전자가 내력을 갖춘 무림인일 경우, 보다 빠르게 수귀로 만들 수도 있다 들었습니다. 약물이 귀해 여간해서는 쓰지 않지만, 무공이 강력한 무림인을 수귀로 만들었을 경우 보통보다 강력한 수귀로 만들 수 있습니다.”

“제길! 지금 당장 수귀들이 모여 있는 곳으로 안내하라!’

이유강은 급히 방을 나섰다. 일전에 아참이 수룡과 수귀들을 몰고 왔을 때 아참이 이유강에게 맞아 기절함으로 통제력을 잃은 수귀들을 차염이 통제하고 있었다. 당시 천여 마리였던 수귀들 중 환물 괴어에게 죽은 이백여 마리를 제외하고 현재 팔백 마리 정도가 차염의 통제를 받고 있는 중이었다. 이유강은 혹시라도 그때 죽은 이백 마리의 수귀들 중 유풍룡과 철무생이 포함되어 있지 않을까 하는 우려가 들었다.

“수귀로 변하면 본래의 용모를 알아볼 수 없나?”

“다소 흉측하게 변하긴 하지만 알아볼 수는 있습니다.”

“다행이군.”

잠시 후 수귀들이 모여 있는 동굴에 도착했다. 그러나 팔백여 마리의 수귀들을 일일이 확인해 보았지만, 유풍룡과 철무생 비슷한 얼굴은 보이지 않았다. 이유강은 내심 속이 탔다.

‘설마 죽었단 말인가.’

그들이 죽었다면 환물 괴어들에 죽음을 당했을 것이니 이유강 자신이 죽인 것이나 다를 바 없었다. 이유강은 혹시나 하는 마음에 다시금 수귀들을 훑어보려 했다. 그때 차염이 말했다.

“이곳 말고 가볼 곳이 있습니다. 아직 대법이 완성되지 않았다면 분명 그곳에 있을 것입니다.”

“어딘지 속히 안내해라.”

이유강은 반색하며 차염이 인도하는 동굴의 안쪽 깊숙한 곳으로 들

어갔다. 한참을 들어가자 보라색의 작은 연못 십여 개가 있는 공간이
보였다. 연못은 도합 열두 개였는데 그중 다섯 개의 연못에 각각 한 명
씩의 인물들이 목까지 물에 몸을 담근 채로 앉아 있었다. 이유강은 그
중 낯익은 두 명의 인물을 발견했다. 유풍룡과 철무생이었다.

"무생! 나를 알아보겠느냐?"

"……."

이유강은 가까이에 있는 철무생을 향해 소리쳤다. 그러나 철무생은
아무런 응답 없이 눈을 감고 앉아 있었다. 그의 목 아래 부분은 자색의
액체로 인해 보이지 않았지만, 얼굴에도 징그러운 비늘 비슷한 것이 돋
아 있었다. 항주 사교계에서 유명한 미남으로 소문난 철무생의 얼굴이
실로 흉측하게 변한 것이다. 이유강은 유풍룡도 불러보았으나 그 역시
대답을 하지 않았다.

"차염, 당장 대법을 중지하라."

"저는 확실한 방법을 모릅니다. 자칫 이들이 죽게 될 수도 있습니
다."

"아참은 알고 있겠지?"

"그럴 것입니다."

잠시 후 이곳으로 아참이 끌려왔다. 아참은 하체의 일부분을 가린
천 조각 하나만을 걸치고 초췌한 안색으로 무릎 꿇려졌다. 그렇게 한
이유는 아참의 옷에는 실로 수를 셀 수 없을 만큼 많은 극독이 종류별
로 숨겨져 있었기 때문이다. 이유강은 혹시라도 다른 부하들이 피해
입을 것을 대비하여 아참의 손톱과 발톱은 물론 머리카락도 다 잘라

버렸다. 이유강은 아참을 노려보며 물었다.

"아참, 대법을 푸는 방법을 알고 있겠지?"

"크… 내가 그것을 말할 것이라 생각하느냐?"

퍼억!

이유강은 발로 아참의 복부를 후려 찼다. 아참은 신음을 지르며 나뒹굴었다. 이유강은 도를 빼 들었다.

"다시 한 번 묻겠다. 이번에도 대답을 하지 않는다면 목을 잘라 버리겠다."

"…크으! 나를 죽이면 저들도 죽게 된다. 크크……! 네놈은 절대 나를 죽일 수 없을 것이다."

아참은 맞은 복부가 매우 아픈지 안색을 찡그리면서도 애써 능글맞게 웃었다. 이유강의 눈에서 검은 기운이 빠져나가 아참의 전신을 휘감았다.

"끄으으!"

아참은 전신이 결박당하는 고통에 신음했다. 한동안 고통이 지속되었으나 아참은 입을 열지 않았다. 이유강이 소리쳤다.

"정녕 죽기를 원하는가!"

"…끄으으. 조건이 있다. 일단 이것부터……."

아참의 말에 이유강은 암흑마기를 거두며 물었다.

"조건이라 했느냐?"

아참은 결박의 고통이 풀리자 안도하는 표정으로 고개를 끄덕였다.

"나의 조건을 들어주면 네놈이 원하는 대로 이들의 대법을 풀어주마."

이유강은 아참이 교활하게 머리를 굴리는 것을 보고 내심 가증스러
웠지만 담담히 말했다.

"좋다. 조건을 말해 봐라."

"크크! 다행히 말이 안 통하는 놈은 아니로구나."

아참은 득의의 미소를 지으며 말을 이었다.

"보아하니 저기 두 놈의 대법만 풀면 되는 것 같은데 내가 그놈들의
대법을 풀어주겠다. 대신 나머지 세 놈, 그리고 사로잡은 수룡과 수귀
들을 모두 내게 돌려주고 나를 무사히 보내줘라. 어떠냐?"

"후훗……!"

이유강은 대답 대신 차갑게 웃었다.

"네놈은 지금 상당히 착각하고 있군. 그렇게 할 바에는 네놈부터 죽
이고 여기 있는 수귀들도 모두 내손으로 죽여 버리겠다. 인간이 아닌
괴물로 조종당하며 사느니 차라리 죽는 것을 그들도 원할 것이다. 내
비록 부하들을 아끼지만 이들의 운명이 여기까지라면 어쩔 수 없는 것.
하늘을 대신하여 네놈의 가증스런 인생을 이만 마감시켜 주겠다."

그리고는 도를 들고 아참을 향해 성큼 다가섰다. 순간 아참의 안색
이 사색으로 변했다.

"…살려주시오. 나를 죽인다면 분명 후회할 것이오."

"살고 싶은가?"

"그, 그렇소. 살고 싶소."

아참은 기가 팍 죽어 있었다. 이유강이 말했다.

"좋다. 살려주는 대신 내가 조건을 말하겠다. 여기 있는 다섯 명의
대법을 즉각 중지하고, 현재 살아남은 모든 수귀들을 모두 원래의 사람

으로 되돌려 놓아야 한다. 그렇게 하면 네놈의 목숨만은 살려주겠다. 그렇게 하겠느냐?"

"그, 그것은……!"

아참은 절망적인 표정을 지었다.

"이곳에 있는 자들의 대법은 중지시킬 수 있지만, 이미 수귀가 된 자들은 사람으로 돌릴 수 없소."

이유강의 안색이 굳어졌다.

"좋다. 일단 이들의 대법을 중지하라."

"…살려주는 것이오?"

"네놈이 이들을 본래의 모습으로 잘 돌려놓는다면 생각해 보겠다."

그러자 아참은 또다시 절망의 표정을 지었다.

"그것도 불가능하오."

"그게 무슨 말이냐?"

"물론 신체는 본래의 모습으로 돌아갈 것이오. 그러나 사지 중 최소한 어느 한곳은 녹아버릴 것이오. 재수없으면 사지를 몽땅 잘라내야 될 수도… 있소."

아참은 이유강의 눈치를 살피며 말했다. 이유강은 순간 울화가 치밀어 아참을 때려죽일 듯 노려봤다. 아참은 움찔하더니 어색하게 웃었다.

"크크, 그러나 걱정 마시오. 비록 모양은 흉측하나 보통의 사지(四肢)에 버금가는 의족(義足)이나 의수(義手)를 만들어 달아줄 수 있소."

"그것이 가능하단 말인가?"

"크크… 물론이오. 내겐 매우 쉬운 일이오."

아참이 자신있게 말하자 이유강은 내심 놀랐다. 의족과 의수를 그토록 완벽하게 만들 수 있다는 말은 처음 들어보았기 때문이다. 믿기 힘든 사실이었지만 일단은 고개를 끄덕였다.

"좋다. 그럼 지금 즉시 대법을 중지하라."

"알았소. 그러나 의족과 의수를 만들려면 다소 시간이 걸리고 재료도 필요하니 차염, 저놈을 내게 붙여주시오."

아참은 한쪽에 서 있는 차염을 일순 노려보며 말했다. 차염은 아참이 노려보자 두려운 듯 뒤로 몇 걸음 물러났다. 이유강이 말했다.

"차염을 붙여주는 것은 어렵지 않다. 하나 그에게 조금이라도 해를 끼친다면 살려두지 않을 것이다."

차염의 체내에 있는 고독은 내력을 이용해 태워 버렸고, 아참이 독을 숨길 만한 소지품을 비롯하여 머리카락, 손발톱을 모두 잘라 버렸으니 괜찮을 것 같았다. 아참은 능글맞게 웃었다.

"크크… 내겐 이제 누구를 해칠 만한 힘이 없으니 걱정 마시오."

"마황님, 부탁이 있습니다."

갑자기 차염이 정색을 하며 말했다. 이유강은 고개를 끄덕였다.

"말해 봐라."

"제가 저자를 잘 압니다. 비록 저리 말하지만 저자는 능히 몸의 작은 털에도 독을 숨길 수 있는 자입니다."

"차염, 네놈……!"

아참이 순간 얼굴이 뻘게지며 몸을 움직이려 했다. 그러나 그보다 빨리 이유강이 아참의 마혈을 제압했다. 그리고는 차염을 향해 말했다.

"아무래도 털을 모두 밀어버려야 안심하겠다는 말이로군."

"미는 정도가 아니라 몽땅 뽑아버려야 합니다. 겨드랑이는 물론 아래의 털까지 모두 말입니다."

차염은 아참을 차갑게 노려보며 말했다. 순간 마혈이 짚여 말조차 할 수 없는 아참의 표정이 사색으로 변했다.

"……!"

그는 이유강을 향해 제발 안 된다는 듯 절실히 사정하는 눈빛을 보냈다. 그러나 이유강은 고개를 끄덕였다.

"그 일은 차염 네게 맡기겠다. 나는 잠시 방에 돌아가 있을 것이니 일이 끝나면 부르도록."

"존명!"

이유강은 동굴을 빠져나갔다. 차염은 이유강이 나가자 아참을 향해 소리쳤다.

"네놈이 나의 부모님을 죽이고, 내 동생들을 수귀로 만들다 죽인 것을 알고 있다. 내 언젠가 이런 날이 오기만을 기다리고 있었지. 그래서 그동안 수백 번도 넘게 내 목숨을 끊고 싶었으나 구차하게 살아왔다. 비록 필요에 의해 마황님께서 네놈을 살려준다 하셨지만, 나는 결코 네놈을 살려두지 않을 것이다. 오늘은 일단 네놈의 모든 털을 뽑아주마. 흐흐흐흐!"

"……!"

아참은 절망 어린 눈빛으로 뭐라 말하려 했다. 그러나 차염은 서서히 그에게 다가갔다.

"끄어억! 끄악! 꺽꺽꺼억……!"

잠시 후 동굴 안은 귀신이 호곡하는 것 같은 기이한 신음성이 연신
울려 퍼졌다.

"모두 끝났느냐? 목숨에는 지장이 없겠지?"

"예. 상처가 좀 나서 금창약을 발라주었습니다."

이유강이 다시 동굴에 들어왔을 때 아참은 혼절해 있었다. 차염은
아무 일도 없었다는 듯 담담하게 말했다. 이유강은 고개를 끄덕였다.
사실 이유강은 차염이 아참에게 가진 원한을 일전에 들어 알고 있었다.
그래서 조금이나마 원한을 풀 기회를 준 것이다.

잠시 후 아참이 깨어나 대법을 중지시켰다. 아참의 전신 피부는 털
이 뽑혀서인지 시뻘게져 있었다. 무모인(無毛人)이 되었으나 그는 가끔
차염을 죽일 듯 노려볼 뿐 별다른 표정이 없었다. 이유강은 아참이 하
는 것을 세세히 지켜봤다. 가장 먼저 유풍룡의 대법이 중지되었다. 아
참이 말했다.

"음? 이자는 실로 대단하구만. 그 와중에 내공으로 독기를 한쪽 팔
로 몰아놓았다니. 한쪽 팔만 떼어내면 멀쩡할 것 같소."

"언제쯤 깨어나나?"

"며칠 있어야 깨어날 것이오. 독기로 인해 자칫 왼쪽 팔 전체가 문
드러질 수도 있으니 미리 자르겠소."

아참은 그렇게 말하며 유풍룡의 왼쪽 팔을 팔꿈치부터 칼로 잘라냈
다. 그리고는 능숙한 솜씨로 잘려진 부분을 지혈하며 약초들을 갈아
만든 것 같은 가루 반죽을 잘려진 단면에 발랐다. 잘려진 아래쪽 부분
은 팔에서 떨어지자마자 녹아 보라색의 액체로 땅에 스며들어 없어졌

다. 고약한 악취가 코를 찔렀다. 이유강은 씁쓸한 표정으로 그것을 쳐다봤다.

'유풍룡이 깨어나서 팔이 잘린 것을 알게 된다면 경악하겠군.'

그러다 문득 이전 신조환물여의경에서 보았던 내용 중 하나가 떠올랐다.

'그렇군. 사람의 사지가 잘리거나 불구가 되었을 때 암흑마기를 이용해 환물 사지를 만들어 붙일 수도 있다고 적혀 있었지 않았던가.'

그런 경우가 없어 아직 한 번도 해보지 않았을 뿐이지만, 그 과정은 선명하게 기억하고 있었다.

'다만, 환물 사지를 붙일 경우 보통의 환물처럼 암흑마기가 전신을 보호하기 때문에 기존의 내공은 전혀 쓸 수 없게 되는 단점이 있으니 섣불리 행할 수는 없겠군.'

게다가 일정 이상 힘을 끌어올릴 경우 환물 괴물처럼 온몸이 시커먼 기운으로 뒤덮이고 눈도 붉게 변하게 되는 부작용이 있었다. 즉, 인간 환물이 되는 것이라 볼 수 있는 것이다.

'그러나 잘만 하면, 예전의 비혼 못지않은 능력을 발휘할 수도 있다. 예를 들어 수룡의 뼛가루를 이용해 손과 팔을 만들고, 늑대나 표범의 뼛가루를 이용해 발과 다리를 만든다면…… 아니, 환물을 만드는 것이 아니라 환물 사지를 만들어 인간에게 붙이는 것이니 그 두 개를 배합해서 만드는 것도 가능할지 모르겠군.'

이유강은 다소 호기심이 일었으나 그것은 함부로 행할 수 없는 일이었다. 특히 유풍룡 같은 경우는 이미 상당한 내공을 가지고 있었고, 검법 또한 하토를 능가하는 수준이었다. 그런 그에게는 환물 사지를 달아주는 것보다 아참이 말한 의수를 달아주는 게 나을 것이다.

"큭… 이자는 매우 불행하게도 사지를 모두 절단해야 할 것 같소. 니미럴! 사지를 모두 만들어 붙여야 하니 손이 많이 가겠구만."

아참은 유풍룡을 한쪽에 밀어놓고, 연못에서 막 끄집어낸 한 명의 청년을 살피며 말했다. 철무생이었다.

"지금 사지를 전부 잘라야 한다고 말했나!"

"그렇소. 내공이 좀 빈약한 자라 예상을 했소만 쯧, 어쩔 수 없으니 일단 잘라내겠소."

아참은 이제 아무렇지도 않은 표정으로 철무생의 두 팔과 두 다리를 잘라냈다.

"……!"

이유강은 순간 모든 것을 포기하고 아참을 때려죽이고 싶은 충동이 들었다. 살기가 느껴지자 아참은 힐끗 이유강을 쳐다보고는 움찔했다. 그는 애써 미소를 지었다.

"의수와 의족이 제법 쓸 만하니 너무 걱정 마시오. 크크… 게다가 꽤 단단해서 쉽게 부서지지도 않으니 오히려 더 좋을 수도 있소."

"닥쳐라!"

이유강은 순간 화를 참기 힘들어 도를 빼내 들었다.

"후훗, 일단 일을 해야 하니 두 팔은 놔두고 두 다리를 잘라 버려야 겠군. 어차피 더 좋은 의족을 만들어 달 수 있으니 상관없지 않겠나."

"…헉! 아니오! 제발 참아주시오! 아무리 잘 만든다 한들 어찌 사람의 그것에 비교할 수 있겠소!"

아참은 비굴한 표정을 지으며 뒤로 물러났다. 이유강은 잠시 고민하다가 칼을 집어넣었다. 당장은 대법을 제대로 중지시키는 게 더 중요했다. 아참을 처리하는 것은 그 뒤의 일이었다.

"한 번만 더 나불대면 가만두지 않겠다."

"아, 알았소."

아참은 안도하며 고개를 끄덕이더니 다시 작업을 시작했다. 사지가 모두 잘려진 철무생은 유풍룡의 옆에 놓아졌고, 아참은 또 다른 사람을 꺼내 대법을 중지시켰다. 이유강은 착잡한 표정으로 철무생을 바라봤다.

'…과연 무생이 이 충격을 견딜 수 있을까. 도리어 죽으려 할지도 모르겠군.'

아참의 작업을 한동안 지켜보던 이유강은 그곳에 차염과 사영 중의 한 명인 구루를 배치하여 아참을 감시하게 하고는 방으로 돌아왔다. 잠시 후 하토가 들어왔다.

"모든 지부에 연락을 취했습니다. 대부분 마황님께 충성을 맹세하겠다는 서신을 보내왔고 곧바로 방문해 마황님을 뵙겠다고 했습니다."

"반발하는 곳은 없었나?"

"…몇 곳 있었습니다만 신경 쓰실 필요 없습니다. 그중 한곳만 철저히 손을 봐주면 모두 승복할 것입니다. 조만간 혼조나 이토를 보내 정리하도록 하겠습니다."

"쓸데없는 살상은 삼가도록."

"존명!"

하토는 즉시 부복했다. 이유강은 그러한 하토를 기이한 표정으로 쳐다봤다.

"하토, 나를 주군으로 인정하는가?"

"…물론입니다. 어찌 그것을 물으시는지……."

"분명 그대의 눈빛에는 나에 대한 적개심이 아직도 남아 있다. 그대 뿐 아니라 사영 모두 마찬가지다. 그런데 진정 나를 주군으로 생각한단 말인가."

그러자 하토는 눈빛을 차갑게 빛내며 말했다.

"마황님께서 약속을 깨지 않으시는 한 저희들은 목숨을 바쳐 충성의 맹세를 지킬 것입니다."

"약속이라 하면?"

"언제든 우리의 도전을 받아주시겠다는 약속을 잊지 말아주셨으면 합니다. 또한 우리를 더욱 강하게 만들어주신다는 약속도 기억하고 있습니다."

이유강은 미소 지으며 고개를 끄덕였다.

"그것은 오히려 내가 바라던 바다. 내게는 앞으로 수많은 부하들이 생길 것이다. 강해지지 않으면 그 사이에서 도태될 수밖에 없지. 적어도 지금보다 열 배는 더 강해지지 않으면 안 될 것이다. 부디 나를 실망시키지 않길 바란다."

"……."

순간 하토의 눈빛이 약간 흔들렸다. 그는 뭔가 심각한 생각을 하는 듯 인상을 찌푸렸다가 다시 폈다.

"묻고 싶은 것이 있습니다."

"말해라."

"마황님은 단순히 해적질을 하기 위해 이곳을 복속시킨 것이 아니란 생각이 듭니다. 대체 무엇을 하시려는지 감히 여쭤도 되겠습니까?"

하토의 진지한 질문에 이유강은 담담히 말했다.

"예상했던 질문이다. 일단 그동안 해왔던 약탈과 해적질은 그만두어야 한다."

"…해적질을 금하는 것은 어렵지 않습니다. 하나 그렇게 한다면 수만 명이 넘는 인원들이 오래가지 않아 굶어 죽을 것입니다."

이유강은 고개를 저었다.

"그것은 걱정할 필요 없다. 모두 충분히 먹고살 수 있을 뿐만 아니라 정식으로 선발된 무사들에게는 보수도 지불할 것이다. 자세한 것은 나중에 알려주겠다. 또한 그동안 억울하게 잡혀와 고생한 노예들은 모두 방면할 것이다."

"……!"

하토는 상당히 당황하는 표정을 지었다. 이유강이 말했다.

"자세한 것은 나중에 차차 알게 될 것이다. 일단 최대한 빠른 시간에 반항 세력을 정리하도록. 그것에 대해서는 그대에게 모두 일임하겠다."

"존명! 맡겨주십시오."

하토는 즉시 부복했다.

第九章
환물인간

"대인! 크흐흑!"

머칠 후 철무생과 유풍룡이 깨어났다는 말을 듣고 동굴을 찾았다.
잘려진 사지에 붙여진 살색의 의수와 의족이 보였다. 모두 아직 기력
이 없는지 일어나지 못하고 있었다. 철무생은 이유강을 발견하고는 반
색하다 못해 눈물까지 펑펑 흘렸다. 유풍룡 역시 눈물이 그렁그렁하며
이유강을 쳐다봤다.

"대인… 어찌 이곳에!"

그는 믿기지 않는다는 표정이었다. 유풍룡과 철무생 모두 자신들의
신체에 뭔가 이상이 벌어진 것에 대해서는 알고 있었으나, 무엇 때문에
그렇게 되었는지는 아직 알지 못했다. 이유강은 유풍룡을 향해 미소를
지었다.

“살아 있어서 다행이오. 자세한 얘기는 추후에 해주겠으니 일단 기력이 회복될 때까지 쉬도록 하시오.”

“대인을 뵈오니 모든 걱정이 사라지는 것 같습니다.”

유풍룡은 고통 중에도 애써 미소를 지으며 말했다. 반면에 철무생은 소리를 고래고래 질렀다.

“대인! 이 개자식들을 당장 죽여주십시오! 크흑! 내 팔다리……!”

“무생, 진정해라.”

“크흑! 바로 저놈입니다! 저 죽일 놈을……!”

철무생은 두리번거리다 한쪽에서 눈치를 살피고 있는 아참을 발견하고는 발악을 하며 소리쳤다. 그러다 기력이 빠졌는지 혼절하고 말았다. 불같은 철무생의 성격상 이미 예상했던 일이지만 이유강은 내심 속이 쓰렸다. 그때 아참이 다가와 히죽거리며 말했다.

“…크크, 시킨 대로 했으니 약속을 지킬 줄 믿소.”

“닥쳐라! 네놈은 이제부터 모든 수귀들을 정상으로 돌려놓아야 한다. 네놈을 살려둘지 말지는 그때 가서 생각해 보겠다.”

“그것은 불가능한 일이라 말하지 않았소? 이미 수귀가 된 자들은 돌려놓을 수가 없소.”

“그렇다면 네놈을 죽일 수밖에 없군. 인간이 아닌 괴물로 사느니 저들도 죽는 것을 원할 것이다.”

이유강은 살기를 발하며 도를 빼 들었다. 아참은 사색이 되어 물러났다.

“…잠깐! 시간을 주시오. 한번 해보겠소.”

“할 수 있겠느냐?”

"장담은 못하오. 하나 한번 해보겠소."

"하지 못하면 네놈이 죽는다. 한 달의 기한을 주겠다. 그 안에 방법을 알아내라."

"…알았소."

이유강이 다시 도를 집어넣자 아참은 안도하며 한숨을 푹 쉬었다. 이유강은 품속에서 흑색의 투박한 모양의 팔찌를 꺼낸 후 아참의 한쪽 손목에 채웠다. 아참이 물었다.

"이게 무엇이오?"

"알 것 없다. 쉽게 빠지지 않는 것이지만, 혹시라도 그것을 빼려고 한다면 가만두지 않을 것이다."

"알았소."

아참은 고개를 끄덕이면서도 의혹이 서린 눈빛으로 팔찌를 살폈다. 그것은 이번에 임수아가 준 두루마리를 읽으며 떠오른 영감으로 만든 감시용 환물 팔찌였다. 보통의 환물에 비해 모양이 단순해 보이나 사실은 그리 쉽게 만들 수 있는 것이 아니었다. 그냥 팔찌를 움츠려 팔에 고통을 주는 것은 이전에도 만들 수 있었으나 이번 것은 달랐다. 이유강은 그 팔찌로 아참을 언제든 움직이지 못하게 결박할 수 있었다. 암흑마기를 이용한 결박이 가능한 것이다.

이유강은 뒤에서 지켜보고 있는 무사들에게 말했다.

"이들을 좋은 거처로 옮기고 몸이 회복되도록 신경 써서 돌봐주도록."

"존명!"

이유강의 말에 무사들은 즉시 둘씩 짝을 지어 유풍룡 등을 동굴 밖으로 조심스레 옮기기 시작했다. 들려 가는 중에 유풍룡이 고개를 돌려 이유강을 쳐다봤다.

"대인께 심려 끼쳐 드려서 죄송합니다."

"걱정 말고 푹 쉬시오."

이유강은 미소를 지었다.

며칠 후 이유강은 철무생을 찾았다. 철무생은 발악하다 지쳤는지 풀이 죽어 있었다. 이유강은 미소를 지었다.

"무생, 몸은 좀 괜찮아졌느냐?"

"대인!"

철무생은 반색을 하며 이유강을 쳐다보다가 일순 눈물을 쏟았다.

"…크흑! 이렇게 사느니 차라리 죽고 싶습니다."

"진정해라. 그렇지 않아도 그것 때문에 네게 물을 것이 있어 왔다. 의족과 의수는 사용할 만하느냐?"

"크윽! 이것 좀 보십시오! 저는 이제 사람이 아닙니다."

철무생은 한쪽 팔을 들어 힘을 주었다. 그러자 살색이었던 의수가 보라색의 울퉁불퉁한 괴물의 손으로 변했다.

"……!"

보통 때는 살색의 의수지만, 어느 이상의 힘을 주게 되면 괴물의 손으로 변하는 것이 분명했다. 이유강은 내심 한숨을 쉬었다. 철무생이 말했다.

"이러고 어떻게 살겠습니까? 다리도 마찬가집니다. 크흑!"

"그래서 네게 선택의 기회를 주려 한다."

"선택이라니요?"

"내가 네게 지금의 그 괴물 사지 대신 다른 것을 달아주겠다. 그것을 달게 되면 너는 일전에 너를 난도질하려 했던 비혼보다 더욱 강해질 것이다."

순간 철무생이 깜짝 놀라는 표정을 지었다.

"진정이십니까? 제가 그놈… 아니, 그자보다 더욱 강해질 수 있다는 것이?"

"물론이다. 하나, 한 가지 각오해야 한다."

"크하하핫! 뭐든 하겠습니다. 제가 그렇게 강해질 수 있다면 게다가 이 괴물 같은 팔다리가 아닐 것이니 뭐든 각오하지요."

철무생은 강해진다는 말에 만면에 미소를 지으며 들떠 있었다. 이유강은 고개를 저었다.

"그동안 익혀온 내공은 모두 사라질 것이고, 외모 또한 지금과 비교할 수 없을 만큼 사이하고 무섭게 변할 수도 있다. 그래도 하겠느냐?"

"……."

철무생은 일순 말이 없었다.

"대답이 없으면 거절하는 것으로 간주하겠다. 그럼 푹 쉬도록 하여라."

"하겠습니다, 대인! 저를 강하게 만들어주십시오."

방을 나서려는 이유강을 향해 철무생이 급히 소리쳤다.

"어차피 지금도 괴물 같은 몸입니다. 그자처럼 강해질 수 있다면 이보다 더욱 심하게 망가진다 해도 상관없습니다."

사실 비혼은 철무생에게 아직도 공포의 대명사였다. 요즘도 가끔 잠자다 비혼이 난도질하는 모습이 꿈속에 나올 때면 영락없이 가위에 눌려 잠을 설쳤다. 그만큼 비혼은 철무생에게 공포와 경이의 대상이었다. 그런데 비혼처럼 강해질 수 있다니 그것은 거부하기 힘든 유혹이었다. 이유강은 미소 지었다.

"물론이다. 네가 노력하기에 따라, 어쩌면 그때 보았던 비혼보다 더욱 강해질 수도 있을 것이다."

물론 독룡의 거처에서 독액을 흡수하고 있는 지금의 비혼이 아닌 예전에 부서졌던 그 비혼을 말하는 것이었다. 독액을 반쯤 흡수한 비혼의 현재 능력이 어느 정도인지는 이유강도 아직 시험해 보지 않아 알 수 없었다. 이유강은 말했다.

"나를 따라오너라. 내친김에 지금 즉시 시행하겠다."

"…지금 바로 말입니까?"

철무생은 약간 당황한 듯 목소리가 떨려 나왔다. 이유강은 고개를 끄덕였다.

"내가 언제까지 이곳에 머무를 수는 없지 않느냐? 내일부터는 떠날 채비를 해야 할 것이니 다소 바쁠 것이다. 내친김에 지금 끝내 버릴 생각이다. 마음이 바뀐 것이냐?"

"아, 아닙니다. 크하하핫! 지금 당장 시행해 주십시오."

철무생은 큰 소리로 웃었지만 조금은 표정이 굳어 있었다. 이유강은 미소를 지었다.

"좋다. 따라오너라."

"예."

이유강은 지하 밀실로 철무생을 데리고 갔다. 사실 며칠 동안 신조환물여의경의 내용을 떠올리며 틈틈이 철무생을 위해 환물 사지를 만들어놓았다. 애초에는 수룡의 뼈와 늑대의 뼈를 배합하려 했었으나, 늑대의 뼈를 구할 수가 없어서 수룡의 뼈만을 이용해 만들었다. 대신 일전에 비혼을 만들 듯 장시간 암흑마기를 주입하였기에, 단순히 수룡의 뼈를 이용해 만든 환물과 비교할 수 없을 만큼 강력했다.

"…이것을 제 몸에 다는 것입니까?"

의족이 어색한지 어기적거리며 따라 들어온 철무생은 거무튀튀한 팔과 다리가 탁자 위에 놓여 있는 것을 보고 물었다. 약간은 떨떠름한 표정이었다. 이유강은 엄숙한 표정으로 말했다.

"이제 잠시 후면 너는 지금까지의 내공을 사용하지 못한다. 대신 암흑마기가 너의 몸 전신에 흐르며 마치 순수한 체내의 힘을 끌어올리듯 그것을 사용할 수 있게 될 것이다."

"단순히 힘을 끌어올리는 수준인데도 그리 강력하게 될 수 있습니까?"

"물론이다. 네가 노력하기에 따라 대략 백오십 년에서 이백 년 가까운 내력의 소지자와 동일한 힘을 가질 수도 있을 것이다. 따라서 한동안 힘을 조절하는 데 세심한 주의를 기울여야 할 것이다."

"이, 이백 년!"

철무생의 입이 찢어질 듯 크게 벌어져 다물어지지 않았다. 이유강은 고개를 끄덕이고는 말했다.

"이제 이곳에 누워라."

"…대인만 믿겠습니다."

철무생은 조금은 불안한 표정으로 드러눕고는 이유강을 쳐다봤다. 이유강은 철무생을 향해 미소를 지어 보이고는 몇 군데의 혈도를 짚었다. 그러자 철무생의 눈이 감겨지며 의식을 잃었다. 이유강은 즉시 도를 꺼내 아침이 만든 의수와 의족들을 제거한 후 동시에 미리 만들어 둔 환물 사지를 그 자리에 붙였다. 순식간의 일이었다.

'지체할 시간이 없다.'

이유강은 내심 긴장하며 철무생의 전신 혈도 수십 곳을 손으로 타격했다.

<u>츠츠츠츠.</u>

암흑마기가 눈에서 빠져나가 철무생의 신체를 뒤덮었고 철무생의 혈도를 따라 각각 순환하기 시작했다. 그렇게 대략 반 시진의 시간이 흐르자 시커먼 기운에 휩싸였던 철무생의 신체가 드러나기 시작했다. 또한 거무튀튀했던 환물 사지들도 살색으로 변하고 있었다.

'성공이군.'

이유강은 내심 안도하며 손등으로 이마에 흐르는 땀을 닦았다. 온갖 환물을 숱하게 만들었지만 살아 있는 인간에게 환물지체를 달아주는 것은 처음이라 상당히 긴장할 수밖에 없었다. 잠시 휴식을 취한 후 이유강은 철무생의 혈도를 눌러 깨웠다.

"무생, 일어나라!"

"…으윽!"

철무생은 눈을 뜨고는 몸이 고통스러운 듯 인상을 구겼으나 기대하는 표정으로 일어나 앉았다.

"드디어 제가 강해진 것입니까?"

"일어나 몸을 움직여 보면 알게 될 것이다."

"알겠… 어엇!"

철무생은 벌떡 일어나다가 몸이 위로 붕하고 도약하는 것을 느끼고는 당황해했다.

쿠웅!

"아이고!"

철무생이 대략 일 장 높이로 올랐다 천장에 부딪쳐 머리를 찧고는 바닥에 쿵 하고 떨어졌다. 이유강은 고소를 지었다.

"한동안 힘 조절을 해야 할 것이다."

"…으하하! 대단하군요. 이게 바로 그 이백 년의 힘입니까?"

"지금 네가 쓸 수 있는 것은 내공으로 치면 대략 삼사십 년 정도의 힘일 뿐이다. 불과 십 년도 채 안 되던 원래의 내공에 비하면 그것도 큰 힘으로 느껴지겠다만, 그 이상의 힘을 쓰려면 매일 피나도록 힘을 끌어올리는 수련을 해야 할 것이다."

"하하하핫! 이래 뵈도 광마일백연무관을 통과한 몸입니다. 수련이라면 자신있습니다."

철무생은 걱정 말라는 듯 크게 웃었다. 이유강은 고개를 끄덕이고는 말했다.

"한 가지 시험해 볼 것이 있으니 정신을 미간에 집중하고 최대한 힘을 끌어올려라. 이것이 앞으로 네가 매일 해야 할 수련 중의 하나가 될 것이다."

"미간에 말입니까?"

철무생은 일어나 미간에 정신을 집중하고 힘을 끌어올렸다.

츠으으으웃!

순간 살색이었던 그의 사지가 시커멓게 변했고 마치 용의 비늘과 같은 형상의 비늘이 돋아 올랐다. 또한 철무생의 전신이 검은 기운에 휩싸이며 두 눈이 붉은색으로 변했다.

"크크큭……! 엄청난 힘이 느껴집니다. 크카캇캇!"

목소리 또한 매우 사이하게 변해 있었다. 이유강은 한쪽에 있던 평범한 철검을 철무생에게 던지며 말했다.

"손으로 쳐라!"

"……!"

빠르게 던진 것이 아니라 철무생은 어렵지 않게 손으로 철검을 내려쳤다.

까앙!

놀랍게도 쇳소리가 나며 검이 부러졌다.

"…허어! 크캇캇!"

철무생은 슬쩍 친 손으로 철검이 부러지자 만족한 듯 웃었다. 이유강 역시 미소 지었다.

"지금 네가 끌어올린 힘은 대략 육칠십 년 정도의 힘이다. 꾸준히 수련하면 더욱 늘어날 것이나 주의할 것은 힘을 무한정 사용할 수 있는 것은 아니라는 것이다. 체력이 떨어지게 되면 암흑마기의 힘도 약화될 것이니 남용하지 말아야 한다. 물론 특수하게 만든 환물 사지로 인해 체력의 소모가 보통에 비해 거의 없다 할 수 있다. 그러나 유사시에 대비하여 끝없는 수련을 통해 체력을 더욱 강화시켜야 할 것이다."

"캇캇캇! 걱정 마십시오."

“이제 미간에 정신을 집중하고 힘을 빼라.”

철무생은 이유강이 시킨 대로 했다. 잠시 후 팔과 다리에 시커멓게 돋았던 비늘이 사라지고 다시 살색의 평범한 팔다리로 변했다. 전신을 휘감았던 암흑마기도 사라지고 붉은 눈빛도 정상으로 변했다.

"몸은 어떻소?"

"이제 거의 회복되었습니다. 대인께 염려 끼쳐 드려 정말 죄송합니다."

이유강이 방문을 열고 들어가자 유풍룡은 일어나 몸을 풀고 있었다.

"그런 말 하지 마시오. 대체 어찌 된 것이오?"

"그것이……."

유풍룡은 약간 어이없는 표정을 지으며 말했다. 사실 흑골대제 아스케가 직접 나섰다면 모를까 무공 실력이 당시 오영(五影) 중 최강인 하토보다도 우위에 있었고, 황금어린공이라는 전설의 수공까지 연마한 유풍룡이 해적들의 포로가 된다는 것은 이해할 수가 없었던 것이다.

"그때 폭풍으로 인해 배가 부서졌습니다. 모두를 살릴 수는 없어 철제를 한쪽 팔로 잡고 갑판 조각에 의지하여 목숨을 구할 수 있었지요. 그렇게 바다를 떠돌다 저 역시 체력의 한계로 정신을 잃었는데 깨어나 보니 해적선 위에 포로로 묶여 있었습니다. 그 후로 이곳에 끌려와 몇 달 동안 이상한 약물을 계속 복용하며 나날이 정신이 혼미해져 갔습니다.”

“…어찌 되었든 이만하기 다행이오.”

“예. 한데 대인께서 이곳을 장악하셨다 들었습니다. 실로 놀랍습니다. 어찌 된 일인지요?”

“그때 우리를 그토록 쫓아오던 흑골연합의 배들을 보고 복수를 맹세한 바 있소. 그래서 가장 먼저 이곳의 해역을 장악한 것이오. 흑골연합의 맹주였던 아스케와 그의 아들 구사키를 죽였고, 아스케의 부하들 중 최강이라는 오영 중 사영이 모두 나에게 충성을 맹세했소.”

“대단하십니다.”

유풍룡은 도저히 믿을 수 없다는 듯 경이의 표정이었다. 이유강은 말했다.

“그대에게 흑골연합의 전 세력을 총괄하는 권한을 줄 것이오. 사영 역시 그대의 말에 복종하도록 명할 것이오.”

“대인의 명에 따르겠습니다.”

유풍룡은 즉시 부복했다. 이유강은 유풍룡이 별일 아니라는 듯 즉시 부복하는 것을 보고 그럴 줄 알았다는 듯 고개를 끄덕였다.

“공포심을 자극하여 일시적으로 충성하게 만든 자들이오. 노예들을 방면하고 기강이 잡힌 세력으로 만들어주시오. 이제부터 그대를 유 맹주라 부르겠소. 나와 여송을 제외한 그 누구도 유 맹주에게 명을 내릴 수 없을 것이오.”

“맡겨주십시오. 대인의 기대에 어긋나지 않게 최선을 다하겠습니다.”

“부탁하겠소.”

이유강은 미소 지었다. 유풍룡이 문득 이유강을 직시하며 진지하게 말했다.

“이제 서쪽으로 가시려 하십니까?”

“그렇소. 그전에 일단 풍운장의 거점에 잠시 들를 생각이오.”

그러자 유풍룡이 조금은 서운한 표정을 지었다.

“저를 영원히 후방에 놓아두시지는 않으리라 믿습니다.”

“물론이오. 당분간 이곳에서 그대의 검법을 더욱 완성시켜 주시오. 때가 되면 부르겠소.”

순간, 유풍룡은 놀라는 표정을 지었다.

“…알고 계셨습니까?”

“무슨 검법인지는 모르오. 그러나 아직 완성되지 않아서 그렇지 그것이 경지에 이르면 상당한 위력을 발휘할 것이란 생각이 들었소.”

일전에 야산에서 유풍룡을 제압할 때 이유강은 유풍룡의 검법이 범상치 않은 것을 알아봤다. 당시 쉽게 제압했던 이유는 유풍룡의 검법이 완성되지 않았기 때문인 것도 있었으나, 유풍룡 역시 전력을 다하지 않았던 것이다. 유풍룡이 말했다.

“천붕검법(天崩劍法)이라고 합니다. 녹림 본채의 비밀 무고에서 찾아낸 것으로 제대로 펼쳐지면 마교의 십대마공 못지않은 위력이 있다 적혀 있으나 자질이 미흡하여 아직 초입에 머물고 있습니다.”

"이름을 보니 매우 멋진 검법인 듯하오. 기대하겠소."

"대인의 기대에 어긋나지 않게 각고의 노력을 다하겠습니다."

유풍룡이 다시 부복했다. 이유강은 고개를 끄덕이며 하나의 반지를 내밀었다. 풍(風)이라는 자그마한 글자가 새겨져 있는 기이한 모양의 반지였다. 유풍룡은 공손히 반지를 받아 들며 물었다.

"이것이 무엇이온지……?"

"특별히 만든 것이오. 편한 손가락에 끼도록 하시오. 어디서든 급하게 내게 연락할 일이 있으면 반지를 이마에 대고 집중하여 말을 하시오. 그러면 내가 대답하겠소. 물론 내가 유 맹주에게 말을 전할 수도 있으니 그때에도 동일하게 이마에 반지를 대고 말하면 될 것이오."

"그런 게 어찌 가능합니까?"

유풍룡은 황당한 표정으로 반지를 쳐다봤다. 이유강은 미소 지었다.

"궁금하면 나중에 시험해 보시오. 사소한 일은 모두 알아서 처리하고 매우 긴급한 일이나 내가 꼭 알아야 할 중요한 일이 있을 때만 연락을 취하시오."

"알겠습니다."

잠시 후 하토와 구루, 이토가 방에 들어왔다. 그들은 들어오자마자 즉시 부복했다.

"마황님, 부르셨습니까?"

"혼조는 어디 갔는가?"

"일전에 말씀드린 대로 주변의 지부들을 정리하러 갔습니다. 대략 한 달 정도면 완벽히 정리될 것입니다."

하토의 대답에 이유강은 고개를 끄덕였다.

"좋다. 내 그대들에게 소개할 자가 있다. 앞으로 나 대신 이곳의 맹주가 될 인물이니 이자의 명을 나의 명이라 생각하여 철저히 받들도록."

"…존명!"

하토 등은 이유강의 명이라 존명을 외쳤으나 상당히 당혹해하는 모습이었다. 유풍룡이 말했다.

"유풍룡이라 하오. 앞으로 잘 부탁드리겠소."

"…맹주를 뵙습니다."

하토 등은 유풍룡을 향해 예를 취했으나 상당히 기분 나쁘다는 듯 얼굴이 굳어 있었다. 유풍룡은 그런 그들을 향해 잔잔히 미소를 지었다.

"……!"

순간 유풍룡의 눈빛을 받은 하토 등은 일순 복잡한 표정을 지었다. 특히 하토의 표정은 마치 절망에라도 빠진 듯했다. 유풍룡의 담담한 눈빛. 그것에서 하토는 느낄 수 있었다. 마치 죽은 흑골대제 아스케가 살아 온 듯한 그 정도의 기도를 풍겼던 것이다. 적어도 사영 중의 두 명쯤은 능히 상대할 만한 강자라는 것을 부인할 수 없었다. 그때 이유강이 하토를 불렀다.

"하토!"

"옛!"

"네게 약속했던 대로 이것을 주겠다. 사영이 함께 익히도록 해라."

이유강은 한 권의 책자를 내밀었다. 광마도법의 백일 초식부터 사백 번째까지 적혀 있는 비급이었다. 하토는 그것을 받아 들고 상기된 표정으로 부복했다.

"감사합니다."

"그 책자에는 제일초식부터 백 초식까지의 변화가 적혀 있지 않다. 하토 그대는 그것을 한 명의 인물에게 직접 배워야 한다."

"그자가 누구입니까?"

하토는 기대하는 표정으로 물었다. 이유강은 밖을 향해 외쳤다.

"무생, 들어와라."

그러자 문을 열고 철무생이 들어와 공손히 포권했다.

"부르셨습니까."

"무생, 너는 이들에게 광마일백연무관에서 행한 수련 방법대로 광마도법을 일백 초식까지 전수해 주도록 해라."

"알겠습니다."

이유강은 고개를 끄덕이고는 하토를 향해 말했다.

"그대는 무생에게 그대가 지닌 잠행술과 신법을 전수해 주었으면 한다. 그렇게 할 수 있겠나?"

"명에 따르겠습니다."

"좋다. 내가 다시 부를 때까지 모두 유 맹주의 명을 따르고, 각자 각고의 수련을 통해 강해져 있기를 바란다."

"존명!"

이유강은 유풍룡을 향해 말했다.

"내일 나는 떠날 것이오. 이곳의 일을 잘 부탁하겠소. 조만간 여송이 이곳을 방문할 것이니 그와 잘 협력하길 바라겠소."

"존명!"

유풍룡도 부복하며 외쳤다.

푸른 바다를 가르는 백한 척의 함선. 흑골대함이라 불리는 커다란 배 열한 척과 흑골투선 구십 척이었다. 이유강은 열한 척의 흑골대함 중 한곳에 승선해 있었다. 사실 이유강이 탄 배를 제외한 백 척의 배에는 아무런 인원도 타고 있지 않았다. 백한 척의 함선 모두 환물 괴어들을 통해 이유강이 움직이고 있었기 때문이다.

그래도 이유강이 탑승한 배에는 대략 백여 명의 인물이 동승해 있었다. 뛰어난 항해사들과 선원들, 그리고 비스트로와 푸앙을 비롯한 요리사 서너 명이 요리를 만들었고, 임수아도 타고 있었다.

본진의 섬을 떠나 웅사도에서 임수아를 태우고 여송이 말한 항주 동쪽 바다에 있는 풍운장의 비밀 거점으로 향하는 중이었다. 이유강은 항해사들이 말한 방향으로 환물 괴어들을 직진시키고는 잠시 숨을 돌렸다.

'제길, 특별한 일이 아니면 이 짓도 자제해야겠군. 도무지 쉴 시간이 없으니 피곤하구나.'

환물 괴어로 배를 움직이는 것은 어려운 일이 아니었으나 수시로 방향을 바꿔주어야 했다. 게다가 빠른 속도로 가다 보니 암초와 같은 것에 부딪치는 것에도 상당히 신경을 써야 했다. 선로를 파악하는 항해사들을 제외한 선원들은 할 일 없이 빈둥거렸지만, 이유강은 가끔씩 차 한잔 마시며 숨 돌리는 것을 빼고는 항해사들 옆에 종일 붙어 있어야 했던 것이다.

"조금 있으면 도착하겠군."

빠르게 나아가는 배의 갑판으로 세차게 부는 바람이 시원하게 느껴졌다. 임수아가 다가왔다. 바람에 의해 그녀의 머리칼이 심하게 나부꼈다. 그녀의 뒤에는 모자를 깊게 눌러쓴 한 명의 장한이 따르고 있었다. 임수아에 의해 착하게(?) 변해 버린 파혼수였다.

"그 녀석은 왜 데리고 다니시오?"

"힘이 세고 말을 잘 들으니 여러모로 편해요. 돌쇠라 이름 지었어요."

임수아는 세찬 바람에 눈을 뜨기가 쉽지 않은 듯 한 손으로 눈앞의 바람을 막으며 말했다. 그러다가 일순 눈을 반짝이더니 돌쇠를 앞쪽으로 보내 바람막이를 시켰다. 그리고는 귀엽게 웃었다.

"이렇게도 쓸 수 있잖아요."

"돌쇠라……. 실로 적당한 이름이군."

이유강은 재미있다는 듯 미소 지었다. 임수아가 물었다.

“항주 근처라 말씀하셨는데 아직 멀었나요?”

“거의 도착했소. 뱃멀미는 이제 견딜 만하오?”

“네. 어제는 좀 힘들었지만…….”

내공을 익힌 적이 없는 그녀였기에 이유강이 수어심결을 알려주었지만 뱃멀미에 큰 효과를 보지 못했다. 그나마 환물로 움직이는 배라 흔들림이 보통의 배에 비해 거의 없었기에 뱃멀미를 심하게 하지는 않았다.

“틈틈히 내공심법을 수련하시오. 내력이 모여야 수어심결도 효과를 볼 수 있소.”

“네. 그러고 있어요.”

이유강은 이틀 전 응사도를 떠나기 전 임수아에게 기초적인 내공심법과 수어심결을 일러주었다. 임수아가 문득 기대 어린 표정으로 말했다.

“항주에 꼭 가보고 싶어요. 서호라 불리는 호수도 보고 싶고, 사람들이 북적이는 시장에 가서 예쁜 물건들도 구경하고 싶어요.”

“임 소저의 뜻이 그렇다면 잠시 항주에도 들르도록 해보겠소.”

이유강은 피식 웃음을 지었다.

한 시진쯤 지나자 하나의 큰 섬이 보였다. 이유강은 환물 괴어들을 제자리에 멈추게 했다. 수석항해사가 땀을 닦으며 말했다.

“말씀하신 위치의 섬이라면 저곳이 분명합니다.”

“음…….”

이유강은 한동안 섬 주위를 쳐다봤다. 심상치 않은 기운이 섬 주위에 맴돌고 있었던 것이다. 내공을 끌어올려 촘촘히 섬을 살폈다. 평범해 보이는 해안선. 그러나 그곳에는 죽음의 절진이 펼쳐져 있었다.

'역수로환환진(易水路環環陣), 역구궁환멸진(易九宮患滅陣), 저주의 천괴파멸진(天壞破滅陣)까지……. 여송, 과연 대단하군. 제아무리 환물괴어들이라도 이 진들을 모두 파훼할 수 없다.'

역수로환환진에 의해 섬에 접근하는 배들은 뒤로 밀려나게 되어 있었다. 사람이든 물고기든 섬 주변 일정 반경 이내에는 접근할 수가 없는 것이다. 그러나 만일 이 진을 파훼하고 섬에 접근하게 될 시에는 역구궁환멸진이라는 가공할 절진에 의해 모조리 수장당할 것이다. 해일이 일어나고 삼각파가 몰아닥치는 상황에 무사할 배는 존재할 수 없는 것이다.

그러나 이것마저 파훼했을 시에는 천괴파멸진이라는 저주의 절진에 의해 하늘이 붕괴되어 무너지는 것 같은 공포 속에서 전멸당하게 되는 것이다.

그만큼 난해하고 펼치기 힘든 절진들인데 여송은 불과 육 개월 만에 완벽하게 이 세 개의 진법을 기관들과 함께 설치해 놓은 것이다.

어쩌면 광룡을 이용한다면 세 개의 진을 뚫을 수 있을지도 모르나 천괴파멸진의 가공할 파괴력을 광룡이 과연 견딜 수 있을지는 장담하기 힘들었다.

'이쪽으로는 섬에 접근하기가 불가능하겠군.'

이유강은 배들을 이끌고 섬 주위를 돌았다. 반대편 쪽으로 가니 거대한 요새와 커다란 포구가 보였다. 오직 그곳 포구를 통해서만 섬에 접근이 가능한 것이었다. 그러나 언제든 발동하면 가공할 절진과 기관이 움직이도록 설치되어 있었다. 잠시 진법을 해제해 놓았을 뿐인 것이다.

포구를 향해 접근하니 그 근처에 백여 명의 무사들이 도열해 있는 모습이 보였다. 그 앞에 두 명의 인물이 서 있었는데 다름 아닌 여송과 음서였다. 이유강이 올 것을 알고 포구 주위의 진법을 해제시킨 것이다. 이유강은 백한 척의 선박을 포구에 나란히 들어서게 했다. 적어도 이백 척의 선박을 정박시킬 수 있을 만큼 커다란 포구였다.

"대인!"

"대인을 뵙습니다!"

이유강이 홀로 배에서 내려서자 여송과 음서가 포권했다. 이유강은 미소를 지었다.

"오랜만이오. 모두들 수고가 많았소."

"대인께 비하면 저희들은 그다지 한 것이 없습니다."

여송은 백여 척의 함선들을 쳐다보며 놀라운 듯 말했다.

"참, 손후는 연무관과 풍운장의 일을 처리하느라 이곳에 오지 못했습니다."

"괜찮소. 이번에 온 김에 풍운장에도 잠깐 들를 생각이오."

"좋은 생각이십니다."

"뒤에 있는 자들은 누구요?"

이유강은 백여 명의 무사들을 바라보며 물었다. 그러자 여송이 말했다.

"모두 광마일백연무관을 통과한 광마전사들입니다."

"오……."

이유강은 그들을 향해 환한 웃음을 지었다. 그러자 백여 명의 인물들은 모두 큰 소리로 외치며 포권했다.

"대인을 뵙습니다!"

그들은 모두 광마일백연무관의 창시자인 이유강을 향해 한없는 경외의 표정을 짓고 있었다. 이유강은 포권으로 답하며 고개를 끄덕였다.

"모두 반갑소. 앞으로 더욱 수련에 매진해 주시오."

그러다 문득 낯익은 인물을 발견했다. 도열해 있는 인물들 중 앞쪽에 서 있는 십칠 세 정도의 소년이었다. 이유강은 미소를 지으며 말했다.

"철영, 연무관을 모두 통과했느냐?"

그러자 철영이 고개를 끄덕이며 대답했다.

"아직은 많이 부족합니다."

"너는 앞으로 나와 함께 가야 한다. 지금 즉시 떠날 채비를 하거라."

"알겠습니다!"

철영은 즉시 포권하고는 어디론가 뛰어갔다. 이유강이 말했다.

"잠시 섬을 둘러보고 곧바로 풍운장을 향해 출발할 생각이오."

"그렇게 하시지요. 저희도 대인과 함께 가겠습니다."

여송은 음서와 함께 이유강을 안내했다. 섬의 크기는 흑골연합의 본진에 비해 반 정도 되는 규모로 보급만 잘 이루어진다면 능히 이만 명정도가 거할 수 있는 요새로 만들어지고 있었다. 여송이 말했다.

"현재 섬의 포구와 중앙 전각, 섬 외곽의 진법과 방어 기관 설치는완료되었으나 요새와 각종 전각은 계속 건설 중입니다. 환물 장인들에

의해 매우 빠르게 건설되고는 있으나 모든 것이 완료되려면 일 년 정
도 더 걸릴 듯합니다."

간혹 문사(文士)로 보이는 청년들이 공손히 포권하며 지나갔다. 여
송이 말했다.

"일전에 말씀드린 대로 상승진법을 다룰 줄 아는 문사들을 따로 교
육시켜 섬의 경비를 담당하게 했습니다. 모두 학문에 있어서도 상당한
경지에 이른 자들이지요. 저들을 일컬어 진법사(陣法士)라 부릅니다.
제가 없을 때 이곳을 총괄하는 자도 진법사 중 한 명입니다."

"잘하셨소."

이유강은 흐뭇한 표정으로 고개를 끄덕였다. 걷다 보니 섬의 중앙에
커다란 전각이 보였다. 오층으로 이루어진 멋진 전각에는 천각(天閣)이
라는 현판이 붙여져 있었다.

"천각의 오층은 대인께서 이곳에 오시면 거하실 거처입니다. 한번
보시겠습니까?"

"아니오. 모든 것이 완공되면 다시 와서 보겠소."

이유강은 한동안 섬을 쭉 돌아보고는 여송 등과 배에 승선했다. 철
영 또한 배에 승선해 있었다. 백한 척의 함선 중 백 척의 선박은 포구
에 가지런히 정박되어 있었고, 이유강이 탄 흑골대함 한 척만 풍운장을
향해 출발했다.

풍운장에 도착한 후 이유강은 평소에 생각해 둔 몇 가지 물건을 만드는 데 시간을 보냈다. 어제로 원하던 것을 모두 만들고 오늘은 그동안 밀실에서 동상처럼 서 있던 풍혼을 불러 올라탔다. 실로 오랜만에 타보는 것 같았다.

풍혼을 타고 장원 안을 잠시 돌아보니 임수아와 장칠이 서 있는 게 보였다. 장칠은 이유강을 보자마자 즉시 포권했다.

"대인을 뵙습니다!"

"그래, 수고가 많다."

이유강은 고개를 끄덕이며 답하고는 임수아를 쳐다봤다.

"임 소저, 항주 구경은 재미있게 하고 계시오?"

"네. 풍족하게 은자까지 주셔서 좋은 물건도 많이 샀지요."

임수아는 그동안 항주의 명소를 구경하며 바쁘게 돌아다니고 있었다. 이유강은 임수아에게 장칠을 붙여주어 호위 겸 안내하게 했다. 항주 태생의 토박이인 장칠이니 그녀의 좋은 안내자가 될 것 같아서였다. 임수아가 궁금한 듯 물었다.

"오늘은 어디 나가시는 것 같군요?"

"잠시 갔다 올 곳이 있소. 그럼 먼저 가보겠소. 장칠, 오늘도 소저를 잘 호위해야 한다."

"옛!"

장칠은 포권하며 우렁차게 외쳤다. 임수아는 풍혼을 타고 멀어져 가는 이유강을 계속 쳐다봤다. 그때 장칠이 물었다.

"아가씨, 오늘은 어디로 모실까요?"

임수아는 잠시 생각하는 듯하다가 말했다.

"며칠 동안 시내 구경을 했으니 오늘은 서호라는 호수에 한번 가볼까 해요."

"예. 바로 마차를 준비하겠습니다요."

이유강은 풍운장을 나온 후 항주 시내를 향해 출발했다. 특별히 급한 것은 없기에 주변의 낯익은 풍경을 감상하며 천천히 풍혼을 몰았다.

"모처럼 느껴보는 한가로움이로군."

그렇게 잠시 가는데 앞에 일단의 무리들이 보였다. 남색 무복을 입고 있는 심상치 않은 기운을 풍기는 자들이었다. 그들은 관도 옆 크게 그늘진 나무 밑에 앉아 편하게 휴식을 취하고 있었다.

'모두 상당한 수련을 거친 자들이로군.'

허리에 도(刀)를 차고 있는 삼십육 인의 무사들이었다. 그들은 이유강이 지나는 것에 별다른 관심을 보이지 않았다. 그저 묵묵히 휴식을 취하고 있을 뿐이었다.

'언뜻 보면 흐트러져 있는 것처럼 보이나 모두 날이 서 있군. 이들은 대체 누구인가.'

이유강은 내심 궁금했으나 그들의 곁을 지나쳤다. 그때 들리는 음성이 있었다.

"대단하군. 자넨 누구인가?"

이유강은 풍혼을 멈추고 목소리가 들린 곳을 쳐다봤다.

'…제법 강하군.'

나무의 가장 그늘진 곳 아래 앉아 있는 삼십대 중반의 사내였다. 그에게서 삼십육 인의 인물 중 가장 강한 기운이 풍겨 나왔다. 회색의 칙칙한 눈빛에서 느껴지는 것은 죽음의 냄새였다. 사람을 많이 죽여본 자에게서나 느껴지는 피 냄새와 흡사했다. 그것은 단순히 사람을 죽이는 것이 아니라 살인 자체를 즐기는 자들에게서나 풍기는 기운임이 분명했다. 이유강은 그의 눈빛을 담담히 직시하며 말했다.

"지나가는 서생일 뿐이오."

그리고는 고개를 돌려 풍혼을 몰았다. 옆에서 지켜보던 인물들이 발끈하며 일어서려 하자 사내가 손을 들어 제지하며 말했다.

"나는 그냥 이름을 물었을 뿐이네."

이유강은 풍혼을 멈추고 다시 고개를 돌려 사내를 쳐다봤다.

"당신에게서는 죽음의 냄새가 풍기는군."

"그래서 사람들이 나를 사혼(死魂)이라 부르지. 그게 기분 나쁜가?"

이유강은 피식 웃었다.

"사혼이라… 당신과 어울리는 이름이로군. 나는 이유강이라 하오."

"이유강? 처음 듣는 이름인데?"

사내는 고개를 갸웃하며 반문했다. 이유강이 말했다.

"조금 전에 말했지 않소. 그저 평범한 서생일 뿐이오. 볼일이 없다면 이만 가보겠소."

"음… 그렇군. 그만 가보게. 갈 길을 방해해서 미안하군."

사내는 그렇게 말하고는 눈을 감고 휴식을 취하기 시작했다.

"미안할 것은 없소. 그럼 편히 쉬시오."

이유강은 그렇게 말한 후 풍혼을 몰았다. 사내는 물론이고 옆의 인물들 모두 다시 눈을 감았고 더 이상 아무런 말도 하지 않았다. 이유강은 다소 기이한 느낌이 들었다.

'특이한 자들이군.'

쓸데없는 시비가 붙지 않을까 내심 우려했으나 그들은 애초부터 그럴 생각이 없었던 것 같았다. 이유강은 문득 생각이 들었다.

'현재 무림에서 저 정도의 고수들이 있는 곳이라면 마교 외에는 없겠지.'

무슨 목적으로 항주에 왔는지, 왜 좋은 곳들을 다 두고 길바닥에서 휴식을 취하고 있는지도 알 수 없었다.

'마교와 싸우다 보면 언젠가 부딪치겠지. 그나저나 연위 이 친구는 돌아왔는지 모르겠군.'

이유강은 혈검문이 있는 곳으로 풍혼을 몰았다. 혈검문에 도착하니 정문 앞에 호위를 서고 있던 무사가 물었다.

"본 문에 무슨 용무시오?"

"소문주에게 풍운장의 이 대인이 왔다 전하게."

"…잠시 기다리십시오."

무사는 황급히 안으로 뛰어들어 갔다. 잠시 후 이유강은 고연위가 있는 곳으로 안내되었다. 고연위는 반색하며 이유강을 맞았다.

"아니, 이게 누군가? 대체 얼마 만이란 말인가?"

"여행을 갔다 들었는데 무사히 돌아와서 다행이로군. 자네가 없어 헛걸음하면 어쩌나 걱정했네."

이유강은 모처럼 유쾌하게 웃었다. 고연위가 대소했다.

"하하하! 반갑네. 내 요즘 마음이 심히 울적했는데 자네를 보니 실로 오랜만에 기분 좋게 웃을 수 있군."

한데 만면에 미소를 띠며 말하는 고연위의 왼쪽 소매가 바람에 힘없이 나부끼고 있었다. 이유강은 그것을 보고 깜짝 놀라 물었다.

"아니, 자네… 왼팔이 어찌 된 일인가?"

"…하하! 신경 쓰지 말게. 오랜만에 친우를 만났으니 술 한잔해야 하지 않겠나."

고연위는 약간 씁쓸한 표정을 지었으나 애써 미소를 지으려 노력하는 것 같았다. 이유강은 매우 궁금했으나 일단은 고개를 끄덕였다.

"그렇지 않아도 술 한잔이 생각났었지."

"좋군. 오랜만에 서호반점에 가서 마시는 것이 어떻겠나?"

고연위는 곧바로 채비를 하고 나왔다. 이유강이 말했다.

"술 마시기 전에 여기 왔으니 문주님께 인사라도 드리고 가야겠군."

그러자 고연위가 약간 어색하게 웃으며 손을 저었다.

“…지금 그럴 겨를이 없으실 것이니 부담 갖지 말게. 하하하. 자네와 술 마실 생각하니 너무 기분이 좋군. 먼저 정문 앞으로 가 있게. 나도 자네처럼 말을 타고 나서야겠군.”

이유강은 다소 의혹이 일었으나 고개를 끄덕이고는 정문을 향해 걸었다. 곳곳에 지나는 무사들의 표정이 조금은 경직되어 있는 것이 이상했다. 게다가 이전에 혈검문에서 보지 못했던 상당한 기도를 풍기는 무사들의 모습들이 종종 눈에 띄었다. 대도(大刀)나 륜(輪), 극(戟)과 같은 무기를 들고 있는 그들은 분명 혈검문 최정예라 불리는 혈응백검수는 아니었다. 혈응백검수는 모두 검을 사용한다고 들었기 때문이다.

'그 사혼이라는 자와 함께 있던 무사들과 비슷한 수준이로군.'

조금 더 걸으니 또 다른 무리가 보였다. 그들 역시 무시하지 못할 강한 기운을 풍기고 있었다.

'어째서 이들이 혈검문에 득실거리고 있는 것인가.'

한쪽 팔이 잘린 고연위의 뭔가 어색한 모습도 이와 연관이 있을 것도 같았다. 정문에서 잠시 기다리자 고연위가 말을 타고 나왔다. 이유강은 그와 함께 서호반점으로 말을 몰았다.

서호반점의 이층. 고급스럽고 화려한 분위기는 전혀 변한 것이 없었다. 이유강은 고연위와 창밖이 잘 보이는 자리에 앉았다. 잠시 후 술과 안주가 나왔다. 술이 몇 순배 돌며 약간 취기가 돌았다.

“연위, 어찌 된 일인지 말해 보게.”

“…정파 무사들에게 당했네.”

고연위는 씁쓸한 표정을 지으며 술을 벌컥 들이켰다. 이유강은 빈

잔에 술을 따라주며 말했다.

"무슨 얘긴지 자세히 설명해 보게."

"일전에 서문세가와 환가장의 선박들이 서장으로 향한 적이 있었지. 환 소저가 책임자였고, 나는 그때 본 문의 무사 백 명과 함께 동승했었네."

"상당히 먼 곳까지 갔군."

고연위는 고개를 끄덕이며 말했다.

"서장에 간 이유를 내가 자세히 알 수는 없었지만, 옆에서 지켜보기에 뭔가 일이 잘 안 풀리는 것 같은 느낌이 들었지. 어차피 서문세가나 환가장에서 그곳에 간 것은 상가의 성격상 교역이 분명할 텐데, 뭔가 약조한 대로 이루어지지 않은 듯했어. 환 소저 역시 매우 분노한 표정이더군."

"그랬군."

"약조를 지키지 않았기에 동승했던 천여 명의 호위무사들을 이끌고 환 소저가 담당자들과 시비가 붙었는데, 갑자기 그들을 보호하러 나타난 인물들이 있었네."

고연위는 다소 심각한 표정으로 말을 이었다.

"그들은 다름 아닌 정파의 무사들이었지. 어디론가 사라졌던 하북팽가의 무사들도 보였네."

"……!"

이유강은 다소 놀랐다. 일전에 제갈수연 등을 구출해 간 자들도 하북팽가의 인물들이 아니었던가. 천외무림을 향해 떠났던 그들이 서장에 나타난 것이다. 이유강은 물었다.

“그래서 그들과 싸우게 되었나?”

“그들이 다짜고짜 공격을 해왔지. 비록 내가 본 문의 무사 백 명과 함께 거들긴 했지만, 그들을 상대할 수는 없어 부득불 도망칠 수밖에 없었네.”

“다행히 탈출은 성공했나 보군.”

이유강이 묻자 고연위는 힘없이 고개를 끄덕였다.

“도망친 건 환 소저를 비롯하여 십여 명 정도였네. 선박들은 모두 빼앗겼고, 우리들은 알지도 못하는 서장 땅에서 정파 무사들의 추격을 피해 사흘 동안 도주했지. 그들은 집요하게 추적을 해왔고, 믿기지 않는 일이지만 서장의 숱한 문파들도 그들을 도와 우리를 추격했네.”

“환 소저는 어찌 되었나?”

그러자 고연위의 안색이 침울하게 변했다.

“환 소저의 무공은 실로 가공했네. 그녀가 아니었다면 나 역시 살아남기 힘들었을 것이네. 사흘째 되던 날, 백여 명의 무사들에 둘러싸여 격전을 벌일 때 나는 한쪽 팔을 잃고, 옆구리와 복부에 칼을 맞아 정신을 잃었지. 깨어나 보니 환 소저가 곁에 있었네. 그녀의 응급 처치로 나는 살 수 있었지. 모두가 죽었다고 씁쓸하게 말하더군.”

“그 뒤로도 추격이 이어졌나?”

“그들이 노리는 것은 환 소저였네. 또다시 추격이 따라붙었을 때 환 소저가 내게 부탁을 했지. 자신이 유인할 테니 숨어 있다가 세가에 보고를 해달라고 말이야. 크흐… 그렇게 그녀는 추격대를 유인했고 나는 이렇게 돌아왔네. 그녀는 십중팔구 그놈들에게 잡혔겠지.”

고연위의 눈에는 눈물이 고여 있었다. 이유강은 술을 따르며 말했다.

"진정하게. 자네야말로 서장에서 이곳까지 오기가 쉽지 않았을 텐데 실로 고초가 많았겠군."

"…살아 있는 것이 비참할 지경이었지. 어찌 되었든 돌아와 보고를 하자 환가장뿐 아니라 서문세가까지 발칵 뒤집혔지. 자네도 짐작했겠지만 지금 항주에는 본 교 총단의 무사들이 대거 내려와 있네. 조만간 서장 토벌을 위해 출발한다고 하더군."

"어쩐지 상당히 실력있는 무사들이 많이 보이더군. 혹시 사혼이라는 자를 아나?"

이유강이 묻자 고연위는 고개를 끄덕였다.

"꽤 실력이 있으며 잔인한 자라 들었네. 낮에는 조용하나 어둑해지기만 하면 기분 내키는 대로 살인을 한다고 하더군. 이번 총단에서 내려온 자들 중 제법 강한 축에 들지만 그런 자들은 본 교에 수두룩하지. 제길! 조금은 답답하군. 오랜만에 서호에 가서 바람 좀 쐬는 것이 어떻겠나? 저녁은 그곳에 가서 먹고 싶군."

"그렇게 하게."

이유강은 고개를 끄덕였다.

"아가씨, 날이 조금씩 어둑해지는 것 같으니 이제 슬슬 돌아가시는 것이 좋을 것 같습니다요."

"네. 거의 끝나가요."

장칠의 말에 임수아는 고개를 끄덕였다. 그녀는 호숫가에서 붓으로 그림을 그리고 있었다. 그때 장칠과 함께 온 두 명의 무사들이 급히 다가와 말했다.

"형님! 아무래도 빨리 이곳을 피하는 것이 좋겠습니다."

"무슨 소리냐?"

"분위기가 험악한 놈들이 몰려오고 있습니다. 보통 놈들이 아닌 듯합니다."

"뭣이! 이 항주 바닥에서 감히 누가 우리를 건드린단 말이냐!"

장칠이 눈을 부라리며 주위를 살폈다. 과연 멀찍이서 심상치 않은 분위기를 풍기는 무사들이 걸어오고 있었다. 숫자도 사십 명 가까이 되었다. 장칠은 내심 가슴이 서늘해졌다. 그래서 조심스레 임수아를 독촉했다.

"헤헤. 아가씨, 아무래도 오늘은 이만……."

"다 되어가요. 조금만 기다리세요."

임수아는 그림을 거의 완성해 가고 있었다. 그때 어디선가 비파 소리가 들렸다. 임수아는 소리가 나는 곳으로 고개를 돌렸다. 호숫가에 뻗은 가느다란 나뭇가지 위에 앉아 있는 한 명의 여인이 보였다. 그녀를 본 순간 임수아는 눈을 크게 떴다.

'아! 정말 아름다운 여인이구나……. 항주에 미녀가 많다고 하더니 선녀라도 저 여인처럼 아름답진 않을 거야.'

임수아는 문득 그녀 앞에서 자신이 초라해지는 것 같은 기분이 들었다. 그때 문득 비파를 치던 여인이 고개를 돌려 임수아를 쳐다봤다. 눈매가 차갑고도 서늘해 보였으나 그래서 더욱 맑아 보이는 눈빛이었다. 임수아는 그런 그녀의 눈이 아름답다고 생각하며 화사하게 웃음을 지었다. 그러자 여인도 살짝 웃으며 고개를 끄덕이고는 다시 연주에 몰두하기 시작했다.

'어찌 저 가느다란 가지 위에 앉아 있을 수 있을까.'

임수아는 여인에 대한 호기심이 들었으나 빨리 그림을 완성해야 해서 다시 화폭으로 눈을 돌렸다. 장칠이 초조한 표정으로 서 있다 말했다.

"아가씨, 그림은 내일 와서 완성하시는 것이 어떻겠습니까요? 어서 마차에 오르시지요."

"네, 그렇게 해요."

자꾸 장칠이 서두르는 모습이 심상치 않자 임수아도 고개를 끄덕이며 화구를 정리하여 마차에 올랐다. 장칠은 안도하며 급히 마차 위에 올라탔다. 함께 온 두 명의 무사는 각각의 말 위에 올라탔다. 마차가 막 떠나려는 찰나 갑자기 서너 명의 인물이 훌쩍 뛰어와 앞을 가로막았다.

"잠깐! 섯거라!"

"무슨 일이오?"

장칠은 내심 걱정했던 일이 벌어지자 불안했다. 암흑가 생활에서 잔뼈가 굵으며 터득한 경험상 앞의 인물들은 자신이 쉽게 상대할 만한 자들이 아니었다. 한두 명 정도야 최근에 가까스로 통과한 광마일백연무관에서 익힌 광마도법으로 이길 수 있겠지만, 상대는 사십 명에 가까운 패거리인 것이다. 남색 무복을 입은 사내들은 모두 허리에 도를 차고 있었다. 그중 한 명이 비웃듯 말했다.

"왜 우리를 보고 피하는 것이냐? 네놈들은 분명 뭔가 구린 것이 있는 것이다. 그렇지 않느냐?"

"그게 무슨 소리요? 호수 관람을 마치고 돌아가는 것뿐이니 길을 비켜주시오."

장칠은 내심 두려웠으나 짐짓 강하게 말했다. 그러나 사내는 코웃음쳤다.

"닥쳐라! 그렇다면 왜 우리가 이곳에 오는 시간에 급히 피하는 것이냐? 마차 안에 계집이 있는 것을 다 알고 있으니 썩 끌어내라."

"그렇게는 못하겠소. 다치기 싫으면 길을 비키시오."

장칠은 그렇게 말하며 마차를 몰았다. 두 마리의 말이 사내들을 들이받을 듯 짓쳐 나갔다. 순간 사내들은 말을 피하더니 칼을 들어 두 마리의 말을 모조리 죽여 버렸다. 장칠은 화가 버럭 나 소리쳤다.

"니미럴! 네놈들이 정녕 죽고 싶어 환장했구나!"

임수아를 보호하라는 이유강의 명을 지키려 가급적 시비를 자제했건만, 일이 이렇게 된 이상 참을 수 없었다. 이젠 자신이 죽든 말든 상관없었다. 한 놈이라도 목을 따고 보는 것이다. 장칠이 도를 빼 들고 사내들을 향해 다가가자 장칠과 함께 왔던 풍운장의 무사 둘도 말에서 내려 도를 들고 뒤를 따랐다.

"어허! 이놈들 봐라!"

"큭큭. 재미있겠군."

사내들은 가소롭다는 듯 도를 빼 들었다. 장칠이 그들을 살벌하게 노려보며 소리쳤다.

"어느 놈이 나와 칼을 겨뤄보겠느냐! 클클, 네놈들이 다 덤벼도 뭐 상관은 없다만."

장칠은 주위를 돌아봤다. 앞에 서 있는 네 명의 사내. 멀찍이서 이쪽을 보고 있는 수십 명의 무리들. 빠져나가기는 그른 것 같았다. 그때 한 명의 사내가 코를 벌름거리며 걸어나왔다.

"크흐흐, 네놈이 인상만큼 칼을 잘 쓰나 한번 보겠다. 어디 한번 잔재주를 부려봐라."

"에이잇!"

장칠은 순간 느껴지는 사내의 허점을 노려 광마도법 오십팔 번째 초식을 펼쳤다. 장칠의 도가 쭈욱 늘어나듯 사내의 미간을 향해 빠르게 뻗어나갔다.

"헉!"

사내는 깜짝 놀라며 급히 칼을 머리 쪽으로 들어막았다. 그러나 장칠의 도는 미간이 아닌 사내의 가슴을 베고 있었다.

"크아악!"

사내는 칼을 휘두르지도 못하고 가슴에서 피를 흘리며 쓰러졌다. 뒤에 있던 사내들은 모두 믿을 수 없다는 표정을 지었다. 비록 방심을 통한 기습이었다 하나 그렇게 쉽게 쓰러질 자가 아니었던 것이다. 멀리서 구경을 하던 자들도 우르르 몰려왔다. 장칠은 대소했다.

"크하하하! 별것도 아닌 것들이 큰소리를 쳤구나! 덤벼라! 모두 황천 길로 보내주겠다!"

"감히!"

앞에 있던 세 명의 사내가 일제히 달려들었다. 장칠은 그들을 상대로 혼신의 힘을 다해 광마도법을 펼치며 대항했다. 가장 먼저 달려드는 자를 향해 조금 전 펼친 초식을 펼쳤으나 사내는 그럴 줄 알았다는 듯 몸을 회전하여 피했다. 그때 장칠은 옆구리에 화끈한 충격을 느꼈다. 뒤따른 사내의 칼이 장칠의 옆구리를 스치고 지나갔던 것이다.

'크윽!'

다행히 잽싸게 몸을 빼내 살짝 베였으나 피가 제법 옷에 새어 나오는 것이 가볍지 않은 상처인 것 같았다. 장칠이 고전하는 것 같자 뒤에 있던 풍운장의 무사 두 명이 즉시 사내들을 향해 달려들었다. 그러자 상황은 장칠 등에게 우세하게 변했다. 장칠은 소리쳤다.

"사정 두지 말고 베어버려라! 어차피 우리가 죽으면 대인께서 이놈들을 난도질해 복수해 주실 것이다!"

"건방진!"

장칠의 말이 끝나기도 전에 옆에서 지켜보던 남의 무사들 중 두 명이 새롭게 가세했다. 그러자 상황은 금세 역전되어 장칠 등은 연신 뒤로 물러났다. 임수아는 마차 안에서 밖의 상황을 지켜보다 마부석에 앉아 있던 돌쇠를 보내 사내들을 공격하게 했다.

우아아아!

돌쇠는 기이한 소리를 지르며 사내들을 향해 돌진했다. 이미 환물로 만들어지기 이전부터 보통의 환물 괴물 못지않은 반사 신경과 전투력을 가진 괴물이었던 돌쇠는 파혼수로 만들어진 후에는 능히 보통의 환물 괴물 수십 마리를 상대할 만한 가공할 환물이었다. 비록 임수아에 의해 착한(?) 모습으로 변하기는 했지만 파혼수로서의 능력은 여전했다.

퍼퍽! 퍽!

"크아악!"

돌쇠는 가장 먼저 눈에 띤 사내 한 명을 주먹으로 연달아 가격하고는 잇달아 머리로 박아버렸다. 막 장칠을 궁지로 몰아넣던 사내는 번개같이 나타나 자신을 공격하는 돌쇠의 공격을 막지 못하고 복부를 세 대 얻어맞고 피를 토하며 물러나다 일순 머리가 부서지는 충격에 의식을 잃었다. 절명이었다.

"…뭐냐!"

심상치 않음을 느낀 무사들은 돌쇠를 경계하며 몰려들었다. 장칠과

두 명의 무사는 멍하니 돌쇠를 쳐다봤다. 그동안 말도 없이 그냥 마부석에 앉아 있었던 멍청해 보이기까지 하던 장한이 저토록 놀라운 무공을 가지고 있었다니.

사실 며칠 동안 장칠은 임수아 몰래 은근히 돌쇠를 놀리거나 괴롭힌 적이 있었다. 아무 일도 하지 않고 멍하니 마부석에 앉아 있는 돌쇠에게 주먹을 날린 적도 있었고, 뒤통수를 후려치며 욕을 한 적도 있었던 것이다. 그러나 마치 벽을 치듯 주먹이 아파 기이하게 생각하기도 했다. 한데 저토록 놀라운 무공을 지니고 있었다니. 지금 생각하니 가슴이 서늘한 일이었다.

퍼퍽! 퍽! 퍼퍼퍽! 퍽!

"크아악!"

"크악!"

또다시 두 명의 사내가 피떡이 되어 날아갔다. 돌쇠는 사내들이 휘두르는 칼을 슬쩍슬쩍 피하며 주먹을 휘둘렀는데 마구잡이로 휘두르는 것 같아도 매우 빨라서 사내들이 피하지 못했다. 순식간에 세 명의 사내가 돌쇠에 의해 절명하자 옆에서 구경하던 무사들 십수 명이 우르르 날아와 돌쇠를 포위했다.

"제법이군. 네놈은 누구냐?"

이미 그들은 장칠 등에게는 관심이 없었다. 장칠은 조심스레 마차 근처로 돌아와 마차를 호위하며 사태를 지켜봤다. 돌쇠는 사내들의 물음에 비웃기라도 하듯 다시 그들을 덮쳤다.

퍼억!

한 명의 사내가 돌쇠의 주먹에 맞아 나가떨어질 때 그 참을 노린 네 명의 사내가 도를 휘둘러 왔다.

까강! 깡! 까앙!

그들의 도는 모두 돌쇠의 몸에 가격되었으나 쇳소리가 나며 튕겨졌다.

퍼퍽! 퍽! 퍼억!

"크아악!"

다시 한 명의 사내가 돌쇠의 팔에 맞아 날아갔다. 그때 차가운 음성이 장내에 울려 퍼졌다.

"모두 물러서라!"

한 명의 사내가 돌쇠 앞에 날아 내렸다. 회색빛의 칙칙한 눈. 장칠은 그자의 눈빛을 보고는 온몸이 굳어지는 것 같았다. 사내는 싸늘하게 돌쇠를 노려보더니 도를 휘둘렀다.

파악!

천천히 휘두르는 것 같았으나 도를 휘두르는 순간 이미 돌쇠의 한쪽 어깨에 도가 박혀 있었다.

퍼억!

그러나 돌쇠는 그에 상관없이 손으로 사내의 복부를 가격했다. 사내는 잽싸게 물러나며 비껴 맞았기에 별다른 충격이 없는 것 같았으나 눈에는 도저히 믿을 수 없다는 듯 놀라움이 서려 있었다. 그러나 그는 곧바로 냉소하며 다시 도를 휘둘렀다.

"…놈! 팔이 끊어지고도 반격을 하다니! 어디 목이 끊어져도 그럴 수 있나 보겠다."

사내의 도가 수평을 갈랐다. 느린 듯 휘둘러지는 것이 보였으나 파악 소리가 나며 돌쇠의 머리는 몸통과 분리되어 공중으로 떠올랐다. 순간 마차 안에서 백색 빛이 뿜어져 나와 돌쇠의 전신을 감쌌다.

화아아악!

눈부신 백색 빛에 모두들 주춤거리는 사이 분리되었던 돌쇠의 목이 몸통에 붙었고 사내를 향해 달려들었다.

퍼억!

"으윽······!"

불의의 기습에 사내는 코피를 흘리며 뒤로 물러났다. 그러나 곧바로 도를 휘둘러 돌쇠의 몸을 위에서 아래로 쪼개 버렸다. 그러자 다시 마차에서 백색 빛이 쏟아져 나와 돌쇠의 몸을 휘감았다. 사내는 신경질적으로 외쳤다.

"마차를 부숴 버리고 안에 있는 계집을 죽여라!"

그러자 거의 십여 명에 달하는 인물들이 마차를 향해 신형을 날렸다. 장칠 등은 혼신을 다해 막았으나 불가항력이었다. 바로 그때 비파 소리가 크게 들렸다.

디디딩! 디딩!

"크아악!"

"크악!"

순간 마차로 달려들었던 십수 명의 인물들이 갑자기 무언가에 퉁겨지듯 뒤로 날아가 땅바닥에 처박혔다. 모두 입에서 피를 토하며 나뒹굴었는데 몇 번 꿈틀거리더니 움직이지 않았다. 죽은 것이다. 그뿐만이 아니었다. 돌쇠 주위를 포위하던 십여 명의 사내들과 아직 이곳을 지켜보고 있던 십여 명의 무사들 또한 모두 죽어 있었다. 그들 중 유일하게 살아남은 자는 돌쇠 앞에 있는 그 사내뿐이었다.

"……!"

장칠은 눈앞에 벌어진 일을 믿을 수 없어 멍하니 서 있었다. 그러다 주위를 두리번거려 어렵지 않게 한 명의 여인을 발견할 수 있었다. 아까 임수아와 잠시 눈빛을 나눈 절세의 미녀. 그녀는 여전히 나뭇가지 위에 앉아 이곳을 바라보고 있었다.

항주에서 태어나 이십 년 넘게 항주에서 살아온 장칠이 그녀가 누군지 모를 리가 없었다. 그러나 그녀가 조금 전 이런 가공할 무공을 펼쳤으리라고는 꿈에도 생각하지 못했다. 그때 돌쇠 앞에 서 있던 사내가 여인을 향해 소리쳤다. 그의 안색은 새파랗게 변해 있었고 입에서는 피가 새어 나왔다.

"…아수환혼곡(阿修還魂哭)! 당신은 누구시오!"

그러나 여인은 싸늘히 그를 응시하기만 할 뿐 아무런 말도 하지 않았다. 사내는 화난 듯 소리쳤다.

"나는 지당 마용대 소속 사혼이라 하오! 당신 역시 본 교의 인물이 분명한데 어찌 이럴 수 있단 말이오!"

"흥! 그래서 어쩔 테냐!"

여인은 코웃음 쳤다. 사혼은 안색을 굳히고는 말했다.

"네년이 본 교의 인물이든 뭐든 감히 내 부하들을 죽였으니 피는 피로 갚아야 할 것이다."

"그게 가능하리라 보느냐?"

"크흣. 본 교의 인물이면 사혼이라는 이름을 들어봤을 것이다."

파악!

사혼은 신경질적으로 도를 휘둘렀다. 그러자 백색 빛에 의해 복원되었던 돌쇠가 네 조각으로 분리되어 땅바닥에 떨어졌다.

"크훗! 어디 네년의 몸이 얼마나 단단한지 한번 봐아겠다."

사혼의 신형이 여인을 향해 마치 활이 쏘아지듯 쏘아졌다. 대략 십여 장 정도 떨어져 있던 거리가 순식간에 오 장으로 단축되는가 싶더니 금세 여인의 지척까지 근접해 있었다. 또한 그보다 빠르게 그의 도는 이미 여인의 목을 꿰뚫고 있었다.

"……!"

그러나 사혼은 나뭇가지 위에 올라서 당혹한 표정으로 주위를 살폈다. 분명히 목을 꿰뚫었다고 생각했건만 그의 도는 허공을 찔렀을 뿐이었다. 여인은 마차 위에 서서 사혼을 쳐다보고 있었다. 사혼은 여인을 발견하자마자 소리를 지르며 다시 달려들었다.

파아앗!

그는 마치 여인과 그 아래 있는 마차까지 한 번에 쪼개 버릴 심산인 듯 혼신의 내력을 다해 도를 내려쳤다. 여인이 피하면 마차가 부서지며 그 안에 있는 사람 역시 무사하지 못할 터. 사혼은 그것을 노린 것이었다. 그러나 여인은 마치 비웃기라도 하듯 담담히 손가락을 들어 사혼을 가리켰다.

'…허억!'

사혼은 순간 사색이 되어 몸을 빼려 했으나 이미 늦은 상태였다. 여인이 내민 손가락으로부터 피처럼 붉은색의 빛이 하나의 조그마한 형상을 이루며 사혼의 미간을 향해 쏟아져 나오고 있었다. 그것은 아수라(阿修羅)의 얼굴 형상이었다. 비록 손톱만한 크기였으나 사혼은 명확히 그 형상을 알아볼 수 있었다.

"아, 아수마혼지(阿修魔魂指)……!"

사혼은 일순 허공에 멈추듯 떠 있다 미간에서 피를 쏟으며 바닥으로 떨어져 내렸다. 그리고 다시는 움직이지 않았다.

"도와줘서 감사해요."

임수아는 마차 밖으로 나와 여인을 향해 포권했다. 장칠 등도 포권했다.

"풍운장의 장칠이 서문 소저께 감사드립니다요. 이토록 놀라운 무공을 지니고 계셨는지 몰랐습니다."

한데 임수아가 고맙다고 해도 가볍게 고개만 끄덕이던 여인이 순간 장칠의 말에 놀라는 표정을 지으며 물었다.

"지금 풍운장이라 했느냐?"

"예. 소인은 풍운장의 무사인 장칠입니다."

장칠은 최대한 공손하게 말했다. 그러나 여인은 이미 그의 말을 듣지 않고 어딘가를 바라보고 있었다. 장칠은 뭔 일인가 하여 여인이 바라보는 곳을 향해 고개를 돌렸다. 순간, 그의 눈에 말을 타고 있는 두 명의 인물이 보였다. 장칠은 그중의 한 명을 향해 급히 고개를 숙였다.

"대인을 뵙습니다!"

"대인……!"

임수아는 이유강을 보자 눈물을 주루룩 흘리며 뛰어갔다. 말 위에서 내린 이유강은 그의 품속으로 뛰어든 임수아를 엉겁결에 껴안았다.

"임 소저, 이제 괜찮으니 진정하시오."

"흑……!"

임수아는 좀처럼 품에서 떨어지려 하지 않았다. 이유강은 임수아의 등을 토닥이며 잘 달랜 후 품에서 떼어놓고 서문소혜를 바라보았다. 서문소혜는 믿을 수 없다는 놀람의 표정으로 이유강을 쳐다보고 있었다. 이유강은 포권하며 말했다.

"서문 소저, 실로 오랜만이오. 오늘 본 장의 인물들이 소저께 큰 은혜를 입었소. 구해주셔서 감사하오."

"신경 쓰지 마세요."

서문소혜는 고연위를 향해서도 살짝 고개를 끄덕여 인사를 하고는 다시 이유강을 쳐다봤다. 그녀는 어느새 안색이 회복되어 있었다.

"이 대인님 말대로 오랜만이에요. 여하튼 무사하시니 다행이에요."

이유강은 문득 일전에 해적들을 만났을 때 서문세가의 선박들이 이유강의 배만 남겨두고 말 한마디 없이 사라졌던 일이 생각났다. 어차피 지난 일이니 잊었건만 서문소혜 역시 그때 일이 맘에 걸렸는지 조금은 미안한 표정을 하고 있었다. 이유강은 임수아를 잠시 따스한 표정으로 쳐다보고는 서문소혜를 향해 말했다.

"그때 일은 신경 쓰지 마시오. 오늘 본 장의 인물들이 자칫 큰 봉변을 당할 뻔했는데 소저께 구함을 받았으니 뭔가 보답을 하고 싶소."

"그녀는 누군가요?"

서문소혜는 돌연 임수아를 가리키며 물었다.

"임 소저는 내게 누이와 같은 존재요."

그러자 임수아가 화사하게 웃으며 말했다.

"임수아라 해요. 서문 소저께 다시 한 번 감사드려요."

"그래요."

서문소혜는 끄덕이며 복잡미묘한 표정으로 임수아를 잠시 쳐다보았다. 그리고는 이유강을 향해 차갑게 말했다.

"방금 제게 보답을 하고 싶다 말하셨죠?"

"물론이오."

"조금 전 부득이하게 마교의 무사들을 죽였어요. 비록 돕기 위해 내가 나선 것이지만 풍운장의 인물들로 인해 비롯된 것이니 이 대인께서도 이에 대한 책임을 져야 할 것이에요."

"책임이야 물론 질 것이오. 다만 소저의 말뜻을 쉬이 짐작키 어렵소. 나는 소저에게 보답을 하겠다고 말했소만."

그러자 서문소혜는 기이한 미소를 지었다.

"그 뜻은 조만간 알게 될 거예요. 이만 가볼게요."

그녀는 그렇게 말한 후 고연위를 향해 살짝 인사를 한 후 신형을 날렸다. 임수아는 멀리 사라지는 서문소혜를 다소 불안한 표정으로 계속 쳐다봤다. 그때 고연위가 말했다.

"이보게, 내게도 이분 소저를 소개시켜 줘야 하지 않겠나."

"그렇군."

이유강은 서문소혜의 기이한 표정에 의혹이 들어 잠시 멍하니 서 있다 고연위의 말에 미소 지으며 임수아를 소개했다. 임수아와 고연위는 서로 인사를 주고받았다. 고연위가 부러운 듯 이유강을 쳐다봤다.

"자네는 실로 여복도 많군. 이토록 아름다운 소저를 얻다니 말이야."

"그런 소리 하지 말게. 임 소저는 내게 누이와 같은 존재네."

이유강은 고개를 저으며 말했다. 그 말에 임수아의 표정이 일순 어두워졌으나 그녀는 짐짓 환하게 미소 지으며 말했다.

"조금 전 서문 소저에 비하면 저는 초라할 뿐이에요."

그러자 고연위가 고개를 저으며 말했다.

"하하! 서문 소저야 항주 제일의 미인이오만, 소저의 미소 역시 그에 못지않소이다."

"별말씀을⋯⋯."

임수아는 무슨 소리냐는 듯 안색을 붉혔으나 슬쩍 이유강의 눈치를 살피며 미소 지었다. 이유강은 문득 고개를 끄덕이며 말했다.

"그렇군. 임 소저, 아직 저녁을 먹기 전일 테니 우리와 함께 가는 것이 어떻겠소?"

"네."

임수아는 기쁜 듯 고개를 끄덕였다. 그리고는 바닥에 네 조각 나 있는 돌쇠를 향해 손을 뻗었다.

화아아악!

백색의 명광지기가 돌쇠를 휘감았고 돌쇠는 금세 원래의 모습으로 복원되어 일어섰다. 고연위는 그 모습에 놀라 입이 딱 벌어졌다. 이유강 역시 잠시 멍한 표정으로 임수아를 쳐다봤다.

"**대**인, 여송입니다."

"들어오시오."

이유강은 방으로 들어오는 여송을 반갑게 맞았다. 아침을 먹고 오전 중에 여송이 각종 일을 보고하거나 논의하러 방으로 찾아오는데 오늘은 평소와는 달리 그의 표정이 다소 긴장되어 있었다. 이유강은 물었다.

"무슨 일이 있소?"

"혈검문에서 서신이 왔습니다. 서신을 받는 즉시 혈검문으로 오라는 글귀가 적혀 있었습니다."

"나보고 말이오?"

"그렇습니다."

이유강은 다소 이상한 기분이 들었다. 바로 어제저녁에 혈검문의 소문주인 고연위와 함께 서호에서 술을 마시고 식사를 하지 않았던가. 분명 고연위나 혈검문주인 고패가 보낸 서신은 아닐 것이다. 이유강은 물었다.

"뭔가 짐작되는 게 있소?"

"현재 혈검문에는 많은 마교의 고수들이 와 있는 상태입니다. 마교 총단의 고수들이 대거 대기하고 있습니다. 알아본 바에 의하면 마교 십대마존 중의 한 명인 아수마존(阿修魔尊) 여희가 현재 혈검문에 머무르고 있는 것 같습니다."

"십대마존 중의 한 명이라 했소?"

이유강은 깜짝 놀라 물었다. 여송은 고개를 끄덕였다.

"이른바 아수마녀(阿修魔女)라고도 불리는 여인으로 외모는 삼십대 초반으로 보이나 실제로는 그 나이를 짐작하기 힘들다고 알려져 있습니다."

"여인이란 말이오?"

"그렇습니다. 그리고 이것은 제 개인적인 추측인데 이번 서장 토벌에 관한 일이 제법 중요한 사안이라 해도 십대마존 중의 한 명이 직접 나선다는 것은 쉽게 이해할 만한 일이 아닙니다."

"그런 것 같소. 십대마존 중 한 명이 나타나다니 나로선 뜻밖이오."

"아무래도 아수마존과 환가장 혹은 서문세가가 특별한 관계에 있는 것 같습니다. 사실 아수마존에게는 두 명의 여제자가 있는 것으로 알려져 있는데 그녀들이 누군지는 알려져 있지 않지요. 제 짐작이 틀리지 않는다면 서문 소저와 환 소저가 아수마존의 제자임이 분명합니다."

이유강은 묵묵히 고개를 끄덕였다. 불과 십대 후반에 불과한 그녀들의 무위는 실로 가공하지 않았던가. 아수마존의 제자라면 이해할 수 있었다. 엄청난 재력(財力)을 이용하여 어려서부터 온갖 귀하다는 영약들을 복용하고 마교 대종사 외에는 적수가 없다는 십대마존 중 한 명에게 무공을 전수받았으니 그 정도 무위를 보이는 것은 어찌 보면 당연했다. 이유강은 여송에게 물었다.

"그렇다면 혈검문에서 나를 찾는 이유가 무엇이라 생각하오?"

"지금으로선 저도 짐작하기 어렵습니다만 아무래도 이번 서장 토벌에 관하여 본 장의 지원을 바라는 것이 아닌지 모르겠습니다. 하나 단순히 그런 것이라면 서신으로 충분히 그 내용을 밝힐 수도 있을 터인데 굳이 대인을 소환하는 이유를 모르겠습니다."

이유강은 고개를 끄덕였다.

"일단 가보겠소."

그러자 여송은 다소 걱정스러운 듯 쳐다봤다. 이유강은 담담히 미소를 지었다.

"별일없을 것이니 걱정하지 마시오."

"예. 부디 조심하십시오."

이유강은 홀로 장원을 나선 후 혈검문에 도착했다. 파수를 보고 있는 무사에게 말을 하자 잠시 후 고연위가 마중을 나왔다.

"어서 오게."

그는 약간 어두운 표정으로 이유강을 반겼다. 이유강이 물었다.

"이곳으로 즉시 오라는 서신을 받았네. 무슨 일인지 알고 있나?"

"자세한 것은 모르네. 나도 조금 전에야 소식을 들었지."

"문주님께서 부르신 것이 아닌가?"

"부친께서 그러실 이유가 없지. 사실 미처 말을 안 했네만, 본 문에는 지금 총단의 높으신 분이 와 있네."

"그렇군."

"무슨 일인지 모르겠으나 가급적 그분의 비위는 거스르지 않는 것이 좋을 것일세. 자칫 풍운장의 존망마저 위험할 수도 있으니 조심하게."

고연위는 걱정스러운 표정을 지었다. 이유강은 고개를 끄덕였다.

"절대 그럴 일은 없을 것이니 안심하게."

"그렇겠지. 그럼 따라오게."

고연위의 뒤를 따라 이유강은 하나의 방으로 들어갔다. 꽤 화려해 보이는 방이었는데 그곳에는 네 명의 여인이 앉아 있었다. 삼십대 초반쯤으로 보이는 한 명의 미부인과 육십대 후반의 노파 세 명이었다. 고연위는 그들을 향해 조심스레 포권했다.

"풍운장의 이 대인이 도착했습니다."

그러자 한 명의 노파가 말했다.

"알았으니 너는 이제 나가보거라."

고연위는 이유강을 향해 고개를 돌려 살짝 끄덕이고는 밖으로 나가 문을 닫았다. 이유강은 담담히 그들을 쳐다보며 포권했다.

"풍운장의 이유강이라 하오."

네 여인의 시선이 일제히 이유강을 향했다.

'강하다!'

이유강은 네 명의 여인을 보며 내심 가슴이 서늘해졌다. 세 명의 노파들에게서 느껴지는 기운은 각각이 흑골대제 아스케를 능가하고 있었다. 그러나 가운데 차가운 미소를 짓고 있는 삼십대 여인은 그 세 명의 노파를 합한 것보다 훨씬 강한 기운이 느껴졌다.

'지금껏 본 그 누구보다 강하다.'

노파들은 모두 쏘아보듯 이유강을 노려보고 있었고 삼십대 여인은 잠시 이유강을 쳐다보더니 고개를 끄덕이며 말했다.

"네 이름은 들어 알고 있다. 나는 여희라 한다."

"……!"

십대마존 중 한 명인 아수마존 여희가 분명했다. 이유강은 내심 짐작은 했으나 그녀가 실제로 자신의 이름을 밝히자 다소 놀랐다.

"십대마존 중 한 명이신 아수마존님을 뵙게 되어 영광이오."

그러나 여희는 냉랭한 표정으로 손을 저으며 물었다.

"네놈이 사혼과 그 부하들을 죽였느냐?"

"……."

이유강은 잠시 그녀를 쳐다보다가 고개를 끄덕였다.

"그렇소."

어찌 된 연유인지는 알 수 없으나 임수아와 장칠을 해치려 한 사혼을 서문소혜가 죽였다고 말할 수는 없었다. 뭔가 미심쩍은 느낌을 받았지만 어쩔 수 없는 것이다. 그러자 여희는 이유강을 강하게 노려보았다. 순간 가공할 기운이 이유강을 압박했다.

'…백 년의 내공? 나를 시험하는군.'

이유강은 짐짓 매우 힘들어하는 것처럼 비틀거렸다. 그리고는 가까스로 버티는 것처럼 혈관에 힘을 주었다. 잠시 후 압박이 사라졌다. 옆에서 지켜보던 노파들의 표정이 약간 변했다. 여희가 말했다.

"애송이 놈이 제법이구나. 좋아, 그 정도면 그놈을 죽일 수 있었겠지."

"그가 본 장의 인물들을 핍박하여 어쩔 수 없었소."

그러자 여희는 차갑게 웃었다.

"호호홋! 감히 본녀가 이곳 항주에 와 있는데 내 수하들을 죽이다니, 네놈은 정녕 간이 부은 게로구나."

"그들을 죽인 것에 대해 깊이 사과드리오. 하나 그들 역시 무사로서 행하지 말아야 할 파렴치한 잘못을 범했으니 나로서는 선택의 여지가 없었소. 물론 마존께서 이곳에 와 있는 줄 알았다면 손속에 사정을 두었을 것이오."

"닥쳐라! 피는 피로 갚는다는 본 교의 율법에 따라 네놈과 네놈이 속해 있는 풍운장이라는 곳을 모두 불태워 없애도 시원치 않음을 아느냐?"

"…나를 죽이고 본 장을 불태우려 했다면 굳이 나를 이곳으로 부르지 않았을 것이란 생각이 드오. 내게 원하는 것을 말해 보시오."

이유강은 담담히 그녀를 쳐다봤다. 그러자 여희는 기이한 표정을 짓더니 크게 웃었다.

"호호호! 멍청한 놈인 줄만 알았더니 제법 머리가 돌아가는구나."

"과찬이오."

"좋아. 너를 부른 용건을 말하겠다."

이유강은 고개를 끄덕였다. 여희가 말을 이었다.

"일단 이곳으로 너를 부른 것은 너를 시험하기 위해서였다. 지금 혈검문에는 본 교 총단의 정예 삼천 명이 와 있다. 네가 비굴한 모습을 보이거나 백 년의 내공을 받아내지 못했다면 풍운장은 지금쯤 사라졌을 것이다.”

“……!”

이유강은 내심 가슴이 서늘했다. 마교 정예 삼천 명이라면 현재 풍운장으로서는 감당하기 어려웠다. 물론 장원에 펼쳐진 수많은 진법들로 인해 장원은 쉽게 무너지지는 않을 것이다. 그러나 항주와 소주 및 명나라 전역에 펼쳐 놓은 수많은 풍운장의 사업들이 풍비박산날 것은 의심의 여지가 없는 일이었다.

“명줄이 긴 것인지 모르겠다만 일단 시험에 통과했으니 사혼의 일은 없는 것으로 해주겠다.”

“진심으로 감사드리오.”

이유강은 내심 안도하며 말했다. 그러나 여희는 안색을 굳히며 말했다.

“용서를 해주는 대신 조건이 있다. 감히 본 교의 무사들을 죽였으니 이대로 넘어갈 수는 없다. 풍운장에서 그동안 본 교에 제법 성의를 보인 것으로 알고 있으니 특별히 금전적인 것을 요구하지는 않겠으나, 이번 서장 토벌에 너는 따로 한 척의 배를 준비하여 본 교를 도와야 한다. 적어도 백 명의 일류급 무사들을 확보하여 토벌에 참가해야 할 것이다. 그렇게 하겠느냐?”

“그렇게 하겠소.”

선택의 여지가 없었다. 이유강은 지체없이 고개를 끄덕였다. 여희는 만족한 듯 미소를 지었다.

"시원스러워 마음에 드는군. 삼 일 후 출발할 것이니 속히 돌아가서 준비하도록 해라."

"그럼 이만 물러가겠소."

이유강은 포권하고는 방을 나갔다. 여희는 이유강이 나간 후 잠시 미간을 찌푸렸다.

'어디선가 본 듯한 모습이야. 설마……. 호홋! 내가 망령이 들었구나. 그놈이 살아 있을 리가 없지. 게다가 풍기는 기운도 전혀 다르니.'

여희는 고개를 흔들었다. 세상에는 비슷한 외모를 가진 사람들이 많이 있는 것이다. 그때 노파 중 한 명이 말했다.

"저 나이에 본 교 소속도 아니면서 저 정도의 무공을 이루기는 쉽지 않습니다. 다소 수상쩍은 생각이 듭니다. 미리 제거하든지 아니면 본 교로 완전히 포섭하는 것이 마땅할 것입니다."

"제거하는 것이 뭐 어렵겠느냐. 일단은 두고 보자. 혜아의 부탁도 있고 하니."

여희는 노파의 말에 손을 저으며 말하고는 일순 한곳을 향해 소리쳤다.

"염아!"

"예."

십대 후반의 한 소녀가 방 안쪽에 있는 문을 열고 들어와 무릎을 꿇었다. 굴곡이 완연한 몸매와 얼굴에서 풍겨지는 요염한 기운. 그러나 그 요염함과 동시에 사이한 분위기가 느껴졌다. 여희는 그녀를 향해 말했다.

"삼 일 후 네가 서장 토벌 선발대를 이끌고 서장을 향해 일차로 출발해라. 가서 서장을 쓸어버리고 이차토벌대를 기다려라.”

“소혜 언니도 같이 가는 것 같은데 어찌 감히 제가 선발대를 이끌 수 있는지요.”

“그 또한 혜아의 뜻이니 신경 쓰지 말거라. 네게 아무런 참견도 하지 않을 것이라 했다. 무공이라면 네가 오히려 혜아보다 낫지 않느냐. 시간이 얼마 없으니 속히 가서 준비하거라.”

“예. 맡겨주세요.”

소녀는 여희를 향해 절을 하고는 일어나 흑색 천으로 얼굴을 가렸다.

이유강은 풍운장으로 돌아와 여송에게 혈검문에서 있었던 일을 말했다. 여송은 고개를 갸웃하며 말했다.

"서장 토벌을 도우라는 것은 이해가 가나, 대인께 백 명의 무사와 함께 동행하라는 것은 다소 무리한 요구인 것 같습니다. 비록 본 장에서 마교에 많은 뇌물을 바쳤다 하나 여전히 그들에게 필요한 것은 자금일 텐데 참으로 기이한 일입니다."

"나도 그렇게 생각하오. 하나 아직은 마교와 부딪칠 때가 아니니 그녀의 뜻에 따를 수밖에 없었소. 광마전사 백 명과 함께 갈 것이니 적절한 인물들을 선발해 주시오. 어차피 나의 계획도 서장으로 가는 것이었으니 차라리 잘된 것일 수도 있소."

"알겠습니다."

여송은 고개를 끄덕였다. 이유강은 탁자 위에 놓인 커다란 상자를 가리키며 말했다.

"이것은 내가 최근에 얻은 깨달음으로 특별히 만든 것들이오. 그대에게 줄 것이니 잘 활용하도록 하시오."

"무엇이온지?"

여송은 궁금한 듯 상자를 쳐다봤다.

"지금 열어보시오."

"예."

여송이 상자를 열자 상자 속에는 기이한 모양의 목걸이가 가득 들어 있었다. 목걸이는 도합 쉰한 개였는데, 모두 모양이 동일했으나 오직 하나의 목걸이만 다른 것들과 달리 큼직하고 괴이한 모양을 하고 있었다. 여송은 조금 황당한 표정으로 그것들을 바라보았다. 이유강은 미소 지으며 말했다.

"그중에 가장 크고 모양이 다른 목걸이는 다른 오십 개의 목걸이와 암흑마기로 연결되어 있소. 따라서 아무리 멀리 떨어져 있다 해도 서로 의사를 전달할 수 있는 것이오. 눈을 감은 후 목걸이의 줄에 매달린 원형체를 이마에 대고 말하면 되는 것이오."

"…오오!"

여송은 매우 놀라는 것 같았다. 하나의 목걸이와 연결된 오십 개의 목걸이. 아무리 먼 곳이라도 서로 간에 의사 전달이 가능하다면 실로 무궁무진한 활용이 가능한 것이다. 여송이 물었다.

"이 각각의 작은 목걸이들도 상호 간에 의사 전달이 가능한 것입니까?"

이유강은 고개를 저었다.

"그것은 불가하오. 물론 그렇게 만들 수도 있으나 그러기 위해서는 매우 많은 시간이 필요하기에 어쩔 수 없었소. 오직 큰 목걸이로만 각각의 작은 목걸이들과 개별적 연락이 가능할 뿐이오."

"그렇다 해도 실로 엄청난 물건입니다."

"그렇소. 앞으로 본 장의 영역이 명나라는 물론 천하의 모든 해역까지 포괄하게 될 것이오. 어디까지 확대될지는 나 자신도 아직 짐작할 수 없소. 그러한 방대한 영역을 총괄하기 위해서는 이것이 반드시 필요하오. 목걸이에 대한 활용은 전적으로 그대에게 맡기겠소. 이제부터 그대를 본 장의 모든 영역을 총괄하는 총군사(總軍師)라 부르겠소."

"대인의 기대에 어긋나지 않도록 최선을 다하겠습니다."

여송은 감격의 표정을 지으며 부복했다. 이유강은 여송을 일으켰다.

"작은 목걸이는 누구나 사용이 가능하나, 큰 목걸이를 자유자재로 사용하고 작은 목걸이들과 의사소통을 하기 위해서는 적어도 일 년의 암흑마기가 필요하오. 지금 총군사에게 삼십 년의 암흑마기를 주입하여 주겠소."

"…어찌 삼십 년씩이나 주입하여 주시는지요?"

여송은 궁금한 듯 물었다. 일 년의 암흑마기로 큰 목걸이를 충분히 사용할 수 있다 말해 놓고 삼십 년의 암흑마기를 주입하여 주는 것이 이해할 수 없었던 것이다. 이유강이 말했다.

"앞으로 본 장에 무슨 일이 발생할지도 모르고, 특히 이번에 심혈을 기울이고 있는 비밀 기지의 보호를 위해 총군사에게 특별한 능력을 부여할 것이오. 그것이 무엇인지는 잠시 후에 확연히 깨닫게 될 것이니 일단 내가 전하는 구결을 암송하시오.”

“알겠습니다.”

여송은 진지한 표정으로 이유강이 말하는 구결을 암송했다. 꽤 긴 구결이었으나 여송은 한 번 듣고는 즉시 그것을 암송했다. 이유강은 구결의 뜻을 간략하게 설명해 주고는 말했다.

“암흑마기가 느껴지면 구결대로 상단전에 그것을 이끄시오.”

곧바로 이유강의 눈에서 검은 기운이 흘러나와 여송의 눈으로 빨려 들어갔다. 생전 처음 느껴지는 괴이한 기운이 눈을 통해 스며들었으나 여송은 당황하지 않고 이유강이 설명해 준 구결대로 암흑마기를 상단전으로 이끌었다. 이유강이 미소 지었다.

“잘했소. 이제 그대에게 많은 환물들을 줄 것이오. 모양이 다소 끔찍하나 놀라지 마시오.”

“…허억!”

여송의 안색이 갑자기 창백해졌다. 상단전의 암흑마기를 통해 열리는 또 다른 눈[目]. 그것은 제 삼(三)의 눈이라 할 수 있었다. 그 눈을 통해 여송은 항주 근해 바닥에 잠수해 있는 천 마리의 환물 괴어, 이십 마리의 파혼수, 세 마리의 환물 수룡, 사십 마리의 환물 비조들의 모습을 확연히 바라볼 수 있었던 것이다. 환물 비조들은 환물 괴어들이 잠수해 있는 근처의 상공을 배회하며 날아다니고 있었다.

“…이것들이 환물… 입니까?”

여송은 처음 보는 끔찍스런 모습의 환물에 가슴이 진정되지 않는 듯 숨을 몰아쉬었다. 이유강은 고개를 끄덕이며 각각의 환물들의 특성과 명칭을 자세히 알려주었다.

"환물들을 움직이는 방법은 이미 알려주었으니 그 구결대로 하면 될 것이오. 그것들을 이용한다면 그 어떤 세력도 본 장의 비밀 기지를 침공할 수 없을 것이오. 환물 괴어 서너 마리만 가지고도 어지간한 배 한 척을 마음대로 움직일 수 있으니 모든 활용은 그대 스스로 생각해 보시오."

"이토록 놀라운 능력을 주시다니 대인의 은혜에 감복할 따름입니다."

여송이 눈시울을 적셨다. 이유강은 고개를 저었다.

"그대는 본 장의 총군사이니 앞으로 각별히 몸조심해야 하오. 전면으로 나서지 말고 가급적 비밀 기지에 은신하여 모든 것을 배후 조종하시오. 목걸이를 이용하면 가능할 것이오. 가장 믿을 수 있는 자에게 일 년의 암흑마기를 주입하여 주고 그에게 큰 목걸이를 맡겨 모든 정보를 총괄하게 하시오. 오십 명의 인물과 시시때때로 교신을 하다 보면 총군사가 그것에 얽매이게 되어 다른 일을 할 수 없으니 한 명의 믿을 만한 인물을 곁에 두어 오직 그것에 전념케 하는 것이 좋을 것이오."

"그렇게 하겠습니다."

이유강은 여송에게 암흑마기를 다른 사람에게 주입할 수 있는 구결과 방법도 알려주었다. 그리고는 품속에서 반지를 하나 꺼내어 여송에게 내밀었다.

"이것은 그대가 직접 손가락에 끼고 있으시오. 눈을 감은 후 반지를 이마에 대고 말하면 나와 직접 교신할 수 있소. 일전에 말한 대로 모든 일을 알아서 처리하고 내가 반드시 알아야 할 중요한 사항이나 위급한 일의 경우에만 연락하시오."

"예."

여송은 반지를 받아 들고는 신기한 듯 쳐다봤다. 이유강은 이어서 품속에서 두툼한 두루마리를 하나 꺼내 여송에게 건넸다.

"환물을 만드는 비법을 적어놓은 것이오. 총군사에게 삼십 년의 암흑마기를 주입한 이유도 여기에 있소. 이것은 반드시 암기한 후 태워 없애야 하오."

"어찌 이것을 저에게……!"

그동안 그 누구에게도 전수하지 않았던 환물 제조 비법이었다. 여송은 다소 당황하는 표정을 지었다. 이유강은 고개를 끄덕였다.

"내게는 환물을 지속적으로 만들 시간적 여유가 많지 않소. 총군사는 신뢰할 만한 자들 서너 명에게 대략 삼 년 정도씩의 암흑마기를 주입하여 주고 환물을 만들게 하시오. 선발 기준은 무공보다는 장인적 분야에 소질이 있는 자가 적당할 것이오. 부단한 연구를 통하여 환물을 만들면 내가 만든 목걸이들이나 환물 장인들보다 뛰어난 환물들을 많이 만들 수 있을 것이란 생각이 드오. 물론 극비를 유지해야 할 것이오."

"맡겨주십시오."

여송은 진지한 표정으로 고개를 끄덕였다.

"마지막으로 임 소저를 잘 부탁하오. 그녀는 매우 중요한 인물이니 철저히 신변을 보호해 주시오. 앞으로 환물을 만들 때 그녀의 도움을 받을 수도 있을 것이니 특별히 신경 써주시오."

"그렇게 하겠습니다."

이유강은 암흑마기를 통해 상대방을 결박하는 방법도 여송에게 알려주었다.

이유강은 여송과 대화를 마친 후 임수아를 찾았다. 그녀는 어제 그리다 만 서호의 풍경을 머리 속에 떠올리며 그림을 마저 완성하고 있었다. 이유강은 슬쩍 그녀가 그린 그림을 보고는 깜짝 놀랐다.

'그림이 살아 움직이고 있다니!'

믿을 수 없게도 붓으로 그린 그림 속의 호수가 바람에 출렁였고 호숫가의 버드나무 가지들도 흔들리고 있었다. 새가 날아다니고 큼직한 물고기가 헤엄치는 모습도 보였다. 햇빛이 호수 면에 반사되어 눈이 부셨고 따사로운 햇살과 시원한 바람을 맞으며 주위를 거니는 사람들의 모습도 보였다. 임수아는 이유강이 그림을 뚫어져라 쳐다보자 부끄러운 듯 안색을 붉혔다.

"부족한 솜씨라 보여 드리기 민망하군요."

"그림이 살아 움직이다니 실로 대단하오. 이것도 명광지기의 힘이오?"

"네."

임수아는 고개를 끄덕이고는 품속에서 하나의 두루마리를 꺼내어 내밀었다.

"이것이 무엇이오?"

"일전에 명광지기에 관한 내용을 적어드렸지만, 몇 가지 빠뜨린 것들이 생각나서 혹시 도움이 되실까 하여 적었어요. 이렇게 그림에 생기를 부여하는 것도 적혀 있지요."

이유강은 반색하며 두루마리를 받아 들었다.

"정말 감사하오. 내게 큰 도움이 될 것 같소."

"별말씀을……."

"참, 그러고 보니 나도 준비한 것이 있소."

이유강은 그렇게 말하며 품속에서 한 권의 책을 꺼냈다. 환물총요(幻物總要)라는 제목의 책으로 일전에 명광지기에 대한 두루마리를 읽은 후 머리 속에 떠오른 생각들을 정리한 것이었다. 임수아는 책을 받아 들고 호기심 가득한 표정을 지었다.

"환물총요라면……."

"소저가 지닌 명광지기의 힘은 나의 암흑마기 못지않소. 아직 밝혀 내지 못한 것들도 많으나 암흑마기를 이용한 환물 제조 방법을 응용하여 소저의 명광지기를 활용할 방법들을 적어본 것이오. 그 방법대로 한다면 놀라운 환물들이 만들어질 수 있을 것 같다는 생각이 들었소."

"아… 감사해요."

임수아는 매우 기쁜 듯 미소를 지었다.

"소저 역시 내게 큰 도움을 주었으니 나로선 당연한 일이오. 다만, 그 책의 내용이 다른 사람에게 알려지지 않도록 잘 간수해야 할 것이오. 암기가 가능하면 모두 외운 후 태워 버리도록 하시오."

"그렇게 하겠어요."

이유강은 고개를 끄덕였다.

"참, 한 가지 양해드릴 일이 있소."

"무엇이온지."

"원래는 며칠 후 소저와 함께 소저가 살던 섬을 찾으러 떠날 계획이었으나 갑자기 급한 사정이 생겨 다음으로 연기해야 할 것 같소. 매우 미안하게 되었소.”

“…괜찮아요. 저는 그리 급하지 않으니 신경 쓰지 마세요.”

임수아는 미소 지으며 말했다. 이유강은 고개를 저었다.

“비록 그리 말하나 조금은 섭섭해할 것을 알고 있소. 어쩔 수 없는 일이니 이해해 주시오.”

“저는 걱정하지 마세요. 대인께서 무사히 일을 마치시길 바랄게요.”

“고맙소. 장원 안쪽에 소저의 거처를 따로 마련해 두었소. 조금도 부족함이 없도록 장원에서 소저를 지켜줄 것이니 편안히 지내도록 하시오. 이번 일을 끝내고 돌아오면 다른 모든 것을 제치고 소저와 함께 그 섬을 찾아가도록 하겠소.”

“네. 부디 몸조심하세요.”

임수아는 조금은 걱정스러운 듯 이유강을 쳐다봤다. 이유강은 미소 지었다.

“호위하는 무사들에게 무엇이든 부탁하면 그대로 행할 것이니 부담 갖지 마시오. 또한 거처에 은자도 준비해 두었으니 사고 싶은 것이 있거나 필요한 것이 있으면 마음대로 사도록 하시오.”

“지금도 충분히 제게 과분한걸요. 신경 써주셔서 너무 감사해요.”

“아니오. 소저는 내게 있어 매우 중요한 사람이오. 부디 몸 보중 잘 하시오.”

“…네.”

이유강이 나간 후 잠시 후 누군가 밖에서 임수아를 불렀다.

"안에 계시는지요?"

"네. 무슨 일인가요?"

"소저께서 새로 기거하실 거처로 안내해 드리겠습니다."

"잠시만 기다리세요."

나가 보니 문사풍의 청년이 서 있었다. 그는 공손히 포권하며 말했다.

"현재 장원의 총무를 맡고 있는 육선이라 합니다. 저를 따라오시지요."

"네."

육선을 따라간 곳은 장원 서쪽의 한적한 곳으로 작은 별채의 건물이 지어진 곳이었다. 그 건물 주위에는 울타리가 쳐져 있었고, 울타리 안에는 넓은 공터와 같은 마당이 있었다. 마당의 한쪽에는 작은 연못이 있었고, 주위에 꽃과 나무들도 보였다. 육선이 말했다.

"이곳이 소저께서 앞으로 거하실 곳입니다. 마음에 드시는지요?"

"감사해요. 너무 예쁜 집이군요."

임수아가 놀란 듯 말하자 육선이 미소 지었다.

"마음에 드신다니 다행입니다. 집 안에 가보시면 필요하신 모든 물품이 준비되어 있을 것입니다. 장원은 마음대로 돌아다니셔도 좋으나 몇 곳은 금할 곳이 있습니다. 자세한 것들은 여기에 적혀 있으니 천천히 읽어보시지요."

육선은 임수아에게 두루마리를 건네주었다. 임수아는 그것을 받아 들고는 고개를 끄덕였다.

"네. 좋은 곳을 마련해 주셔서 감사해요."

"대인의 특별한 명이 계셨지요. 다만 몇 가지 양해드릴 말씀이 있습니다."

"말씀하세요."

"소저의 신변을 보호하라는 엄명을 받은 터라 이 주위에는 항상 호위무사들이 대기하고 있을 것입니다. 또한 언제든 장원 밖으로 나가셔도 되나 외출 전에 꼭 제게 말씀을 해주셔야 합니다. 그래야 외출 준비를 해드릴 수 있습니다."

육선의 말에 임수아는 고개를 끄덕였다.

"네. 그렇게 할게요. 그런데 제가 어떻게 연락을 취할 수 있지요?"

"아무 때나 말씀하십시오. 호위무사들이 듣고 제게 보고를 할 것입니다."

육선은 그 외에도 몇 가지 세세한 설명을 하고는 돌아갔다. 임수아는 집을 둘러보며 생각했다.

'이러한 곳을 마련해 주는 것을 보니 대인께서 상당히 먼 곳으로 가시는가 보구나.'

품속에서 작은 주머니를 꺼냈다. 만일을 대비하여 약간 가져온 명광초 씨앗들이었다.

'마당이 넓으니 한쪽에 이것을 심어볼까.'

앞으로 환물총요를 연구하며 새로운 환물을 만들려면 명광초 가루도 많이 필요할 것이었다. 섬에 언제 돌아갈지 모르는 상황에서 마지막 남은 이 씨앗들은 매우 귀중했다. 다소 시간이 걸리겠지만 씨앗들을 땅에 심어 명광초 밭을 만드는 것이 가장 시급한 일인 것 같았다.

이틀 후 이유강은 항주 포구로 향했다. 포구에 도착해 보니 마교의 일차선발대 삼천여 명의 인원이 이십 척의 선박에 승선해 있었다. 이유강은 철영을 비롯한 광마전사 백 명과 함께 흑골대함에 올랐다. 배에는 이미 백여 명이 승선해 있었는데 이들은 흑골연합에서부터 데려온 항해사들과 선원들이었다. 이유강은 그들이 출항 준비를 하는 것을 묵묵히 지켜보고 있었다. 그때 이유강이 있는 곳을 향해 오십여 명의 인물들이 다가왔다. 선두의 여인은 서문소혜가 틀림없었다.

"서문 소저가 아니시오?"

"네. 그간 별일없으셨나요."

서문소혜는 조금 의미심장한 표정으로 물었다. 이유강은 담담히 말했다.

"별일이야 있었겠소. 이곳엔 어쩐 일이시오?"

"이 대인님께서 직접 무사들을 이끌고 서장 토벌대에 합류하신다 들었는데 사실인가요?"

"그렇소."

이유강이 고개를 끄덕이자 서문소혜는 진지한 표정으로 말했다.

"이번에 저 역시 본 가의 무사들과 서장으로 향하게 되었어요. 배에 여유가 되신다면 이 대인님의 배에 승선하고 싶은데 어떠신지요?"

"…배에 여유야 있소만 소저께서 불편하지 않을까 염려되오."

이유강은 고개를 끄덕이며 말을 했지만 내심 당황했다. 흑골대함의 승선 가능 인원은 오백 명 정도이니 서문소혜와 그녀의 부하들 오십여 명이 모두 승선한다 해도 아무런 무리가 없었다. 다만 이십 척이나 되는 다른 선박들을 놔두고 왜 굳이 이 배에 승선하려는지 이해할 수가 없었다. 서문소혜가 살짝 미소를 지으며 말했다.

"그런 거라면 걱정하지 마세요. 그럼 허락하는 것으로 알겠어요."

"그리하시오. 잠시 후 출항해야 하니 서둘러야 할 것이오."

"네. 그러지요."

서문소혜는 고개를 끄덕이고는 일행과 함께 흑골대함에 승선했다.

촤아아아.

시커먼 물결을 가르며 배는 나아가고 있었다. 항주를 떠난 지 한참이 지나 사위는 어두웠으나 하늘에는 별이 총총이 빛났다. 야간 당번인 선원들을 제외하고는 대부분 깊은 잠에 빠져 있을 야심한 시각이었다. 앞서 가는 이십 척의 선박들과 보조를 맞추기 위해 이유강은 환물들을 동원하지 않고 항해사들과 선원들에게 배의 조종을 맡겼다. 광룡과 환물 괴어들은 멀찍이서 뒤따라오고 있었다.

이유강은 조금 전 한 시진가량 잠을 자고 일어나 바람을 쐬고 있었다.

'시원하군.'

바람이 제법 찼으나 시원하게 느껴졌다. 그때 문득 누군가 갑판으로 나와 몸을 풀고는 곧바로 도법 수련을 하기 시작했다. 이유강은 호기심이 일어 그를 살펴보았다.

'철영이 아닌가. 녀석, 과연 열심이로군.'

철영은 광마도법 일백사십팔 번째 초식을 연습하고 있었다. 자세도 거의 정확했고 도를 휘두르는 기세도 강했다. 같은 초식을 수십 번 연달아 펼치고는 숨을 몰아쉬더니 잠시 휴식을 취하고는 또다시 수십 번 초식을 수련했다. 초식을 한 번 펼칠 때마다 혼신의 힘을 다해 펼치는 것 같았다.

'대단하군. 앞으로 크게 발전할 녀석이 분명해.'

수련을 방해하지 않고 내버려 두는 것이 좋을 것 같았다. 그때 서문소혜가 선실의 문을 열고 갑판으로 나왔다. 그녀는 철영이 수련하는 것을 잠시 지켜보다가 고개를 돌려 선수 쪽에 서 있는 이유강을 쳐다봤다. 이유강은 그녀와 눈이 마주치자 슬쩍 고개를 끄덕였다.

그러자 서문소혜의 신형이 일순 확대되듯 커지며 이유강을 향해 날아왔다. 그녀는 어느새 이유강이 서 있는 곳으로 가까이 다가와 있었다.

"놀라운 신법이오. 어찌 잠자지 않고 나왔소?"

이유강은 서문소혜의 기이한 신법에 감탄하며 말했다. 서문소혜는 살짝 미소를 지었다.

"원래 별로 잠이 없어요. 이 대인님은 왜 나와 계시나요?"

"그냥 바람 좀 쐬고 있었소. 밤바람이 차가우니 너무 오래 있지 않는 것이 좋을 것이오."

"지금 들어가실 건가요?"

"그럴까 하오만 혹시 내게 볼일이 있소?"

"네. 할 얘기가 있어요."

"말해 보시오."

서문소혜는 잠시 미묘한 표정으로 이유강을 쳐다보더니 입을 열었다.

"기회가 되면 진심으로 사과드리고 싶었어요."

"사과라니, 그게 무슨 말이오?"

"일전에 당신을 해적들에게 넘기고 도망간 일……. 저로서는 어쩔 수 없는 선택이었어요. 아마 앞으로 다시 그런 상황이 벌어진다 해도 저는 그때와 같이 행할 거예요. 하지만 단 하루도 마음 편하게 자본 적이 없어요. 저를 용서해 주실 수 있나요?"

"불가피한 선택이었소. 소저의 입장을 충분히 이해하고 있으니 신경 쓰지 마시오."

서문소혜의 눈망울이 약간 떨렸다.

"아니에요. 당신은 분명 나를 원망하고 있을 거라 생각해요."

"그렇지 않소."

"그럼 용서해 주신다고 말해 주세요."

이유강은 담담히 미소 지었다.

"이미 용서했소. 또한 며칠 전 임 소저를 비롯한 본 장의 인물들을 구해준 것에 매우 감사하고 있소. 앞으로 내게 그 어떤 미안함도 느끼지 않아도 되오."

"그 임수아라는 여인은 당신에게 어떤 존재인가요?"

"그녀는 내게 큰 도움을 주었고 앞으로도 많은 도움을 줄 여인이오."

그러자 서문소혜의 표정이 약간 싸늘하게 변했다.

"그녀를 아내로 삼을 생각이군요."

"…어찌 그리 말하시오? 그녀는 내게 누이와 같은 존재요."

"흥! 그녀도 그렇게 생각하고 있을까요?"

"그녀가 어찌 생각하든 상관없소."

이유강은 그렇게 말한 후 주위를 바라보았다. 점점 세차지는 바람을 보니 조만간 비가 쏟아질 것 같았다. 서문소혜는 묵묵히 이유강을 쳐다보고 있었다.

"바람이 차지는 것 같소. 잠시 후 비가 올 것 같으니 이만 들어가 쉬시오."

서문소혜는 한숨을 쉬었다.

"…그래요."

"지내시기 불편한 것이 있으면 뭐든 얘기하시오."

"불편한 건 없으니 걱정 마세요."

서문소혜는 선실로 들어갔다. 이유강은 묵묵히 그녀의 뒷모습을 쳐다보았다. 그러다 문득 며칠 전 그녀가 펼쳤던 무공이 떠올랐다. 임수아와 장칠이 남색 옷을 입은 무사들에게 봉변을 당하기 직전 이유강은 이미 그곳에 당도해 있었다. 그때 이유강이 미처 손을 쓰기 전에 서문소혜가 음공을 펼쳐 단번에 수십 명의 무사들을 죽이고, 가공할 지공(指功)을 펼쳐 사혼이라는 자를 죽인 것이다.

'대단한 음공이었다. 한데 다소 기이하구나.'

사실 요 며칠 머리 속에서 계속 고민하고 있는 것이 하나 있었다. 예전에 서문소혜가 음공을 펼쳐 이유강을 공격하려 한 적이 있었는데 그때의 수위는 광마도법 사백 번째 변화를 뛰어넘는 가공할 위력이었다. 한데 그와 비슷한 음공이 며칠 전 펼쳐졌는데 그 수위는 광마도법 삼백 번째 정도의 변화와 일치했던 것이다.

'분명 그때의 음공과 다르지 않은데, 더구나 무사들에게 펼쳤던 음공은 내게 펼쳤던 것 못지않게 강력했지 않은가. 한데 어찌 광마도법의 변화에 비추어볼 때 그 수위가 현격히 낮아졌단 말인가.'

좀처럼 이해하기 힘든 일이었다.

투두둑! 투둑!

빗방울이 떨어지기 시작해 선실로 들어왔다.

'그때에 비해 달라진 게 있다면 내력이 늘어난 것뿐인데…….'

이유강은 순간 무릎을 탁 하고 쳤다.

'그렇군. 내력의 증가로 이전에는 사백이십일 번째 초식을 펼쳐야 대적할 수 있었던 상대를, 늘어난 내력으로 인해 삼백 번째 초식을 펼쳐서 능히 대적할 수 있다는 것인가.'

이것은 실로 미처 생각하지 못했던 것이었다.

'어린아이가 장성하여 어른이 된 것과 같은 상황이로군. 당시의 내공으로는 감당치 못했던 기운들이 현재의 내력으로는 무시할 만한 수준이 되어 그때보다 낮은 수위의 초식으로도 능히 상대할 수가 있게 된 것이겠지.'

그러나 그것은 아직 음공과 같은 기공(氣功) 종류의 무공에만 한정된 것 같았다. 검이나 도를 들고 펼치는 무공에 있어서는 내공보다는 무기의 변화가 중요하기에 내력의 수준과는 그다지 상관없이 그 변화보다 더욱 높은 상위의 초식을 펼쳐야 되는 것이다.

즉, 서문소혜의 음공은 현재 이유강이 광마도법의 삼백 번째 초식으로 충분히 음공이 만들어놓은 음파(音波)와 음기(音氣)들을 뚫고 승리를 거둘 수 있으나, 하토를 비롯한 사영(四影)의 합공은 특별한 방법을 쓰지 않는 한 사백 번대 이상의 초식을 펼쳐야 상대할 수 있는 것이었다.

결국 내공 수준의 상승에 따라 상대방의 많은 공격을 무위로 만들어버리는 강한 내력으로 인해 상대적으로 그의 무공 수위가 낮아지는 것이다. 즉 비록 광마도법의 상위초식을 펼치지 못한다 해도 적의 수준이 그만큼 낮아지는 것이니 그들을 상대하기가 매우 수월해지게 되는 것이다.

그렇다면 사영이 서문소혜보다 무공이 높은 것인가. 이유강이 판단해 볼 때, 만일 그들이 겨루게 된다면 사영이 제아무리 합공을 한다 해도 그들의 빈약한 내공으로는 결코 서문소혜의 음공을 당해낼 수 없었다. 서문소혜의 지공에 죽음을 당한 사혼이라는 자의 무공도 사영 중의 한 명인 혼조나 구루의 아래가 아니었기 때문이다.

즉, 광마도법의 초식으로 비추어본 그들의 무공 수위는 이유강 앞에

서의 상대적 수위이지 그것이 이유강을 제외한 다른 사람들끼리의 절
대적 무공 수준을 의미하는 것은 아니었다.

'특이하군. 앞으로 내공이 더욱 증가하여 도검불침의 금강불괴지신
이 된다면 세상의 그 어떤 무공도 광마도법의 초반 초식으로 간단히
상대할 수 있을지도 모른다. 그렇다면 과연 천 개의 변화를 이해해야
도출되는 절대무적의 그 초식은 어느 정도의 위력이란 말인가.'

독룡의 피를 마시고 뒤집어쓴 이후 어지간한 무기로는 상하지 않는
신체가 되었지만, 그렇다고 그것이 완전한 금강불괴지신이 되었다고
볼 수는 없었다. 그러나 수백 년의 내공이 쌓이게 된다면 그것을 이용
해 그 어떤 공격에도 손상을 받지 않는 신체가 될 수 있을 것이다. 유
일한 예외가 있다면 현재 천하제일인이라 불리는 마교주 엽무극이나
모든 것이 비밀에 가려진 흑의인 정도일 것이다.

현재 내력 수위는 대략 일백팔십 년. 광마심법으로 인해 한 달에 십
년 정도씩의 내력이 증진되고 있다 해도 앞으로 이 년이란 시간이 필
요했다. 그러나 그때가 되어 사백 년이 넘는 내공을 가지게 된다 해도
과연 흑의인이나 엽무극을 능히 상대할 수 있을지는 미지수였다. 더구
나 광마심법을 가르쳐 준 자는 흑의인이 아니었던가. 그렇다면 내공이
아무리 많이 상승한다 해도 흑의인을 뛰어넘을 수는 없는 것이다.

'광마도법에는 실로 치명적인 단점이 존재한다. 내공이 무한대로 갖
추어진다면 천하무적일 것이나 그러한 내공을 갖추기 쉽지 않기에 동
일한 내공으로 펼칠 수 있는 다른 무공에 비해 그 위력이 떨어질 수도
있다. 환수를 이용하거나 절세의 신병이기를 갖지 못하는 한 광마도법
사백 번째 초식을 펼치려면 최소 이백 년의 내공이 필요하다. 사실 이

것은 그 위력에 비해 너무 과도한 내력이 요구되는 것이다.'

광마심법으로 인해 매우 빠르게 내력이 증가하고 있기에 그나마 참을 수 있는 것이나 광마전사들의 경우 대부분 일백 번대 초식에서 내력의 한계를 느끼고 있는 것이다. 적어도 일백 년의 내공이 있어야 삼백 번째 초식을 펼칠 수 있으니 그들에게는 꿈과 같은 일이었다.

다행히 십 년의 내공으로 일백광마연무관을 통과하여 일백 번째 초식까지 펼칠 수 있으면 능히 무림의 일류무사 수준에 오를 수 있는 장점은 있었다. 그러나 그러한 경지에서 그 이상으로 발전하기 위해서는 너무도 많은 내공이 필요하기에 어찌 보면 다른 무공들에 비해 그 효용이 떨어진다고 볼 수 있는 것이다.

'적어도 삼백 번째 초식까지 자유자재로 펼칠 수 있는 무사들이 많이 배출되어야 한다.'

광마심법은 극한의 고통이 요구되기에 함부로 전수할 수가 없었다. 지옥 같은 한 달의 고통 속에서 조금이라도 실수할 경우 죽음을 면하지 못할 것이다. 사실 지금도 매일 광마심법으로 축기할 때 전신이 고통스러운 것은 동일했다. 다만 그 고통에 익숙해져 있기에 이전보다 힘들지 않을 뿐인 것이다.

'수십 년의 내공으로도 삼백 번째 초식과 유사한 위력을 낼 수 있는 몇 개의 초식을 만들 수 있다면 좋겠군.'

그러기 위해서는 광마도법이 아닌 다른 무공들도 연구해 볼 필요가 있었다. 현재로서는 쉬운 일이 아니었다. 다행히 손후가 광마도법을 응용하여 창안한 광마도진으로 광마전사들이 합벽을 펼칠 시에는 능히 무림의 절정고수들이라 해도 상대할 수 있었다.

‘그렇군. 새로운 초식을 만드는 것보다 차라리 광마도진을 더욱 발전시켜 그 위력을 강하게 하는 것이 좋을 듯하구나.’

손후가 창안한 광마도진에 대해서는 이유강도 이미 그 책을 읽어 알고 있었기에 앞으로 시간나는 대로 그것들을 자세히 연구해 볼 작정이었다. 이유강은 생각을 정리하고는 눈을 감았다.

‘광마심법을 한차례 운기하고 나면 날이 밝겠군.’

항해는 순조로웠다. 가벼운 비가 두세 차례 내렸을 뿐 대체로 날씨도 맑았다. 그렇게 며칠이 지났을 무렵 마교의 서장 토벌 함대 앞에 십여 척의 괴선박이 나타났다. 거대한 바다 괴물 형상이 그려진 깃발을 나부끼는 것으로 보아 해적인 것 같았다.

'흑골연합 소속은 아니로군.'

흑골연합이 명나라 동남부 대부분 해역을 장악했다 해도, 그 넓은 해상의 모든 해적들을 다 통제할 수는 없었다. 즉, 굵직한 해적들은 대부분 흑골연합에 속해 있지만, 소규모로 떠돌며 약탈을 일삼는 해적들까지 모두 복속시키기란 불가능했던 것이다. 아무래도 겁없이 마교 함대 앞을 가로막은 이들은 분명 그러한 소규모 해적들 중 하나인 것 같았다.

'쯧, 불쌍한 해적들이로군. 하필 마교 함대를 가로막다니.'

마교에서 어찌 대응할지 궁금했다. 해적들은 비록 십여 척이라 하나 해전 경험이 제법 있는지 벌써 포문을 열고 포격 준비를 하고 있었다. 수적인 열세를 극복하기 위해 포격으로 먼저 몇 척의 배를 침몰시켜 기세를 꺾을 심산임이 분명했다.

그때 그들에게 공격의 의사가 있음을 간파한 마교의 함대에서 무언가 움직임이 있었다. 이십 척의 배에서 각각 이십여 명의 인물이 전방의 해적선들을 향해 날아가기 시작했다. 그들은 물을 차고 도약하는 놀라운 경지를 이룬 고수들이었다.

이유강은 주로 환물 괴어를 이용하여 바다를 건너곤 했지만, 내공으로 몸을 가볍게 하여 물을 차고 도약하는 것쯤은 쉽게 할 수 있었다. 보통 이를 위해서는 수십 년 이상의 내공이 있어야 가능했다. 이십 척의 마교 함대에는 각 선박당 마교의 무사들 백오십 명씩 승선하여 도합 삼천 명의 무사가 이번 토벌대의 총원이었다. 그들 중 물을 차고 도약하여 건너는 등평도수의 경지를 구사할 수 있는 고수들이 적어도 사백 명이 넘는 것이다.

'과연 마교로군.'

이유강은 내심 가슴이 서늘해졌다. 마교의 고수들과 싸움이 벌어지면 선박이나 인원의 수적인 우세는 아무런 의미가 없는 것이다. 해전이라 하나 저렇게 등평도수의 경지를 이룬 고수들 앞에서는 육지와 다름없는 전투를 행해야 했다.

쾅! 콰쾅!

수백의 무사들이 물을 박차고 날아오자 당황한 해적들이 일제히 포격을 시작했으나 그중 단 하나도 마교의 무사들을 적중시키지 못했다. 쇄도하는 포탄들을 가볍게 피하며 해적들의 선박에 내려선 무사들은 가차없이 살수를 펼쳐 해적들을 죽이기 시작했다. 갑판이 부서졌고 돛대가 부러지며 급기야 배가 침몰했다.

채 일각의 시간도 지나지 않아 상황은 종료되었다. 전멸이었다. 십여 척의 선박들은 모두 부서져 바다에 가라앉았다. 마교의 고수들은 모두 각자의 배로 돌아왔고 함대는 아무 일도 없었다는 듯 다시 항해를 시작했다.

'…대단하군.'

내심 예상은 했으나 눈으로 목격하자 온몸에 전율이 이는 것 같았다. 비록 마교 총단의 무사들이긴 하나 그렇다 해도 마교 세력 중 극히 미미한 일부에 불과할 뿐이었다. 물론 삼천 명의 무사 모두가 조금 전 해적들을 주살한 무사들처럼 고수들은 아닐 것이다. 그러나 그 사백여 명의 고수들만 해도 현재 풍운장으로서는 감당하기 힘든 대단한 전력이었다. 천하를 장악한 마교의 능력이 실감났다.

'풍운장은 현재 외적인 규모로만 방대해졌을 뿐, 저들과 같은 강한 고수들이 거의 없구나. 이런 식으로 나가면 도저히 승산이 없겠군.'

광마전사들 서너 명이 붙어 도진을 펼친다 해도 저들 중 한 명을 당하기 힘들어 보였다. 앞으로 아무리 많은 광마전사들이 배출된다 할지라도 정면으로 마교를 상대하는 것은 불가능했다. 일찌감치 그것을 포기하고 해역을 장악하기로 한 것은 실로 잘한 일인 것이다.

'명나라 땅에서 마교를 상대하는 것은 불가능하다. 무슨 방법으로든 그들을 바다로 끌어내야 한다.'

　마교의 고수들이 비록 해상에서 육지와 다름없이 오고 다닐 수 있다 할지라도 환물 괴어들과 싸운다면 제 실력의 반도 발휘하지 못할 것이다. 게다가 광룡이나 환물 수룡이 가세한다면 말할 필요도 없었다. 지금도 마음만 먹으면 광룡과 환물 괴어들을 동원하여 마교 이십 척의 선박을 전복시키고 몰살시키는 것이 그리 힘든 일은 아니었다. 다만 아직은 그럴 때가 아니라 조용히 지켜보는 것이다.

　십여 일이 다시 지나갔다. 한 번의 폭풍우가 있긴 했으나 별다른 피해 없이 항해는 계속되었다. 그동안 임수아가 준 두루마리를 연구하며 시간을 보냈고, 가끔 철영을 비롯한 광마전사들의 무공도 지도해 주었다.

　새벽에 일어나 내공 수련을 마치고 눈을 뜨자 온몸이 상쾌했다. 문을 열고 밖으로 나갔다. 어제 조금씩 날리던 비는 어느새 그쳐 있었고, 흩어진 구름 사이로 내리비치는 아침 햇살이 눈부셨다. 갑판 이곳저곳에서 도법 수련을 하고 있는 광마전사들의 모습이 보였다. 배의 앞으로 이십 척의 선박이 질서 정연하게 나아가고 있는 모습도 보였다.

　"대인, 식사가 준비되었습니다."

　비스트로가 다가와 말했다. 이유강은 고개를 끄덕이고는 음식이 마련된 선실로 들어갔다. 그리 크지 않은 규모의 선실에는 커다란 원형 탁자에 서너 개의 의자가 준비되어 있었다. 이유강은 보통 이곳에서 홀로 식사를 하는 편인데 최근에는 서문소혜와 함께 먹고 있었다. 서문소혜는 앉아 있다가 이유강을 발견하고 반갑게 미소를 지었다.

　"어서 오세요."

“오, 어찌 오늘은 일찍 나오셨소?”

서문소혜는 항상 밤늦게 잠이 들어 늦잠을 자 정오가 다 되었을 때 일어났기에 아침에는 거의 보이지 않았다. 서문소혜가 말했다.

“그냥 오늘은 왠지 아침이 먹고 싶어서요.”

“잘 생각하셨소.”

이유강은 미소 지었다. 서문소혜의 약간 피곤해 보이는 안색을 보니 그녀는 또 잠을 못 자고 밤을 샌 것 같았다.

“식기 전에 어서 드시오.”

“네.”

아침 요리는 닭고기와 야채를 이용한 죽이었다. 서문소혜는 다른 요리사들이 만든 음식들이 입에 맞지 않는다며 불평하다가 비스트로와 푸앙이 만든 요리를 먹어보고는 만족해하며 그 뒤부터는 이유강과 함께 식사를 하게 되었다. 이유강은 죽을 먹다가 문득 물었다.

“가끔 그렇게 밤을 새는 것 같은데 무슨 걱정이라도 있소?”

“걱정은 무슨……. 그냥 원래 제 습관이니 신경 쓰지 마세요.”

“그렇다면 다행이오만.”

이유강은 고개를 끄덕이고는 다시 죽을 먹기 시작했다. 서문소혜도 묵묵히 죽을 먹었다. 잠시 후 죽을 다 먹자 푸앙이 따뜻한 차를 가져왔다. 깨끗이 그릇을 비운 이유강과는 달리 서문소혜는 절반 정도 먹은 후 더 이상 입맛이 없는지 수저를 놓고는 차를 마셨다.

“……”

“……”

항상 그렇듯 이유강은 말없이 차를 마셨다. 서문소혜도 말이 없었

다. 식사를 할 때도 거의 말이 없었다. 이런 분위기가 다소 어색할 법
도 하련만 서문소혜는 식사 때마다 항상 나타났다.

"이만 일어나 보겠소."

"네."

서문소혜는 고개를 끄덕였다. 이유강은 선실 문을 열고 갑판으로 나
갔다. 갑판 여기저기서 식사를 하고 있는 사람들의 모습이 보였다. 푸
른 하늘 아래 펼쳐진 푸른 바다. 시원한 바람도 불어 기분이 좋았다.
상쾌한 기분이 들어 공기를 한껏 들이켰다.

'멋진 날씨로군.'

그때였다. 마교의 함대 앞 멀리 열 척의 선박이 나타났다.

'또 해적인가?'

이유강은 그 열 척의 선박들을 유심히 살폈다. 멀리 있었으나 내공
으로 안력을 돋우어 살펴보았는데 매우 특이하게 생긴 배들이었다. 배
들은 모두 거대한 범선(帆船)으로 그 크기가 이유강이 타고 있는 흑골
대함보다 컸다. 한데 그 움직이는 속도가 매우 빨랐고 선회력 또한 대
단히 신속했다. 그들은 마치 시위라도 하듯 기이한 진형을 펼치며 빠
르게 움직이고 있었다.

'…심상치 않은 기세가 느껴지는군. 뜨내기 해적들이 아니다.'

일단 마교에서 어떻게 대응하는지 지켜보기로 했다.

"해적들인 것 같습니다. 모두 수장시켜 버리겠습니다."

오십대 초반의 눈매가 날카로운 사내가 여인을 향해 말했다. 그는 앞에 있는 열 척의 배들을 바라보며 다소 귀찮다는 표정을 지었다. 얼굴을 흑색 천으로 가리고 있는 여인은 고개를 살짝 끄덕였다.

"지체되지 않게 속히 끝내요."

"존명!"

사내는 공손히 포권한 후 어디론가 사라졌다. 잠시 후 이십 척의 배에서 각각 이십여 명의 무사들이 우르르 앞에 있는 열 척의 배를 향해 날아갔다. 물을 땅 디디듯 툭툭 차며 사백여 명의 무사들은 순식간에 배들 앞에 도착했다.

"크흐흐, 이번에는 또 어떤 놈들이냐!"

"미친놈들, 간덩이가 부은 게로구나!"

마교의 무사들은 배에 올라 갑판에서 대기하고 있는 자들을 향해 소리쳤다. 보통의 해적들이라면 물을 박차고 날아오는 마교의 무사들을 보며 놀라 기겁을 해야 마땅하건만 갑판에서 대기하고 있는 자들은 조금도 미동이 없었다. 그들은 모두 얼굴부터 시작해서 발끝까지 푸른색의 갑주로 완전 둘러싸여 있었고 붉은색의 원형 방패와 묵색의 폭이 넓은 검을 들고 당당히 서 있었다. 그들 중 한 명이 마교의 무사들을 향해 소리쳤다.

"이곳은 네놈들이 올 곳이 아니다. 돌아가라!"

"감히! 모두 저놈들을 쳐라!"

마교의 무사 중 한 명이 분기탱천하여 소리치자 배에 올랐던 마교의 무사들이 신형을 날려 공격을 시작했다. 사십대쯤으로 보이는 마교 무사 한 명이 가장 앞에 서 있는 갑주무사를 향해 장력을 날렸다.

까앙!

"크으… 윽!"

갑주무사는 마교 무사가 날린 장력을 방패로 막고는 검으로 그 마교 무사의 목을 꿰뚫었다.

"장력을 방패로 막다니……!"

마교 무사들은 어이없는 광경을 목도하고는 일순 말을 잃었다.

"크악!"

"크아악!"

순식간에 서너 명의 마교 무사들이 갑주무사들에 의해 죽임을 당했다. 다른 배도 상황은 마찬가지였다. 그들의 방패는 검을 퉁겨냈고 검은 쾌속하게 마교 무사들의 빈틈을 노렸다. 마교 무사들의 피해는 점점 커져 갔다.

그렇다 해서 마교 무사들이 일방적으로 당하고만 있는 것은 아니었다. 처음에 다소 당황했던 그들은 즉시 갑주무사들의 움직임을 간파하며 반격해 나갔고 그 후로는 쉽사리 당하지 않았다. 그러나 결국 수적인 열세에 의해 다시 마교 무사들이 밀리기 시작했다.

"철수시켜요."

팔짱을 끼고 상황을 주시하던 여인이 차갑게 말했다. 그러자 오십대 사내가 뭐라 크게 소리쳤다. 그와 동시에 이십 척의 배에서 일정한 박자의 북소리가 울려 퍼졌고 마교 무사들은 싸움을 중지하고 즉시 각각의 배로 돌아왔다.

"가서 그들이 원하는 것이 무엇인지 알아봐라."

"존명!"

한 명의 무사가 열 척의 배 중 하나를 향해 쾌속하게 날아갔다가 다시 돌아왔다. 그가 말했다.

"무조건 돌아가라 말하고 있습니다."

"어떤 놈들인지는 알아냈느냐?"

오십대 사내가 소리치며 물었다.

"카부 함대라 했습니다."

"……!"

순간 오십대 사내의 표정이 굳어졌다. 서방의 모든 해역을 장악하고 있다는 전설적인 해적 함대인 카부 함대의 이름을 그 역시 들어본 것이다. 물론 그들을 두려워하는 것은 아니었다. 천하 그 어떤 세력이든 마교가 두려워하는 세력은 존재하지 않았다. 다만 해상에서 카부 함대라는 껄끄러운 상대를 만났으니 조금 신경 쓰이는 것이 사실이었다.

"카부 함대라면 조심해야 합니다. 해상에서 무적이라 불리는 놈들입니다."

"흥!"

여인은 냉소하며 말을 이었다.

"감히 본 교의 행로를 막다니. 귀령이 직접 가서 모조리 침몰시켜요. 귀풍조와 함께 가세요."

"…존명!"

오십대 사내, 즉 귀령은 포권하고는 소리쳤다.

"귀풍조는 나를 따르라!"

귀령은 검을 빼어 들고는 카부 함대의 배들을 향해 날아갔다. 그의 뒤를 오십여 명의 흑의무사들이 따라갔다. 귀풍조는 이번 일차선발대 중 최강의 무사들이었다. 귀령은 그들과 함께 카부 함대의 선박 중 가장 가까이 있는 선박에 올라섰다.

"크아악!"

"카악!"

귀풍조원들은 빠르게 움직이며 갑주무사들을 궁지로 몰았다. 선박의 특성상 다른 배에서 이들을 구하러 다가오기가 힘든 상황이었다. 결국 갑판 위의 갑주무사들은 밀리기 시작했고 모두 전멸했다. 귀령은 귀풍조원들과 함께 배를 완전히 때려부쉈다.

"다음 배로 이동하라!"

"존명!"

귀풍조원들은 모두 신속히 그 다음 보이는 배를 향해 신형을 날렸다. 그러자 카부 함대의 배들이 갑자기 기이하게 선회하며 마교 함대를 향해 포격을 시작하는 것이었다.

쾌쾅! 쾅! 쾌쾌쾅!

포탄이 비 오듯 마교 함대로 쏟아졌다. 포의 사정거리 밖으로 여기고 있었기에 미처 대응하지 못했던 마교 선박 세 척이 무수한 포탄에 적중되어 침몰되었다. 그때 귀령과 귀풍조원들은 두 번째 카부 함대의 배를 침몰시켰다.

쾌쾅! 쾌쾅……!

마교 함대에서도 포격을 시작했으나 포의 사정거리가 미치지 못했고 연이어 카부 함대의 포격에 적중되어 다시 두 척의 선박이 침몰되었다. 귀령과 귀풍조원들이 카부 함대의 세 번째 선박을 때려부수고 있을 때 카부 함대의 배들은 일순 급히 선회하여 도주하기 시작했다. 동시에 포문을 귀령과 귀풍조원들이 있는 선박을 향해 겨누고는 무차별 포격을 가했다. 귀령이 급히 신형을 날리며 소리쳤다.

"모두 피해라!"

수십 개의 포탄이 작렬하자 배는 산산조각나 부서졌다. 미처 피하지 못한 귀풍조원 이십여 명이 배와 함께 사라졌고, 가까스로 몸을 빼낸 무사들도 가볍지 않은 내상과 외상을 입은 듯 안색이 창백했다. 일곱 척의 카부 함대는 매우 빠른 속도로 멀어지고 있었다. 귀풍조원 중 한 명이 이를 갈며 말했다.

"놈들이 도망갑니다. 쫓아가서 모조리 죽여 버려야 하지 않겠습니까?"

귀령은 딱딱하게 굳어진 안색으로 고개를 저었다.

"일단 철수한다."

마교 이십 척의 선박 중 다섯 척이 침몰되었고 나머지 십오 척 중 두 척의 선박이 심하게 파손되어 배를 움직일 수 없을 정도였다. 배가 침몰되고 부서지는 와중에 희생된 마교 무사들은 도합 육백여 명 정도였고, 삼백여 명의 무사들이 크고 작은 부상을 당한 것 같았다.

"감히 본 교를 건드리다니 결코 용서하지 않겠다."

여인의 얼굴을 가린 흑색 천이 심하게 흔들렸다. 비록 카부 함대의 해적들이 도주했지만, 결과는 실로 비참했다. 마교 삼천 정예와 이십 척의 함대로 이루어진 선발대가 열 척의 카부 함대에게 무참히 패한 것이나 마찬가지였다. 일곱 척의 배를 잃었고, 육백여 명의 무사가 죽은 것이다. 무사들이 아닌 선원들까지 포함한다면 천 명이 넘는 인원이 죽은 것이었다. 게다가 선발대 최강의 무사들인 귀풍조의 무사들이 이십 명이나 죽은 것도 충격이었다. 귀령이 허탈한 표정으로 여인을 향해 말했다.

"일단은 돌아가서 총단에 보고하는 것이 좋겠습니다. 이 상태에서 혹시라도 그놈들이 또 몰려온다면 승산이 없습니다."

그러자 여인은 단호히 고개를 저었다.

"이렇게 돌아갈 순 없어요. 그들 역시 피해를 입었으니 다시 오지 않을 거예요. 목표지까지 얼마 남지 않았으니 계속 진항(進航)하세요. 해상이 아닌 육지라면 우리를 힘들게 할 만한 세력은 존재할 수 없으니."

"…존명!"

이유강의 배는 마교 함대의 뒤에 위치해 있었기에 아무런 피해를 입지 않았다. 그러나 이유강은 상황을 모두 지켜보고 있었다.

'실로 놀랍군. 비록 도주했으나 기실 마교가 패한 것이나 마찬가지다.'

그들이 작정하고 포격을 더 했으면 마교의 모든 선박이 격침되었을 것이 분명했다. 어찌 보면 일종의 경고 같았다.

'해상에 저런 강력한 해적들이 존재하다니. 흑골연합과는 비교가 되지 않는군. 그렇다면 그들이 바로 카부 함대인가…….'

언젠가 위정에게 들었던 천하 모든 해적 중 최강의 해적이라는 카부 함대가 분명한 것 같았다. 그들이 아니라면 마교의 함대를 저토록 무참하게 패배시킬 수는 없는 것이다.

특히 놀라운 것은 그들이 가진 포의 사정거리였다. 그것은 마교의 무사들이 타고 있는 배에 탑재되어 있는 포에 비해 가히 두 배나 되는 엄청난 사정거리를 가지고 있었던 것이다. 흑골대함 역시 다소 긴 사정거리를 가진 포들이 탑재되어 있으나 그들에 비할 수는 없었다.

'무척 빠른 속도였다. 비록 내가 환물을 이용해 움직이는 속도에 미칠 수는 없지만, 보통의 배로 그들을 추격하거나 포격전을 벌려 승리하기는 불가능에 가깝겠군.'

앞으로 서방의 방대한 해역을 장악하려면 카부 함대를 복속시켜야 했다.

'흑골연합을 복속시키는 것처럼 쉽지는 않을 것 같군. 게다가 도검이 통하지 않는 특이한 갑주를 착용하고 장력까지 막아내는 방패라니.'

등평도수의 경지에 이른 마교의 고수들도 그들 앞에 무력하게 당했을 정도니 현재 광마전사들의 능력으로는 그들을 상대하기 불가능할 것이다. 결국 광룡과 환물 괴어들을 이용해 홀로 상대할 수밖에 없었다.

하루가 지났다. 열세 척의 마교 함대와 이유강의 흑골대함은 서장을 향해 계속 진항하고 있었다. 그때 또다시 앞에 열 척의 배가 나타났다. 어제 나타난 전함과 동일한 모습인 것을 보니 카부 함대가 분명했다. 그들은 어제와 마찬가지로 바로 공격해 오지 않고 멀찍이서 기이한 진형으로 움직이며 진로를 막았다.

"귀풍조는 나를 따르라!"

벼르고 있던 귀령과 귀풍조의 고수들이 대거 습격을 하여 카부 함대 선박 네 척을 침몰시켰지만 마교는 열 세 척의 배 중 무려 여덟 척이 포격에 침몰되어 물속에 가라앉았다. 카부 함대는 또다시 도망갔고 마교의 무사 천여 명이 죽거나 부상당했다. 이 와중에 귀풍조원 십여 명이 죽어 살아남은 귀풍조원은 채 이십 명도 되지 않았다.

한데 피해 상황을 파악하며 채 수습도 하기 전에 전방에 다시 십 척의 카부 함대가 나타났다. 이번에는 다짜고짜 포격을 가하며 공격을 해왔다.

"어렵겠군."

이유강은 담담히 상황을 주시했다. 그리고는 환물 괴어 수십 마리를 흑골대함 밑으로 이동시켜 포격의 사정권을 벗어났다. 마교의 서장 토벌에 참가한 것이지 해적과 싸우러 온 것이 아니기에 마교 함대가 패하여 침몰하는 것에는 그다지 관심이 없었다. 카부 함대의 무차별 포

격에 다섯 척의 마교 함대는 각각 수십 발의 포격에 맞아 산산이 부서
져 바다 밑으로 사라졌다.

쾨쾅! 쾅! 쾨쾅!

카부 함대의 배들이 흑골대함을 향해 다가오며 포격을 날렸으나 환
물 괴어들이 움직이는 속도를 따를 수는 없었다. 서문소혜가 눈을 동
그랗게 뜨고 이유강을 쳐다봤다. 카부 함대는 몇 번이고 포격을 해도
실패하자 이내 포기하고는 물러갔다.

"……."

황당하게도 마교의 서장 토벌 함대는 모두 사라졌고 이유강의 흑골
대함 한 척만 망망대해에 유유히 떠 있었다. 서문소혜는 멍한 표정이
었다. 이유강이 말했다.

"마교의 함대가 모두 부서져 사라졌으니 서장 토벌은 불가능하게 되
었소."

"…네."

서문소혜는 힘없이 고개를 끄덕였다.

"곧바로 항주로 돌아갈 것이니 소저께서는 걱정하지 마시오."

"부탁이 있어요. 가능하시면 아까 배들이 침몰된 곳으로 잠시 돌아
가 주실 수 있나요?"

"어렵지 않소."

이유강은 곧바로 배를 선회하여 마교의 배들이 침몰된 곳으로 쾌속
항진했다. 배들의 파편과 무사들의 시체가 물결에 출렁이며 떠 있었
다. 워낙 많은 포탄에 적중되었던지라 생존자들은 거의 보이지 않았
다. 제아무리 고수들이라도 수십 발의 포탄이 폭발하는 배 위에서 살

아남기는 힘든 것이다.

"누구 찾는 이가 있소?"

"네. 염아는 그리 쉽게 죽을 애가 아니에요."

"염아라면……?"

"이번 토벌대의 대주예요."

서문소혜는 그렇게 말하며 주위를 두리번거렸다. 그때 배의 파편들 사이에서 몸을 숨기고 있던 십수 명의 인물들이 도약하여 배 위로 올라왔다. 귀령과 귀풍조원들, 그리고 한 명의 여인이었다. 이유강은 그 여인을 보는 순간 기이한 느낌을 받았다. 여인의 미모는 서문소혜에 비할 바는 아니었으나 쉽게 눈을 뗄 수가 없었다.

'특이한 여인이로군.'

이유강은 갑자기 목이 타는 것 같았다. 즉시 끌어안고 싶을 만큼 요염한 기운을 풍기는 여인. 그녀는 서문소혜를 보더니 두 눈에서 주루룩 눈물을 흘렸다.

"흑……! 소혜 언니!"

"홍염, 무사했구나."

서문소혜는 안도하는 표정을 지었다. 홍염이라 불리는 여인은 절망 어린 표정을 지었다.

"마존께 어찌 보고해야 될지요. 삼천의 무사들 중 살아남은 자가 겨우 열세 명이에요."

"예상치 못한 습격이었으니 마존께서도 이해하시겠지. 내가 잘 말씀드려 볼 테니 너무 심려하지 마."

"흑흑……!"

홍염은 서문소혜의 품에 뛰어들었다. 그때 갑자기 귀령이 검을 빼들고 다가와 이유강을 노려봤다.

"어찌 네놈의 배만 무사한 것이냐?"

"무슨 뜻이오?"

"그놈들이 어찌 네놈의 배만 무사히 보내줬단 말이냐! 네놈은 분명 그 해적 놈들의 첩자가 틀림없다!"

"오해하지 마시오. 나는 미리 배를 피해 사정거리를 벗어난 것뿐이오."

이유강은 담담히 대꾸했다. 그러자 귀령은 안색을 붉히며 소리쳤다.

"닥쳐라! 일단 네놈에 대한 추궁은 돌아가서 하겠다. 지금부터 이 배는 대주께서 사용하실 것이니 가장 좋은 선실을 즉시 비워놓도록 해라."

"그럴 수 없소. 나는 서장 토벌을 도우러 왔을 뿐이지 당신들의 부하가 아니오. 다행히 비어 있는 선실이 몇 개 있으니 그곳을 사용하도록 하시오."

"크흐훗. 네놈이 정녕 죽고 싶어 환장했느냐?"

귀령은 눈에 살기를 띠더니 검을 휘둘렀다. 슬쩍 휘둘렀지만 가공할 기운이 담긴 공격이었다. 그러나 이유강은 가볍게 그것을 피하며 말했다.

"다시 한 번 말하겠소. 나는 도우러 왔지 당신들의 부하가 아니오. 또다시 나를 공격한다면 가만있지 않겠소."

"네놈!"

귀령은 이유강이 쉽게 그의 공격을 피하자 다소 놀란 것 같았다. 그러나 그는 이내 기가 찬 듯 표정을 험악하게 했다. 그때 서문소혜의 품에 안겨 있던 홍염이 일순 고개를 돌려 이유강을 노려봤다. 그녀는 서문소혜를 향해 말했다.

"언니, 잠깐만요."

홍염은 그렇게 말한 후 이유강을 향해 다가왔다. 그녀는 눈에 살기를 품고 차갑게 웃었다.

"지금 네놈이 감히 본 교의 명을 거역하겠다는 것이냐?"

"홍염, 그분께 무례하지 마라!"

순간 서문소혜의 화난 듯한 음성이 들렸다. 그 말에 홍염은 깜짝 놀라며 서문소혜를 쳐다봤다. 서문소혜는 매우 화가 난 듯 안색이 붉어져 있었다.

"서문 언니, 저놈, 아니, 저자가 뉘기에……."

"네가 함부로 부를 이름이 아니야. 한 번만 더 무례했다가는 절대로 용서하지 않겠어."

"네. 언니, 잘못했어요."

홍염은 어쩔 줄 몰라 하며 고개를 숙였다. 서문소혜는 표정을 풀지 않고 귀령을 노려보더니 손가락을 들었다. 순간 귀령의 안색이 사색으로 변했다.

"요, 용서를……!"

"언니, 잠깐만요!"

홍염도 얼굴빛이 하얗게 변했다. 그러나 서문소혜의 손에서 붉은색의 빛이 일어나 귀령의 미간을 향해 날아갔다. 그러나 그 빛은 어느새 들려진 이유강의 도에 의해 굴절되어 갑판에 작렬했다. 갑판에는 손톱

만한 구멍이 뚫려 있었다.

"……!"

모두들 믿을 수 없다는 듯 경악의 표정으로 이유강을 쳐다봤다. 이유강은 담담히 도를 도집에 꽂으며 말했다.

"서문 소저, 나는 괜찮으니 굳이 죽일 필요는 없소."

"…당신! 무공을 감추고 있었군요!"

서문소혜는 놀라운 표정으로 말했다. 그녀가 펼친 아수마혼지는 아수마존의 독문무공으로 그렇게 쉽사리 방향을 바꿀 수 있는 것이 아니었다. 그것은 곧 이유강의 내력 및 무공 수위가 이미 서문소혜를 능가하지 않고서는 불가능한 일이었다. 이유강은 담담히 웃었다.

"별것 아니니 대단하게 생각지 마시오."

서문소혜는 묘한 표정으로 이유강을 쳐다봤다.

"…괜히 대인 앞에서 제가 재롱 피운 것 같아요. 어찌 되었든 이들의 무례를 용서해 주세요. 다시는 그런 일이 없도록 하겠어요."

"괜찮소."

그때 홍염이 다가와 공손히 포권했다.

"…대인, 저와 귀령의 불찰을 용서해 주세요."

"신경 쓰지 마시오. 괜찮은 선실을 내어줄 테니 편히 쉬도록 하시오."

"배려 감사해요."

홍염은 기이한 표정으로 이유강을 쳐다봤다. 그녀는 지금껏 서문소혜가 이토록 조심하는 사람을 보지 못했던 것이다. 이유강은 홍염이 강렬한 시선으로 자신을 쳐다보자 내심 당혹감을 금치 못했다.

“배는 항주로 돌아갈 것이오. 나는 이만 선실로 들어갈 테니 모두 편히 쉬시오.”

이유강은 시선을 돌려 사람들을 향해 포권했다. 그러자 모두들 황급히 포권하며 고개를 숙였다. 귀령과 귀풍조원들은 경직된 표정으로 고개를 숙였고, 한쪽에서 지켜보던 광마전사들은 존경과 자부심이 가득한 표정으로 이유강을 쳐다봤다.

항주를 향해 항해한 지 이틀이 지났다. 이유강은 아침부터 점점 어두컴컴해지는 하늘을 보며 조금 불안한 마음이 들었다. 비록 평생을 바다에서 지낸 뱃사람에 비할 바는 아니나, 이제는 하늘의 구름과 불어오는 바람을 보고 대략이나마 폭풍에 대한 예감을 할 수 있었다.

'아무래도 폭풍우가 올 것 같군.'

폭풍우는 몇 번 경험했으나 이유강이 내심 불안해하는 이유는 지금 오려는 것이 단순한 폭풍 같지가 않아서였다. 아니나 다를까, 선원들의 표정이 상당히 굳어 있었다. 대부분 경험이 있는 선원들이라 다소 안심할 수는 있으나 큰 폭풍우가 온다면 그러한 것들도 다 필요없는 것이다.

'정신 차려야 한다!'

폭풍의 큰 파도에 휩쓸려 배가 전복되지 않으려면 환물 괴어들을 움직여 지속적으로 배의 균형을 맞춰주어야 할 것이다.

'폭풍이 끝나기까지 잠자기는 틀렸군.'

이유강은 광마전사들과 배의 선원들에게 폭풍우에 대한 주의 사항을 말하고 철저히 대비하라 지시했다. 날은 계속 어두워지고 바람이 점점 거세졌다. 급기야 사방이 캄캄해지더니 거센 폭우가 내리치기 시작했다. 파도가 요동치며 배가 심하게 흔들렸다.

이유강은 광룡을 비롯한 환물 괴어 대부분을 물속 깊이 잠수시킨 후 배를 따라오게 지시했다. 그리고 그중 백여 마리의 환물 괴어들을 흑골대함 주위에 포진시켰다. 그리고는 커다란 돛대의 중간쯤에 올라 배의 상황을 살피며 환물 괴어들을 움직였다. 이미 몸이 비에 젖을 것을 각오하여 웃통을 벗고 나왔던지라 비가 와도 별다른 신경이 쓰이지 않았다.

폭풍은 며칠 동안 지속되다가 사라졌다. 이유강은 그동안 한숨도 자지 않고 환물 괴어들을 움직였던지라 녹초가 되어 있었다. 그로 인해 배는 심한 폭풍에서도 전복되지 않았고 배의 인원들도 모두 무사했다. 그러나 다행히 인명 피해는 없다 해도 그 며칠의 기간 동안 모두들 긴장했고 잠을 제대로 잘 수는 없었기에 대부분 기진맥진 늘어져 있었다.

"며칠 동안 지속되던 폭풍에 의해 배의 위치를 잃어버렸습니다. 위치를 파악하려면 다소 시간이 걸릴 것입니다."

수석항해사의 말에 이유강은 고개를 끄덕였다.

"알았다. 위치가 파악되면 바로 보고하도록."

"예."

“철영, 현재 보급 상황을 파악했느냐?”

이유강은 배의 보급에 관한 것을 철영에게 맡기고 있었다. 철영이
말했다.

“폭풍우로 인해 파손된 곳들이 다소 있습니다만 급히 수리해야 할
곳은 없습니다. 그러나 식량 창고가 부서져 소량의 식량밖에 남아 있
지 않습니다.”

“알았다. 이제 그만 눈을 붙이고 쉬도록 해라.”

다행히 식수 창고는 무사한 것 같았다. 잠시 잠을 자고 난 후에 대책
을 마련하는 것이 좋을 것 같았다. 이유강은 선실로 돌아와 잠을 청했
다.

한참을 잔 것 같았다. 눈을 뜨니 누군가 침상 옆에 앉아 있었다. 다
름 아닌 서문소혜였다. 이유강은 깜짝 놀라며 자리에서 일어났다.

“아니! 이곳엔 어인 일이오?”

“깨어나셨군요.”

서문소혜는 안도하는 표정을 지으며 말했다.

“깨어나다니, 그게 무슨 말이오?”

“이 대인님은 하루를 꼬박 주무셨어요. 몸은 괜찮으신가요?”

“괜찮소.”

이유강은 그제야 상황이 이해가 되었다. 하루 동안 꼬박 누워 있었
으니 몸이 축난 것은 아닌가 걱정이 되어 온 것 같았다.

‘하루를 꼬박 자다니 내가 다소 무리를 하긴 했군.’

그래서인지 몸의 피곤은 모두 사라져 있었다. 이유강은 서문소혜의

안색이 초췌한 것을 보고는 물었다.

"나보다 소저께서 몸이 안 좋은 듯하오만."

"저는 괜찮아요. 이만 가볼게요."

서문소혜는 자리에서 일어났다. 이유강은 이불을 걷어내고 침상에서 내려가며 말했다.

"어찌되었든 걱정 끼쳐 드려 미안하오."

"……아!"

서문소혜가 갑자기 어쩔 줄 몰라 하며 고개를 돌렸다. 그녀의 양 볼이 매우 붉게 변해 있었다. 이유강은 순간 자신이 옷을 하나도 입고 있지 않은 것을 깨달았다. 그러고 보니 폭우에 젖은 하의를 벗고 몸을 씻은 후 그대로 이불을 덮고 잠을 청한 것이 생각났다. 이불을 들어 하체를 가렸다.

"…죄송하오."

"이만 가볼게요."

서문소혜는 황급히 선실 문을 열고 나가 버렸다.

'제길! 이 무슨 망신이란 말인가.'

이유강은 잠시 멍한 표정으로 서 있었다. 잠시 후 옷을 챙겨 입고 밖으로 나가니 철영 등이 걱정스런 표정으로 쳐다봤다.

"대인, 몸은 괜찮으십니까?"

"괜찮으니 걱정 마라."

이유강은 부드럽게 미소를 지었다. 날씨는 푸르게 개어 있었고 선선하게 바람도 부는 것이 항해하기에 적당했다. 항해사들에게 물어보니 여전히 배의 현재 위치를 찾지 못하고 있었다.

"대인, 식사 준비가 되었습니다."

그러고 보니 배가 몹시 고팠다. 꼬박 하루 동안 아무것도 먹지 않았던 것이다. 음식이 차려진 선실로 들어가니 서문소혜와 홍염이 앉아 있었다. 그녀들도 조금 전에 온 듯 앞에 음식이 놓여 있지 않았다. 홍염은 서문소혜와 수다를 떨다 이유강을 보고는 반색했다.

"대인, 오셨군요! 서문 언니를 따라 이곳에 왔어요. 저도 이곳에서 식사해도 괜찮겠죠?"

"물론이오, 홍 소저. 지내는 데 불편은 없소?"

"네. 폭풍이 지나가서 이제는 괜찮아요."

이유강은 고개를 끄덕이고는 서문소혜를 쳐다봤다. 그녀는 살짝 고개를 끄덕였다. 이유강은 조금 전의 일이 생각나 내심 어색한 생각이 들었지만 짐짓 미소 지으며 말했다.

"폭풍으로 인해 현재 배의 위치를 잃어버렸소. 항해사들이 위치를 찾고 있으니 조만간 항로를 잡을 것이오. 염려하지 마시오."

"염려 안 해요. 이 대인님이 잘 알아서 하시겠죠."

"많이 피곤해 보이는 것 같소. 식사를 마치고 편히 쉬도록 하시오."

"그럴 생각이에요."

서문소혜는 담담히 말했으나 안색은 다소 창백했다. 그때 비스트로와 푸앙이 들어오며 말했다.

"음식이 준비되었습니다."

그들은 탁자 위에 접시를 가져다 날랐다. 돈육(豚肉)을 야채와 함께 볶은 요리였다. 비스트로가 머리를 긁적이며 말했다.

"이제 재료가 거의 떨어져 만들 게 없습니다. 내일이면 식량이 동날 것 같습니다."

"알았다."

이유강은 담담히 고개를 끄덕이고는 서문소혜와 홍염을 향해 말했다.

"실컷 드시오. 한동안 이러한 육류는 구경하기 힘들 것이니."

"식량이 동났으니 내일부터는 어쩌죠? 우리도 굶어야 하겠군요."

홍염이 조금 불안한 표정으로 물었다. 이유강은 피식 웃으며 고개를 저었다.

"걱정하지 마시오. 당분간 생선 요리를 지겹도록 먹게 될 것이오."

"생선이라면… 낚시라도 하실 건가요?"

홍염은 조금 어이없다는 표정으로 물었다.

"내일 두고 보면 알게 될 것이오. 지금 나는 배가 몹시 고프니 음식을 먹어야겠소. 소저도 어서 드시오."

"…네."

홍염은 말을 마치자마자 정신없이 고기를 먹고 있는 이유강을 멍하니 쳐다봤다. 단아하며 근엄해 보이던 이유강이 움썩! 움썩! 게걸스럽게 씹어대며 먹는 모습이 조금 생소하기도 했다.

'푸훗……! 귀여워.'

홍염은 내심 웃으며 돼지고기를 한 점 집어 입에 넣었다. 보통 돼지고기는 입에 맞지 않아 먹지 않았지만 이유강이 맛있게 먹는 것을 보니 왠지 먹고 싶어졌다.

'으음?'

홍염은 고기를 입에 넣고 씹다가 깜짝 놀라는 표정을 지었다. 그러자 이유강이 물었다.

"왜 그러시오?"

"아니에요. 요리가 무척 맛있어서 그만……."

"하하, 그럴 것이오. 비스트로와 푸앙은 내가 본 최고의 요리사요. 단 한 명을 제외하고 말이오."

"네. 정말 맛있어요."

홍염은 고개를 끄덕이며 다시 고기를 한 점 집어 입에 넣었다.

'돼지고기에 이런 맛이 있을 줄이야……!'

독특한 향과 함께 쫄깃쫄깃 씹히는 맛이 일품이었다. 요 며칠간 폭풍우로 인해 아직까지 속이 울렁거리고 음식도 입에 안 맞아 식사를 잘 못하고 있었는데, 그런 그녀를 서문소혜가 오늘 이곳으로 데려온 것이다. 홍염은 내심 흐뭇해하며 맛있게 요리를 먹다가 문득 서문소혜를 쳐다봤다. 그녀는 뭔가를 골똘히 생각하는지 멍하니 앉아 있었다.

"언니, 무슨 생각 하세요?"

"…아무것도 아니야."

서문소혜는 일순 안색을 붉히며 조금 당황해하는 표정을 짓더니 음식을 먹기 시작했다. 홍염은 고개를 갸웃하다가 문득 이유강을 향해 물었다.

"참, 아까 한 명을 제외하고라고 말씀하셨는데 그가 대체 누군가요? 이보다 더 맛있게 요리를 만들 수도 있나요."

"물론이오. 그녀의 요리 솜씨는 이와 비교할 수도 없소."

이유강은 자신있게 고개를 끄덕였다. 그러자 홍염은 더욱 궁금한 듯 되물었다.

“그녀라면… 여인이로군요. 그녀가 만든 요리를 먹어본 적 있어요?”

“다행히 몇 번 먹어본 적이 있소.”

순간 서문소혜가 싸늘한 표정을 지으며 물었다.

“그 임 소저인가요?”

“그렇소. 그것을 어찌 아셨소?”

“흥! 그게 뭐가 그리 중요하죠? 음식이야 입에만 맞으면 되는 거 아닌가요. 그리고 당신은…….”

서문소혜는 무슨 말을 더 하려다 일순 얼굴이 벌게지며 입을 막았다. 서문소혜는 차마 눈을 마주치지 못하고 물을 벌컥 마셨다. 이유강은 내심 당황했다. 아까부터 뭔가 어색하게 자신을 쳐다보는 서문소혜로 인해 다소 신경 쓰이지 않을 수 없었다. 홍염이 기이한 표정으로 서문소혜를 쳐다보더니 말했다.

“언니, 이러다 음식이 식겠어요.”

“응…….”

서문소혜는 고개를 끄덕이고는 요리를 먹기 시작했다. 잠시 후 모두들 식사를 마치고 갑판으로 나갔다. 두 여인은 선선한 바람을 쐬며 담소를 나누었고 이유강은 철영과 함께 식량 창고 등을 돌아보았다.

‘식량은 하루 이상을 버티기 힘들겠군.’

식량에 대한 대책은 이미 마련되어 있었다. 다행히 소금과 같은 양념 재료 등은 충분하다 했으니 환물 괴어들을 이용해 물고기를 대량으로 잡아오면 되는 것이다. 문제는 식수였다. 아직은 식수가 충분하나 그렇다 해도 십여 일이 지나면 식수 또한 떨어질 것이다.

‘어딘가 섬을 찾아야 한다. 환물 비조를 모두 여송에게 주었으니 환

물 수룡들을 이용해야겠군.'

속도가 빠른 환물 수룡들을 이용해 주변을 탐색해 볼 필요가 있었다.

다음날 새벽 일찍 잠에서 깨어 갑판으로 나온 사람들은 갑판에 수북하게 쌓인 각종 어물(魚物)들을 보며 호들갑을 떨었다. 이유강이 사람들이 잠든 밤 시간에 환물 괴어들을 움직여 근처를 배회하는 온갖 물고기들을 닥치는 대로 잡아 올렸던 것이다. 대부분 큼직한 물고기들이었기에 육질이 풍부해 당분간 식량 걱정은 안 해도 될 것 같았다.

"아직도 위치 파악을 하지 못했나?"

"…확실히는 모르나 원래 위치에서 더욱 남서쪽으로 내려온 것 같기도 합니다. 최대한 빨리 알아내도록 하겠습니다."

항해사들은 땀을 흘리며 말했다. 이유강은 고개를 끄덕였다. 갑판을 보니 사람들의 안색이 밝았다. 모두들 식량이 얼마 남지 않았다는 말에 걱정을 하고 있었던 것 같았다. 요리사들이 적당한 물고기들을 골라 회를 떠 사람들에게 돌렸다. 이유강 역시 비스트로가 가져온 접시에서 회를 한 점 집어 씹었다. 배는 매우 활기에 차 있었다.

안휘성 황산(黃山). 깎아지른 듯 험준한 절벽들로 가득한 협곡들 사이로 한 명의 청년이 도주하고 있었고, 그 뒤로 수십여 명의 인물들이 쫓고 있었다. 대략 이십대 초반쯤 되어 보이는 청년은 청색의 무복을 입고 거무튀튀한 검을 들었는데 험준한 절곡들을 타고 넘으면서도 그다지 지친 기색이 없어 보였다.

타앗!

청년은 일순 수직으로 솟아 있는 뾰족한 바위산 위로 올라섰다. 그 산의 정상은 겨우 서너 명만이 간신히 설 수 있을 만큼 좁았다.

"크악!"

"크아악!"

쫓아 올라오던 두 명의 추격자가 청년이 휘두른 검에 맞아 까마득한 아래로 떨어졌다. 그러자 추격자들은 청년이 있는 산과 십여 장 정도 떨어진 곳에 있는 바위산 정상에 올라 청년을 노려봤다. 사십대 중반의 키가 훤칠한 무사가 외쳤다.

"이미 천라지망이 펼쳐졌다! 네놈이 어디까지 도망갈 수 있을 성싶으냐? 더 이상 고생 말고 순순히 투항하면 목숨만은 보장하겠다!"

그러자 청년은 냉소했다.

"닥쳐라! 언제고 네놈들을 모조리 죽여줄 것이다."

"큭큭. 가소로운 놈, 꿈꾸고 있구나!"

"흥! 꿈인지 아닌지는 가봐야 알 것이다."

청년은 그렇게 말한 후 신형을 날렸다. 청년의 뒤를 다시 추격자들이 쫓기 시작했다.

"네가 도상이란 놈이냐?"

"……!"

힘겹게 추격자들을 따돌리고 잠시 한숨을 돌리던 청년은 자신 앞에 나타난 한 명의 인물을 보며 긴장의 표정을 지었다. 육십을 넘은 한 명의 노인이었는데 자색의 특이한 눈을 가지고 있었다. 청년은 그 자색 눈을 보는 순간 한 명의 인물이 떠올랐다.

"당신은 혹시 십대마존 중의 한 명인 자목마존… 이오?"

청년의 음성이 떨렸다. 그러자 노인은 웃는 듯 마는 듯 슬쩍 입꼬리를 실룩였다.

"애송이 놈! 제법 잘 피해 다니더구나. 그동안 운이 좋았다마는 내 앞에서는 어림도 없다."

"하나 오늘도 그렇게 될 것이오."

청년은 담담한 표정으로 말했다. 그러자 노인은 어이없다는 듯 코웃음 쳤다.

"감히 본존 앞에서 그런 말을 하다니 네놈이 드디어 간이 부은 게로구나."

"두고 보면 알게 될 것이오."

청년은 자신있게 말했다. 그러자 노인의 표정이 다소 기이하게 변했다.

"재미있는 녀석이로군. 어디 한번 재주를 부려봐라."

"단 삼 초 만에 당신으로부터 벗어날 것이오."

"크하하핫! 삼 초라. 좋다, 네놈이 그 삼 초 안에 내 옷깃 하나라도 건드릴 수 있다면 오늘은 일단 네놈을 놓아주겠다."

"옷깃 따위는 관심없소. 그럼 조심하시오."

청년은 검을 뽑으며 묘하게 웃었다.

츠으읏.

그와 함께 청년의 검이 황색의 빛으로 뒤덮이기 시작했다. 빛은 점점 많아지더니 급기야 청년의 검은 거대한 황색의 검과 같은 형상이 되었다. 원래의 검보다 대략 서너 배 정도 커진 것 같았다. 그것을 본 노인의 눈에 이채가 일었다.

"제황지검(帝黃之劍)! 그 나이에 그것을 이루다니 제법이로구나."

"과찬이오."

청년은 노인을 강하게 노려보더니 검을 휘둘렀다. 노인과의 거리는 대략 삼 장 정도였는데 검을 휘두른 순간 청년의 신형은 이미 노인의 앞에 도달해 있었다.

횡횡횡횡……!

검을 휘두르는 속도가 너무 빨라 수십 개의 검영이 일었는데, 그 모습이 마치 황색의 커다란 불꽃이 타오르는 것처럼 보였다. 그 기세는 실로 가공하여 그 안에 있는 것은 무엇이든 가루로 변할 것 같았다.

'……!'

잠시 후 불꽃이 사라졌고 청년의 검은 원래의 거무튀튀한 검으로 돌아와 있었다. 주변 십여 장이 완전 초토화되어 있었지만, 노인은 원래의 자리에 아무 일도 없다는 듯 태연히 서 있었다.

"과연 십대마존이오."

청년은 감탄한 듯 말했다. 노인은 고개를 끄덕였다.

"제법이다만 아직 멀었다. 고작 그것으로 내게 큰소리쳤느냐?"

"물론 아니오. 이번에는 기대해도 좋소."

청년은 묘하게 웃으며 검을 치켜들었다. 그러자 아까보다 훨씬 강렬한 황색의 빛이 일어났다. 그 빛은 거대한 황색검 형상으로 변했는데 크기가 아까에 비해 서너 배는 되는 것 같았다. 동시에 청년의 전신도 황색의 빛에 둘러싸였다. 순간, 노인의 눈이 경악으로 물들었다.

"제황합일검(帝黃合一劍)… 을 이루었단 말인가!"

결코 가벼이 볼 수 없는 듯 태연히 서 있던 노인의 두 손이 자색으로 물들기 시작했다. 두 눈의 안광도 자색으로 빛났다.

휘잉! 휘잉!

거대한 황색 검이 휘둘러지며 만들어진 불꽃이 사방을 뒤엎었다. 노인의 신형은 불꽃에 둘러싸여 보이지 않았다. 그런데 어느 순간 황색의 불꽃을 가르는 자색의 섬광이 수평으로 물결처럼 퍼져 나갔다.

"…크윽!"

한마디 신음성과 함께 청년의 몸이 멀리 퉁겨졌는데, 청년은 그 반동을 이용하여 아득히 멀리 사라져 갔다. 황색 불꽃이 사라지고 노인의 모습이 나타났는데 그는 굳어진 안색으로 멀리 도주하고 있는 청년을 쳐다봤다. 청년은 미처 뒤쫓을 겨를도 없이 아득히 멀어져 시야에서 사라졌다.

"부상을 입고도 저러한 경신술을 사용하다니… 대단한 놈이로군."

노인은 조금 허탈한 표정을 지었다.

"뒤쫓아서 잡아라. 부상을 입었으니 얼마 가지 못할 것이다."

"존명!"

노인의 말에 십여 명의 무사들이 나타나 청년이 사라진 방향으로 날아갔다.

임수아는 새벽에 일어났다. 이유강이 떠나고 장원의 새로운 거처에 거한 지 어느덧 한 달이 다 되어가고 있었다. 그동안 임수아는 이유강이 준 환물총요를 모두 암기하고 이해했다. 쉽지 않은 내용이었고 생소한 것도 많았으나 이유강이 주석을 잘 달아놓아 이해하기 그리 어렵지 않았다. 그러나 모두 완벽하게 이해하고 암기하기에는 한 달이라는 시간이 걸렸다.

화르륵……!

암기한 후 태우라는 이유강의 말에 의해 밖으로 나와 책에 불을 붙여 태웠다. 책은 한동안 타더니 결국 재가 되어 흩어졌다. 문득 하늘을 바라봤다. 아직 캄캄한 새벽이라 별이 총총히 떠 있었다.

'벌써 한 달이 지났구나. 먼 곳에 가셨으니 아직 오시려면 멀었겠

지…….'

임수아는 잠시 쓸쓸한 표정으로 하늘을 바라보다 주위를 돌아봤다. 작은 울타리가 쳐져 있는 마당은 제법 넓었다. 마당의 한쪽에 명광초 가루를 심어놓았는데 제법 싹이 나 자라고 있었다. 모두 자라려면 아직도 몇 개월 있어야 했다.

'대인께서 환물총요에 뼛가루를 이용하여 환물을 만들 수 있다고 적어놓으셨는데 과연 그게 가능할까.'

명광지기로도 동물의 뼛가루와 진흙을 배합하여 환물을 만들 수 있다고 한 것이다. 그러나 어떠한 환물이 만들어질지에 대해서는 알 수 없으니 직접 만들어보고 그 결과를 꼭 알려달라고 적어놓은 것이다.

'뼛가루를 만진다는 것이 다소 꺼림칙하기는 하지만, 대인께서 부탁하신 것이니 만들어봐야겠어.'

사실 만드는 방법도 매우 까다로웠다. 뼛가루와 진흙의 배합, 그리고 반죽을 만들 때부터 주입하는 명광지기의 흐름을 모두 이해하는 것은 쉽지 않았다. 이것을 설명하는 내용이 환물총요의 반 이상을 차지했고, 임수아 역시 보름 이상 이것을 완벽히 숙지하려 노력했던 것이다.

'무얼 만들어볼까.'

막상 만든다 생각하니 호기심이 물밀듯 밀려왔다. 될 수 있으면 귀여운 동물을 만들고 싶었다. 일단은 뼛가루와 진흙이 필요했다. 임수아는 울타리 쪽을 향해 작게 외쳤다.

"거기 누구 계신가요?"

그러자 한 명의 무사가 공중에서 날아 내렸다. 허리에 도를 차고 있는 청년 무사였다. 청년은 공손히 포권했다.

"무슨 일이신지요."

"…부탁이 있어서요."

"무엇이든 말씀하십시오."

"진흙 몇 수레와 동물의 뼛… 가루를 구해다 주세요. 가능한가요?"

그러자 청년은 다소 기이해하며 고개를 끄덕였다.

"어렵지 않은 일입니다. 그런데 어떠한 동물의 뼛가루를 원하시는지 말씀해 주십시오."

"음… 무엇이든 상관없어요. 참, 그렇다고 일부러 살아 있는 것을 죽이진 마세요. 그냥 구해지는 것으로 아무 뼛가루라도 좋으니 될 수 있으면 여러 종류로 많이 가져다 주세요."

"알겠습니다. 최대한 빨리 가져다 드리겠습니다."

"급할 것은 없으니 서두르지 않아도 괜찮아요."

임수아의 말에 청년은 미소를 지으며 포권하더니 어디론가 사라졌다.

아침을 먹고 잠시 집 근처를 산책하고 있었는데 누군가 임수아를 불렀다.

"아가씨, 진흙을 가져왔습니다. 어디에 놓으면 되겠습니까요?"

장칠이었다. 임수아는 오랜만에 그를 보자 반가운 기분에 미소를 지었다.

"오랜만이군요. 진흙은 창고 안에 넣어주세요. 비라도 오면 흩어질 수도 있으니까요."

"예, 아가씨."

장칠은 십여 명의 사람들과 함께 진흙을 비어 있는 창고에 쌓았다.
그리고는 함께 가져온 크고 작은 자루들도 진흙 옆에 차곡하게 쌓아놓
고는 돌아갔다.

'뼛가루인가 보구나.'

임수아는 자루를 살펴보았다. 자루는 다섯 개였는데, 각각의 자루마
다 붓으로 글자가 적혀 있었다. 각각 한 마리 분량의 뼛가루가 들어 있
는 것 같았다. 놀랍게도 호랑이의 뼈도 있었다.

'개, 늑대, 매, 말, 호랑이 중에 맨 먼저 무얼 만들어볼까.'

이리저리 고민하다 매를 만들어보기로 했다. 매라면 크기도 그리 크
지 않고 처음 만드는 것으로 적당할 것 같다는 생각이 들었다.

주물주물.

환물총요에 나온 내용대로 뼛가루와 진흙을 배합한 후 물을 부었다.
그리고는 명광지기를 주입하며 정성스레 반죽을 했다.

'이렇게 하면 대략 만들어도 환물이 되면 비슷해진다고 했지.'

그러나 임수아는 매의 모양을 상기하며 매우 꼼꼼하고 세밀하게 빚
어 만들었다. 만드는 과정에서도 지속적으로 명광지기를 주입했다.

'…과연 될까?'

임수아는 가슴이 뛰었다. 손가락만한 작은 인형은 많이 만들어봤지
만, 이렇게 뼛가루를 이용해 매를 만들어본 적은 없었다. 환물총요에
있는 내용을 기억하며 실수하지 않도록 정신을 집중했다.

화아아악!

마지막으로 손을 통해 명광지기가 주입되자 진흙의 매에 생기가 돌

기 시작했다.

'아!'

백색의 빛으로 둘러싸인 아름다운 매의 형상이었다. 매는 푸른색의 두 눈을 깜빡이며 임수아를 쳐다봤다.

'멋지구나!'

도저히 현실 세계에서는 찾아볼 수 없는 신비로운 분위기의 매였다. 임수아는 매를 향해 명령했다.

[마음껏 날아보렴.]

그러자 매는 빠른 속도로 하늘을 날아다녔다. 임수아는 매를 통해 장원의 경관을 하늘에서 감상하듯 생생하게 바라볼 수 있었다. 매는 보통의 매와는 비교할 수 없을 만큼 빠른 속도로 천공을 누비다 돌아왔다.

[후훗… 수고했어. 앞으로 너를 비아(飛兒)라 부를게.]

비아는 기쁜 듯 고개를 까딱거리더니 임수아의 어깨에 날아 앉았다. 신기하게도 비아가 어깨에 앉았지만 무게가 거의 느껴지지 않았다.

다음에는 개를 만들어보기로 했다. 다시 진흙과 뼛가루를 배합하여 반죽을 만든 후 큼지막한 개 한 마리를 만들었다. 두 번째로 만드는 거라 처음에 비해 다소 익숙하게 만들 수 있었다.

화아아악!

마지막 명광지기를 주입하자 개 역시 매처럼 백색의 빛에 둘러싸인 신비로운 모습이 되었다. 푸른색으로 반짝이는 두 눈으로 말똥말똥 쳐다보는 모습이 무척 귀여웠다.

'이제부터 너는 구아(狗兒)야.'

다음에는 늑대를 만들기로 했다. 늑대와 말, 호랑이까지 모두 만들자 대략 사흘의 시간이 꼬박 지나갔다. 만드는 도중 배가 고프면 미리 만들어놓은 음식을 먹으며 사흘을 거의 꼬박 지새운 것 같았다.

'아함! 피곤해.'

임수아는 환물 늑대와 말, 호랑이를 각각 랑아(狼兒), 마아(馬兒), 호아(虎兒)라 이름 지었다.

다음날 임수아는 비아와 구아, 돌쇠를 대동하고 서호 구경을 나갔다. 물론 풍운장에서 그녀를 호위하기 위해 수십여 명의 무사들이 뒤따라 나섰다. 마차를 모는 마부는 장칠이었다. 돌쇠는 장칠 옆에 이전처럼 앉아 있었다.

히히힝!

한참을 가던 마차가 멈췄다. 장칠의 목소리가 들렸다.

"아가씨, 호수에 도착했습니다요."

"네에."

임수아는 마차에서 내렸다. 비아와 구아도 마차에서 따라 내렸다. 장칠이 그것들을 보고는 눈이 휘둥그레졌다. 백색의 빛에 둘러싸인 매와 개의 모습이 무척이나 신기했던 것이다.

"아니, 이것들은 뭡니까요?"

"비아와 구아예요. 제 친구들이죠."

임수아는 화구를 돌쇠에게 들게 하고는 호숫가를 따라 걸으며 그림 그리기 적당한 장소를 찾았다. 일각 정도 걸었을까. 경관이 확 트인 자그마한 언덕이 보였다. 그곳에서 보면 호수도 잘 보일 수 있을 것 같았다.

'저곳이 좋겠구나.'

임수아는 언덕을 향해 올라가며 장칠 등을 향해 말했다.

"저는 저곳에 올라가서 그림을 그리겠어요. 이곳에서 기다리세요."

"네, 아가씨."

임수아는 언덕 위에 올라 화구를 폈다. 막 그림을 그리려 할 찰나 갑자기 뒤에서 신음 소리가 들렸다. 언덕 위 나무들이 빽빽한 사이로 커다란 바위가 하나 있었는데 그 뒤에서 들리는 소리였다. 임수아는 조금 겁이 났지만 걸어가 보았다. 바위의 그늘진 캄캄한 곳에 한 명의 청년이 가슴에서 피를 흘리며 앉아 있었다.

"…어머!"

임수아는 깜짝 놀라며 뒤로 물러났다. 청년이 불안한 기색으로 거무튀튀한 검을 부여잡으며 노려보았다. 임수아는 청년의 안색이 창백한 것을 보고는 안쓰러운 마음이 들어 부드럽게 말했다.

"놀라지 마세요. 그냥 신음 소리가 들리기에 왔어요. 어쩌다 이렇게 다치셨는지요?"

청년은 임수아를 뚫어져라 쳐다보더니 약간 안도하는 표정을 지었다. 임수아는 말했다.

"잠깐만 기다리세요. 제가 사람들을 불러올게요."

그러자 청년은 다급한 기색으로 고개를 저었다.

"부탁이니 누구에게도 내가 이곳에 있는 것을 알려서는 안 되오."

임수아는 다소 의아했으나 고개를 끄덕였다.

"알았으니 걱정하지 마세요. 제가 도울 일은 없나요?"

"…말씀은 고마우나 나를 돕지 않는 것이 좋을 것이오. 다만, 혹시… 금창약 가진 것 있소?"

"죄송하지만 그건 없군요."

임수아는 미안한 표정으로 고개를 저었다. 명광초 가루라도 있다면 사내의 상처를 회복시킬 수 있겠으나 안타깝게도 지금은 남은 게 없었다. 그러자 청년은 절망의 표정으로 고개를 끄덕였다.

"…알았소. 그만 가보시오."

임수아는 선뜻 걸음이 떨어지지 않았다.

'어떻게 하나. 저 사람의 상세가 매우 위중해 보이는데……'

그때 옆에서 청년을 쳐다보던 구아가 킁킁거리며 청년을 향해 다가갔다. 이에 청년은 긴장하며 검을 다시 부여잡았다. 한데 기이한 일이 벌어졌다.

화아아악!

청년의 앞에 다가간 구아의 두 눈에서 푸르스름한 빛이 빠져나와 청년의 몸을 휘감았다. 빛은 순식간에 사라졌는데 놀랍게도 그 빛은 청년의 상처를 상당 부분 아물게 하고 있었다. 흐르던 피가 멈춰 있었고 청년의 창백했던 안색이 다소 홍조를 띠며 회복되어 있었다.

"…어찌 이런 일이!"

청년은 믿을 수 없다는 표정으로 구아와 임수아를 번갈아 쳐다보았다. 임수아는 눈을 크게 뜨고 구아를 쳐다보았다.

'구아가 치유를 하다니……!'

가슴이 뛰었다. 명광지기와 뼛가루를 통해 만들어진 환물들에게 상처를 치료하는 치유의 능력이 있는 것 같았다. 임수아는 문득 어깨에 앉아 있는 비아를 쳐다보며 말했다.

[비아야, 너도 저자를 치료할 수 있겠니?]

그러자 비아가 푸득거리며 날아오르더니 청년에게 다가가 눈에서 푸른색 빛을 쏘아냈다.

화아아악!

그러자 청년의 안색이 더욱 좋아졌다. 외상은 거의 치유된 것 같았다. 청년이 감탄하며 말했다.

"오! 실로 대단한 영물들이오."

청년은 일순 벌떡 일어났다.

"외상이 거의 치료되었고 내상도 완벽하진 않으나 상당히 회복되었소. 내 오늘 소저의 은혜를 결코 잊지 않겠소."

"별말씀을."

"내 이름은 도상이라 하오. 실례되지 않는다면 소저의 방명을 여쭤도 되겠소?"

"임수아라 해요."

그러자 청년은 공손히 포권하며 말했다.

"임 소저, 이 은혜는 반드시 갚겠소. 그럼 이만……."

파앗!

청년의 신형이 마치 환상처럼 사라져 버렸다. 임수아는 청년이 사라진 자리를 멍하니 쳐다봤다.

'특이한 사람이야.'

분명 누군가에게 쫓기고 있는 사람인 것 같았다. 그때 장칠이 외치는 소리가 들렸다.

"아가씨, 거기 무슨 일이 있습니까요?"

"아무 일도 없어요. 걱정하지 마세요."

임수아는 그렇게 말하고는 다시 화구를 펴놓은 곳에 앉아 그림을 그리기 시작했다.

폭풍우가 지난 지 칠 일이 지났지만 배는 위치를 찾지 못하고 정처 없이 표류하고 있었다. 팔 일이 되는 날 환물 수룡들을 통해 물이 있을 만한 섬을 발견할 수 있었다. 섬을 수색해 보니 과연 먹을 만한 물이 있었다. 며칠 동안 섬에서 유하며 오랜 항해에 지친 선원들과 무사들을 쉬게 했다.

그동안 이유강은 섬의 해변에 갈매기가 보이기에 십여 마리 잡아 환물 비조를 만들었다. 또한 환물 괴어들을 움직여 물고기들을 많이 잡아 식량으로 비축했다. 섬에 유한 지 삼 일째 되는 날 항해사들이 대략 배의 위치를 파악했다고 보고했다. 폭풍에 의해 배가 남쪽으로 끝없이 내려왔다는 것이다.

다음날 배는 북쪽을 향해 출발했다. 부서진 식수통을 보수하고 물을 채워 앞으로 한 달은 충분히 버틸 수 있었다. 그렇게 며칠이 지났을 무렵이었다.

"대인, 해적이 나타났습니다!"

철영이 선실문을 열고는 급박한 표정으로 외쳤다. 이유강은 철영을 따라 갑판으로 나가보았다. 배의 앞에 십 척의 전함이 보였다. 낯설지 않은 선박들이었다.

'카부 함대!'

옆에서 홍염이 이를 갈며 말했다.

"저 원수들이 또 나타났군요."

"속히 피해야 합니다."

귀령이 질린다는 표정으로 말했다. 이유강은 급히 환물 괴어들을 움직여 카부 함대의 포격 거리로부터 멀어졌다. 이대로 도망갈 수도 있겠지만 열 척씩 나타나는 카부 함대의 정체가 궁금했다.

"잠시 이곳에서 기다리시오."

이유강은 그렇게 외친 후 바다로 신형을 날려 바닷물을 박차며 카부 함대가 있는 곳을 향해 갔다. 이미 환물 괴어들이 큰 원형을 이루며 카부 함대를 포위한 상태였다. 환물들이 물속에 잠수해 있기에 아직 드러나지 않을 뿐이었다.

이유강은 일자형(一字形)으로 포진해 있는 카부 함대를 바라보다 중앙의 배 근처 십여 장 앞에서 멈춰 섰다. 물 위에 서 있는 것이 그리 어려운 일이 아니었으나 쓸데없는 내력 소모를 없애기 위해 환물 괴어한 마리를 불러 그것을 딛고 있었다. 내공을 실어 큰 소리로 외쳤다.

"카부 함대, 내 배의 앞을 막은 이유가 무엇인가?"

그러자 배에서 누군가 외쳤다.

"네놈이야말로 정체를 밝혀라!"

"내가 누군지는 확실히 알게 될 것이다."

"보아하니 제법 실력이 있어 보인다만 네놈 혼자서 뭘 할 수 있겠느냐. 순순히 여자와 세금을 바친다면 보내주겠다. 물론 선택의 여지는 없다. 네가 거부한다면 우리가 직접 모조리 죽이고 빼앗으면 되는 것이니. 쿳쿳쿳!"

그 말에 이유강은 차갑게 웃었다.

"신비한 척하더니 결국 목적은 그것이었군. 카부 함대, 오늘은 맛보기만 보여주겠다."

"무엇을 보여준단 말이냐?"

이유강은 환물 괴어 열 마리씩을 보내 카부 함대 열 척의 전함을 뒤흔들게 했다. 배들은 심하게 흔들렸고 갑판 위에 있던 자들이 대경실색하는 모습이 보였다.

"…무슨 사술이냐? 이것들은 뭐냐?"

외치는 자의 음성이 떨렸다. 이유강은 말했다.

"언제든지 네놈들을 바다 속으로 처넣을 수 있다. 오늘은 이 정도로만 하겠다."

"가소롭군. 고작 이따위 물고기들을 믿고 그러는 것이냐."

"정녕 배가 뒤집어져야 정신을 차리겠단 말인가."

"쿳훗! 괴상한 물고기들을 조종하다니 제법이다만, 본진에 계신 야탄님에 비하면 아무것도 아니다. 또한 이 카부 함대의 전함들이 왜 천하 최강인지에 대해 알려주지."

　그와 함께 가운데 전함을 잡고 흔들던 환물 괴어 열 마리가 모두 조각나 흩어졌다.

　'……!'

　이유강은 깜짝 놀라 그곳을 살펴보았다. 전함의 밑면과 옆면에 커다란 원형의 쇠톱들이 돌고 있었다. 쇠라도 잘라 버리는 강한 톱들이라 환물 괴어들도 어쩔 수 없는 것 같았다. 다른 전함들에 붙어 있던 환물 괴어들도 모두 쇠톱 아래 부서져 박살이 났다. 순식간에 백 마리의 환물 괴어들이 부서진 것이다.

　'저러한 것을 설치할 수 있다니 실로 대단하군.'

　배의 옆면과 밑면에 톱들이 자유자재로 다닐 수 있도록 철로가 만들어져 있는 것 같았다. 환물 괴어들로는 어찌해 볼 수 없는 전함들인 것이다.

　"쿳쿳쿳! 이것은 수많은 기능 중에 한 가지일 뿐이다. 또 다른 잔재주가 있다면 어디 부려봐라."

　이유강은 냉소했다.

　"어리석은 놈들! 좋게 보내주려 할 때 갔어야 했다."

　"닥쳐라! 어디 네놈의 무공 솜씨나 보자."

　그 말과 함께 각 배에서 한 명의 무사들이 물 위를 뛰어 이유강을 향해 다가왔다. 모두 은색의 갑주를 착용한 커다란 덩치의 무사들이었는데, 무거운 갑주를 착용하고도 물 위를 어렵지 않게 뛰어오는 것을 보니 상당한 내공을 가지고 있는 것 같았다. 이유강이 물었다.

　"이들과 싸우라는 것인가."

　"네놈의 무공 솜씨를 시험해 보는 것이다. 죽이지는 않을 테니 걱정마라."

"꽤 자신하는군."

"실버 나이트라 불리는 자들이다. 네놈이 알아듣기 쉽게 해석하면 은빛 기사라고 해야겠지. 쿳쿳쿳!"

이유강은 냉소했다.

"이름은 그럴듯하군."

이미 실버 나이트라 불리는 자들은 이유강을 포위하고 있었다. 이유강은 도를 빼 들고는 그중 한 명을 향해 살짝 내려쳤다.

카앙!

도는 갑옷에 맞아 퉁겨졌다.

"제법 단단하군. 하나 이렇게 무거운 것을 입고 있으니 답답하지 않겠나."

그러자 그는 당황한 기색으로 폭이 두꺼운 검을 휘둘렀다. 이유강은 가볍게 피하며 도를 휘둘렀다. 그러자 그는 방패를 들어 막았다. 도는 또 퉁겨졌다.

'방패와 갑옷에 반탄력이 존재하다니……!'

특이하게도 내공이 매우 높은 고수들이 반탄강기로 퉁겨내는 것과 비슷한 기운이었다. 이유강이 쉽게 공격을 피하자 열 명의 실버 나이트들이 동시에 공격을 해왔다. 그리 빠르지는 않았지만, 열 명이 공격해 오는 방위가 모두 달랐다. 그러면서도 상호 조화를 이루고 있었다.

'…검진까지!'

열 개의 검이 이유강의 전신을 노리며 짓쳐들고 있었다. 이유강은 도를 회전시켜 검들을 모두 퉁겨낸 후 내력을 끌어올려 일전에 대천검법의 대천삼식을 참고해 창안했던 광마삼식을 펼쳤다. 순간, 이유강의 도에서 마치 불과 같이 붉은 빛이 타오르는가 싶더니 사방을 휩쓸었다.

"크아악!"

"크악!"

도법이 아닌 광마삼식의 도공(刀功)을 펼친 이유는 과연 실버 나이트들의 갑주와 방패의 위력이 궁금했기 때문이다. 그러다 보니 백 년이 넘는 내력을 쏟아 부었고 그 결과는 실로 참혹했다. 열 명의 실버 나이트 모두 갑주와 방패가 박살난 채 물속으로 가라앉았다. 절명한 것이다.

'…내력을 너무 끌어올렸군.'

이유강은 조금 씁쓸한 표정으로 서 있었다. 카부 함대의 인물들도 놀란 듯 아무런 말이 없었다. 예의 그 음성도 당황하며 떨리고 있었다.

"…네놈은 대체 누구냐?"

차차차착!

배 한 척당 수십 명의 무사들이 석궁을 겨누고 있었다. 열 척의 배니 신호만 떨어지면 수백 개의 화살이 일시에 날아올 것이다. 또한 갑판 위의 무사들이 검을 빼 든 것이 금세라도 뛰어내려 와 공격할 태세였고, 대포의 방향도 이유강을 향해 겨누고 있었다. 그러나 이유강은 담담히 말했다.

"오늘은 이만 하겠다. 그만 돌아가라."

"닥쳐라! 네놈이 감히 우리에게 해를 끼치고도 무사할 줄 알았느냐?"

"다시금 경고하지. 이대로 돌아간다면 보내주겠지만, 쓸데없는 짓을 한다면 후회하게 해주겠다."

"쿠하하핫! 네놈 혼자서 뭘 어쩌겠다는 것이냐? 제법 무공은 한다만 혼자 힘으로 설치는 것이 얼마나 어리석은 짓인지 지금 알려주겠다."

그 말이 끝남과 동시에 수백 개의 화살이 날아왔다. 석궁으로 날린 화살이라 보통의 활에 비해 훨씬 빠른 속도로 쇄도하고 있었다.

'…백팔십칠!'

수백 개의 화살들. 그것들도 일종의 변화였다. 빠르게 날아왔으나 피하기가 어렵지 않았다.

까강! 깡! 까앙……!

그중 수십여 개의 화살을 쳐내며 몸을 회전시켜 화살을 모두 피했다. 그리고는 카부 함대의 전함들 밑으로 이동시킨 환물 수룡 중 한 마리로 하나의 전함을 공격하게 했다.

콰앙!

환물 수룡의 강한 공격으로 전함의 한쪽 면이 함몰되며 배가 기울어졌다. 갑판에서 난리가 난 것 같았다. 잽싸게 환물 수룡을 발견한 누군가가 기관을 작동하여 쇠톱을 움직였으나 환물 수룡은 오히려 쇠톱들을 이빨로 물어뜯어 버렸다. 그리고는 다시 배를 가격해 결국 배를 두 동강 내버렸다. 환물 수룡은 환물로 만들어지기 전의 수룡 시절에도 환물 괴어들을 이빨로 박살 낼 만큼 강한 존재들이었다. 수룡 한 마리로 어지간한 배 서너 척쯤은 가볍게 침몰시킬 수 있었던 것이다. 하물며 그와는 비교도 안 될 만큼 강해진 환물 수룡 앞에서 제아무리 카부 함대의 전함이 뛰어나다 해도 버텨낼 수 없었다.

"…이놈은 뭐냐? 무슨 사술을 부리는 것이냐?"

카부 함대의 전함들은 그 자리에서 꼼짝도 하지 못했다. 배가 전혀 움직여지지 않았다. 그 이유는 배의 밑면에 환물 수룡들이 한 마리씩 붙어 배를 붙잡고 있기 때문이었다. 이유강이 현재 보유하고 있는 환물 수룡의 숫자는 대략 이십여 마리. 여송에게 세 마리를 주고도 이십여 마리가 남아 있었다. 흑골연합을 복속시키며 잡은 수룡들을 모두 죽이고 뼛가루로 만든 후 틈틈이 환물로 만들어놓은 것이다.

이유강은 말했다.

"네놈들은 감히 나의 경고를 무시했다. 이제 공포가 무엇인지 보여주겠다."

"자, 잠깐!"

당황한 듯 떨리는 음성이 들렸으나 이유강은 아홉 척의 전함들이 묶여 있는 측면에 광룡을 출몰시켰다. 환물 괴어 수백 마리가 뭉쳐 작은 섬처럼 광룡을 지탱시켰고 그로 인해 광룡의 십이 장이 넘는 거대한 몸체가 모조리 드러났다. 광룡이 말했다.

"카카카캇! 네놈들은 진작 충고를 듣고 돌아갔어야 했다……."

지극히 사이하고 섬뜩한 목소리였다. 갑판에 있던 모든 사람들이 순간 얼어붙은 듯 미동이 없었다. 광룡은 빠르게 다가왔다. 그리고는 가장 가까이 있는 배 한 척을 후려갈겼다. 그러자 배는 박살이 나며 두 동강으로 갈라져 바다 속으로 가라앉았다.

콰앙! 쾅! 콰콰쾅!

아직 무사한 여덟 척의 전함에서 포탄이 무더기로 날아와 광룡의 전신에 작렬했다.

"카카카캇! 네놈들이 아직 정신을 못 차렸구나."

광룡은 백여 발이 넘는 포탄에 적중됐지만 아무런 피해가 없었다. 또다시 한 척의 전함이 광룡에 의해 부서졌다. 이로써 도합 세 척의 배가 부서진 것이다. 환물 수룡으로 배를 부술 수도 있었으나 광룡을 이용하는 것이 공포심을 자극하는 데는 효과적이었다. 세 척의 배가 부서지자 카부 함대의 남은 전함들은 백기를 모두 걸며 항복을 선언했다.
이어 급박한 목소리가 들려왔다.

"항복하겠소! 살려주시오!"

이유강은 외쳤다.

"일단 네놈이 누군지 내 앞으로 달려와라!"

"…알았소."

그 말과 함께 한 명의 인물이 날아와 이유강 앞에 섰다. 그 역시 은빛의 갑주를 차고 있는 것으로 보아 실버 나이트 중 한 명인 것 같았다. 그러나 그는 투구를 쓰고 있지 않아 얼굴이 명확히 보였다. 황색 머리칼에 푸른색 눈을 하고 있는 사십대 초반의 사내였다. 그는 매우 정중한 표정으로 고개를 숙였다.

"제가 감히 해신을 몰라뵈었습니다."

"해신이라……."

이유강은 내심 실소를 지었다. 사내가 말했다.

"당신은 분명 해상의 신, 포세이돈일 것입니다."

"포세이돈?"

"…감히 해신을 몰라본 죄 죽어 마땅하나 부디 한 번만 너그럽게 용서해 주십시오."

사내의 말에 이유강은 고개를 끄덕였다.

"몇 가지 물을 것이 있는데 성실히 대답한다면 살려주겠다."

"무엇이온지."

"카부 함대 본진의 위치는 어디인가?"

그러자 사내는 당혹의 표정을 지었다.

“그것은…….”

“말할 수 없다는 것인가?”

이유강은 차가운 표정을 지었다.

“그런 게 아니라 저 역시 모르기 때문입니다. 본진의 위치는 그 누구도 모릅니다.”

“그렇다면 네가 속한 요새의 위치를 말해 봐라.”

“…그 또한 알 수 없습니다.”

사내는 눈치를 보며 말했다. 이유강은 냉소했다.

“감히! 그러고도 살기를 바란단 말인가.”

“…요새의 위치는 지속적으로 바뀌기 때문입니다.”

“그렇다면 네놈 역시 요새를 찾을 수 없을 것 아닌가.”

“그렇습니다. 저는 요새를 찾을 수 없지만, 그들은 저의 위치를 알고 연락을 취해옵니다.”

사내의 표정을 보니 거짓말을 하는 것 같지는 않았다.

“좋다. 한데 네놈은 서방인이 분명한데 어찌 명나라 말을 그리 능숙하게 하는 것인가?”

“이쪽 해역을 담당하려면 명나라 말에도 능숙해야 해서 배워둔 것입니다.”

“그렇군.”

이유강이 고개를 끄덕이자 사내가 조심스레 물었다.

“해신이시여, 이제 살려주시는 것입니까?”

“썩 마음에 든 대답은 아니었지만 약속대로 살려주겠다. 대신, 감히 내게 도발한 대가로 한 척의 전함을 놓고 가야 한다. 물론 배 안의 모든 인원들은 데려가도 좋다."

"…그렇게 하겠습니다."

사내는 공손히 인사를 하고는 돌아갔다. 이유강은 광룡과 환물 수룡들을 물속으로 잠수시켜 전함들의 결박을 풀어주었다. 잠시 후 한 척의 전함을 남겨두고 카부 함대의 전함들은 멀리 사라져 갔다.

"포세이돈이라……. 재미있군."

이유강은 그들이 사라진 방향을 보며 미소 짓다가 훌쩍 날아올라 그들이 남겨놓은 전함 위에 올라섰다.

'배가 다소 특이하군. 여송에게 가져다주어 연구하게 해야겠구나.'

배에는 아무도 없었다. 그러나 식량과 각종 물품들은 그대로 있었다. 도망가는 와중에 그것들마저 챙길 여유는 없었을 것이다. 많지는 않았지만 금괴나 은괴도 보였다. 어디선가 약탈한 것 같았다. 이유강은 실소했다.

'내가 오히려 해적이 된 기분이군.'

그러다 물품 중에 특이한 것들을 발견했다. 다름 아닌 실버 나이트들이 착용하고 있던 갑주였다.

'…예상외로 매우 가볍군.'

무엇으로 만들었는지 모르겠지만 보통의 갑주에 비해 훨씬 가벼운 것 같았다. 이것들은 내공이 담긴 공격을 흡수하는 기이한 능력이 있는지라 연구해 볼 가치가 있었다.

'이제 돌아가야겠구나.'

포획한 전함은 환물 괴어들로 하여금 혹골대함 뒤 사람들의 시야에 보이지 않도록 멀찍이 따라오게 하면 될 것이다.

며칠이 지났다. 항해사들도 이제 배의 위치를 확신하고 있었고 배는 앞으로 보름 정도 항해하면 항주로 돌아갈 수 있을 것이라 말했다. 그 정도면 현재 식수와 식량으로 충분한지라 특별히 보급에 대해 신경 쓸 필요는 없을 것 같았다.

'이번 항해는 다소 싱겁군. 어쨌든 더 이상 시간을 뺏기지 않아도 되어 다행이구나. 마교의 일차선발대가 카부 함대에 패한 것은 내 책임이 아니니 더 이상 토벌대에 합류하라는 말은 하지 않겠지.'

돌아가면 임수아에게 약속한 대로 명광지기가 있는 그 섬을 찾아볼 생각이었다. 내심 명광지기라는 기운에 대해 뭔가 짐작되는 것이 있던지라 이참에 그것을 확인해 볼 필요도 있었다.

그렇게 계획을 세우고 있었는데 어이없게도 마교의 이차토벌대와 해상에서 마주치게 되었다. 이차토벌대는 무려 사십 척의 전함으로 구성되어 있었고, 이유강의 흑골대함은 어쩔 수 없이 서장 토벌에 합류해야 했다.

'카부 함대가 나타나면 또 몰살할 텐데… 쯧, 이번에 나타나면 미리 쫓아버려야겠군.'

빨리 서장 토벌을 끝내고 돌아가는 것이 좋을 것이다. 더 이상 이런저런 사건에 휘말려 시간을 지체하고 싶지 않았다. 그러나 서장을 향해 진항한 지 십여 일이 지나도록 카부 함대의 전함들은 나타나지 않았고 이윽고 서장의 한 항구 앞에 이르렀다.

마교의 토벌대는 항구에 도착하자마자 정박을 저지하려는 항구의 무사들을 공격해 순식간에 항구를 장악했다. 항구에 포진하고 있던 무사들의 실력은 그다지 강하지 않아 별다른 저항이란 저항은 해보지 못하고 모조리 죽음을 당했다.

육천여 명의 마교 정예들이 육지에 내려선 이상 그들에게 도전할 만한 세력은 존재하지 못했다. 마교의 토벌대는 항구의 시장을 뒤엎었고, 이전의 사건에 관계된 자들을 철저하게 색출하기 시작했다. 이를 저지하는 그 어떤 세력도 마교의 무사들에게 몰살을 면하지 못했다.

물론 항구에는 관(官)으로 보이는 곳이 있었는데 그들은 첫날 막대한 돈을 받고 매수되었기에 별다른 관여를 하지 않았고 오히려 무자비한 마교 무사들의 눈치를 보고 있었다.

그렇게 며칠이 지났을 무렵, 대략 일만여 명의 무사들이 항구로 접근하고 있다는 귀풍조원의 보고가 있었다. 그와 동시에 해상에는 카부 함대의 선박 열 척이 나타나 있었다.

"드디어 놈들이 나타났습니다. 대략 만 명으로 추산되는 무사들의 구성은 하북팽가의 무사 이천 명과 정파 잔존 세력 삼천, 그리고 서장에 존재하는 방파들의 무사들이 대략 오천입니다."

"흥! 본 교의 정예가 온 이상 그까짓 놈들은 아무것도 아니지."

귀령의 보고를 들은 한 명의 노파가 코웃음 쳤다. 노파는 이번 이차토벌대의 총책임자였는데, 아수마존을 호위하는 네 명의 호법 중 한 명이었다. 귀령이 굳어진 안색으로 말했다.

"물론 그들은 별문제가 되지 않습니다만, 해상에 있는 카부 함대로 인해 퇴로가 막혔습니다."

"그놈들은 바다에 있고 감히 육지로 들어오지는 못할 것이니 신경 쓸 것 없다. 일단 이곳에 있는 정파 놈들을 전멸시키는 게 우선이다."

노파는 이미 일차토벌대가 카부 함대의 포격에 의해 전멸했다는 소식을 들었던지라 그들의 무서움을 알고 있었다. 귀령이 눈빛을 빛냈다.

"그럴 것입니다. 그러나 문제는 그놈들이 아무래도 정파 놈들과 손을 잡은 것이 분명한 것 같습니다."

"그렇지 않고서야 이토록 공교롭게 우리의 퇴로를 막지는 않았겠지."

노파는 귀령의 말을 긍정하며 고개를 끄덕였다. 그리고는 한쪽을 향해 공손한 시선으로 말했다. 그곳에는 서문소혜가 앉아 있었다.

"소저, 마존께서는 소저께서 일차와 이차토벌대의 총군으로 서장을 토벌할 것을 명하셨지요."

“…나는 영매를 찾으러 온 것뿐이지 토벌에는 별 관심이 없어요. 지금처럼 사호법님이 맡아주세요.”

“조만간 마존님께서 직접 오신다 했습니다. 마존님의 명을 따르지 않으실 생각인가요?”

노파는 다소 엄숙한 표정으로 다그쳤다. 서문소혜는 마지못해 고개를 끄덕였다.

“휴우… 알았어요. 왜 나를 가만 놔두지 않는 건지 모르겠군요.”

“소저의 능력을 잘 알기 때문이지요.”

노파는 안도하는 듯한 표정으로 미소를 지었다. 그때 누군가 다가와 말했다.

“하북팽가에서 한 명의 인물이 와서 뵙기를 청하고 있습니다.”

“오게 해라.”

노파가 끄덕이자 잠시 후 한 명의 청년이 걸어왔다. 훤칠한 체격의 미청년으로 그는 들어오자 정중히 포권을 하며 말했다.

“서빈이오.”

“무슨 일로 왔느냐?”

노파가 냉랭하게 물었으나 서빈은 태연한 안색이었다.

“그렇게 물으니 나 역시 단도직입적으로 말하겠소. 명나라로 돌아가시오.”

“뭐라 했느냐?”

“명나라로 돌아가라 말했소.”

그러자 노파의 눈에 살기가 돌았다.

“네놈이 죽고 싶은 게로구나!”

"죽는 것은 두렵지 않소. 나는 그저 이 말을 전하러 왔을 뿐이오. 죽이든 살리든 마음대로 하시오."

서빈은 조금도 두려워하는 표정이 아니었다. 노파가 일순 크게 웃었다.

"호호홋! 기백은 좋구나. 그래, 우리가 돌아가지 않겠다면 어떻게 할 것이냐?"

"우리를 이전과 같이 판단하지 말기 바라오. 이곳에서 우리는 이전보다 열 배는 강해졌소. 아직은 크게 부딪칠 때가 아니니 다음 기회를 기약하시오."

"그렇게 못하겠다면 어떻게 하겠느냐고 물었다."

노파는 서빈의 앞으로 성큼 다가와 있었다. 서빈은 말했다.

"돌아가지 않는다면 몰살당할 것이오. 물론 나의 손에 당신들부터 먼저 죽게 되겠지."

"호호홋! 네놈이 감히!"

분노가 극에 달한 노파의 목소리와 함께 시커먼 손이 서빈의 정수리를 찍었다. 아니, 찍었다고 생각했지만 서빈은 그것을 피해냈다.

"……!"

서빈은 그로부터 한 자 옆으로 이동해 있었다. 노파의 안색이 붉어지며 그녀의 전신으로 수십 개의 흑수가 나타났다. 서빈의 안색이 가볍게 변했다.

"흑마수(黑魔手)!"

부딪치는 모든 것을 파괴한다는 가공할 마교의 절기 중 하나였다. 최고의 경지에 이르면 수십 개의 흑수가 마치 위성처럼 시전자의 주위를 떠돌며 적들을 공격한다 했는데 현재 노파의 경지가 바로 그것이었다. 서빈의 몸이 기이하게 비틀어졌다.

"훗! 마교에서 제법 강한 고수가 왔군."

"…그것은!"

수십 개의 흑수를 피하는 서빈을 보며 노파의 안색이 굳어졌다. 서빈의 몸은 마치 그림자와 같이 실체가 없었던 것이다.

"밀교비전(密敎秘傳)……!"

고대로부터 기괴한 환술로 숱한 명성을 날린 밀교의 비전이 나타난 것이다. 밀교의 환술은 무림에서 흔하게 볼 수 있는 사술(邪術)이나 잡술과는 비교가 되지 않을 만큼 그 위력이 대단해 무림의 절정고수들도 상대하기 꺼리는 술법(術法)이었다. 노파는 공격을 멈추고 말했다.

"최근 몇백 년간 밀교의 술법이 나타나지 않아 실전된 것으로 알려졌는데 네놈이 그것을 사용하다니 제법이구나."

"후훗, 과찬이오."

"밀교의 환술이 다른 곳에서 통할지 모르겠으나 감히 이곳에서 통할 성싶으냐?"

그 말과 함께 노파의 지팡이가 공간을 갈랐다. 그 속도가 무섭도록 빨라 마치 한줄기 빛이 나타났다 사라진 것 같았다. 서빈의 몸은 비스듬하게 잘려져 있었다.

"……!"

그러나 두 조각으로 잘렸던 서빈의 몸이 부스스 흩어지며 오른쪽 일장 옆에 새롭게 나타났다. 귀령이 그런 그를 향해 검을 뽑아 휘둘렀다. 그러나 서빈은 다시 그림자로 변하여 검을 피하고는 한 손바닥으로 귀령의 가슴을 슬쩍 밀었다.

"크윽!"

귀풍조의 우두머리인 귀령이 입에서 피를 토하며 뒤로 나가떨어졌다. 피를 굵게 토하는 것으로 보아 내상이 막심해 보였다. 귀령은 자신이 단 일 초 만에 부상을 입자 믿을 수 없다는 표정이었다. 내상의 아픔보다 무력하게 당한 것에 대한 충격이 훨씬 컸던 것이다.

"네 이놈!"

노파는 화가 머리끝까지 났는지 급기야 언성을 높이며 지팡이를 휘둘렀다. 서빈이 움직일 수 있는 모든 방향을 차단하며 지팡이는 무수한 빛줄기를 생성했다.

부스스스.

서빈의 몸은 수백 조각으로 잘려지며 흩어졌다. 노파는 일순 당혹해했다.

"…죽었단 말인가."

비록 절초를 펼쳤다 하나 이토록 쉽게 죽을 자가 아니었다. 그러나 아무런 다른 기척을 발견할 수가 없었다. 그때 서문소혜가 급히 소리쳤다.

"사호법, 우측을 조심하세요!"

"…헉!"

오른쪽 어깨를 향해 불쑥 날아드는 장력을 피하며 노파는 헛바람을 토했다. 청년은 서문소혜를 노려보며 말했다.

"제법이군."

그는 노파를 제쳐 두고 서문소혜를 향해 쇄도했다. 서문소혜는 차갑게 웃었다.

"어리석은 놈!"

"크윽……!"

서문소혜를 공격하려 다가갔던 서빈이 입에서 피를 흘리며 물러났다. 그의 우측 손에는 작은 구멍이 뚫려 있었다.

"아수마혼지…… 마교십대무공이라니!"

서빈은 믿을 수 없다는 듯 비틀거렸다. 그의 오른손은 점점 마비가 되고 있는 듯 움직임이 없었다. 그러나 서빈은 서문소혜를 보며 기이하게 웃었다.

"후훗, 오늘은 이만 물러가겠소. 하나 내일까지 철수하지 않으면 몰살을 피할 수 없을 것이오. 그럼 나는 이만……."

서빈의 몸이 흐늘거리더니 점점 투명해지며 사라졌다. 노파가 주위를 두리번거렸으나 그의 흔적을 찾을 수 없었다. 서문소혜는 말없이 한쪽 방향을 바라보다가 고개를 흔들었다.

"쉽지 않겠군요. 저자의 말대로 정파는 이전과 비교할 수 없이 강해졌을지도 몰라요. 저자와 같은 고수들이 얼마나 더 있을지가 관건이에요."

"…호훗! 밀교의 비전은 익히기가 극히 까다로워 소수에게만 전승된다고 들었어요. 저놈은 소저의 무공에 당했으니 당분간 운신을 못하겠죠. 본 교의 육천 정예로 정파의 잔당들을 일거에 쓸어버릴 수 있으니 걱정하지 마세요."

"……."

서문소혜는 말없이 생각에 잠겨 있었다.

"소저께서 이번 토벌대의 총군이 되셨다 들었소."

"네."

"이제 내게도 역할을 주시오. 적도 눈앞에 있고 나 역시 돕고자 따라왔으니 뭔가 해야 되지 않겠소?"

이유강의 말에 서문소혜는 고개를 저었다.

"이 대인님이 특별히 하실 일은 없어요. 그냥 제 곁에서 저를 보호해 주세요."

"소저를 호위하란 말씀이시오?"

"호위랄 것은 없고 그냥 제 곁에 계시면 돼요."

"알았소. 풍운장의 무사 일백 명과 함께 소저를 지켜주겠소."

이유강은 고개를 끄덕였다. 서문소혜는 미소를 지었다.

"이 대인님께서 지켜주시니 든든하군요. 감사해요."

"하하하. 마교의 무사들을 뚫고 소저에게까지 올 만한 자들이 있을
지 모르겠소만 만일을 대비하여 내 오늘부터 소저를 호위하겠소."

"…감사해요. 이 대인님께서는 밖에서 계시지 말고 제 옆방에 마련
된 처소에서 쉬고 계세요."

"배려 고맙소."

이유강은 광마전사들을 적절히 배치하고는 서문소혜가 말한 방에
들어갔다. 침상과 탁자도 모두 깨끗하고 화려한 것이 상당히 신경 쓴
것 같았다. 이유강은 침상에 걸터앉았다.

'차라리 다행이군.'

사실 마교를 도와 정파와 싸운다는 것이 그리 달갑지 않았는데 직접
적으로 싸움에 관여하지 않고 서문소혜를 호위하는 일을 맡았으니 다
행인 것이다. 어차피 이 싸움에서 누가 이기든 그다지 상관없었다. 그
럴 리는 없겠지만 혹시 마교의 무사들이 전멸한다 할지라도 무사히 배
를 이끌고 항주로 돌아갈 자신이 있었다.

'광마전사들은 개개의 무공은 평범하나 세 명 이상이 모여 도진을
펼치면 매우 강력해지니 호위에는 더할 나위 없겠군.'

애써 키운 풍운장의 정예 무사들이 호위무사 신세라니 다소 씁쓸하
긴 했지만 그래도 이런 쓸데없는 싸움에서 그들을 희생시키고 싶지는
않았다.

'저 문은 무엇인가?'

이유강은 잠시 생각하다 방의 오른쪽 벽에 있는 좁은 문을 발견했
다. 그 문은 보통의 문에 비해 폭이 다소 좁아 문을 열면 한 명의 인물

만 가까스로 통과할 수 있을 것 같았다.

'욕실인가? 문이 다소 특이하군.'

후텁지근한 날씨에 몸이 좀 끈적였던지라 웃통을 벗고 그 문을 열었다. 순간 서문소혜가 거울을 보고 있다가 이유강을 보고는 깜짝 놀란 표정을 지었다. 이유강 역시 당혹감을 금치 못하고 어색하게 웃었다.

"미안하오. 욕실인 줄 알고 땀을 씻으려 했던 것인데 소저의 방과 연결된 것인 줄은 몰랐소."

"…아니에요. 혹시라도 위급한 상황을 대비해서 만들어놓은 문이죠. 깜빡 잊고 말씀을 안 드렸군요."

"알았소. 위급한 일이 생기면 바로 부르시오."

이유강이 문을 닫으려 하자 서문소혜가 한쪽을 가리키며 말했다.

"그쪽 방에는 욕실이 없어요. 저는 괜찮으니 저쪽에 있는 욕실에서 땀을 씻으세요."

"…그래도 되겠소?"

이유강은 다소 어색했으나 끈적이는 땀을 닦고 싶은 마음이 간절했기에 반색하며 물었다. 서문소혜는 끄덕였다.

"네. 부담 갖지 마세요."

"그럼 실례하겠소."

이유강은 욕실로 들어가 세수를 하고 상반신을 물로 깨끗이 씻었다. 수건을 찾았으나 없어 두리번거렸는데 서문소혜가 수건을 가져다주었다.

"…고맙소."

"별말씀을."

수건으로 물기를 닦고 벽에 있는 문을 향해 다가갔다. 서문소혜가 말했다.

"반 시진쯤 후에 다시 오셨으면 해요."

"무슨 일이 있소?"

이유강은 의아한 듯 돌아보았다. 서문소혜는 묘한 미소를 지었다.

"그냥 그럴 일이 있어요."

"그렇게 하겠소."

이유강은 고개를 끄덕이고는 방으로 돌아왔다. 몸을 씻고 나서인지 개운했다.

'그녀는 무엇 때문에 반 시진 후에 오라 한 것일까.'

서문소혜의 표정이 다소 기이했던 것 같았다.

'그건 그렇고……'

이유강은 탁자 앞에 앉아 차를 한잔 마셨다.

'드디어 비혼이 완성되었다.'

독룡의 독지에 몸을 담근 지 어언 십 개월이 훌쩍 지나 있었다. 이유강은 항상 비혼의 존재를 느낄 수 있었는데 어제로 독지의 모든 독액을 흡수한 것이다. 탁한 액체가 가득 찼던 독지는 완전 말라 있었다. 이유강은 비혼을 일어서게 했다.

'반 시진 정도 있다가 오라고 했으니 아직 시간이 있군.'

이유강은 침상에 올라 가부좌를 틀었다. 누구든 들어올 일은 없겠지만, 만일을 대비하여 조그만 돌멩이들을 가지고 침상 근처에 작은 미환진을 펼쳤다.

'좋아. 이제 되었군.'

이유강은 만족한 미소를 지으며 비혼에게 정신을 일체시켰다. 지금
이 순간은 이유강 자신을 잊고 비혼이 되어 움직이게 되는 것이다. 독
지는 캄캄했으나 암흑마기로 가득한 비혼의 눈에는 선명하게 사물이
보였다. 말라 버린 독지 주위로는 이전에 만들다 남은 알 수 없는 동물
들의 뼈가 흩어져 있었다.

'그럼 어느 정도의 능력인지 알아볼까.'

비혼은 독룡의 내단으로 만들어진 단전이 존재했고 그것으로 광마
심법을 이용하여 독액까지 흡수했기에 상상도 할 수 없는 가공할 기운
이 축적되어 있었다.

츠츠으으.

'…헉!'

이유강은 비혼의 단전에 가득한 기운을 끌어올리다 흠칫 놀랐다. 상
상할 수 없는 거대한 힘. 그것은 지금까지 한 번도 느껴보지 못한 가공
할 힘이었다. 독액을 내력과 같은 기운으로 흡수하는 것이 실현된 것
이다. 이는 곧 비혼의 단전이 독단전의 역할도 하는 것으로 가공할 독
의 기운 또한 독공을 이용하여 발출할 수 있는 것이다.

'완전 괴물이로군.'

인간의 몸이 아닌 환물이기에 가능한 일이었을 것이다. 그러나 내력
이 대략 어느 정도인지 가늠할 수가 없었다.

'적어도 나보다 두세 배는 더 많은 것 같구나. 그렇다면 사오백 년
의 수위란 말인가…….'

과연 그러한 기운을 사용할 수 있을지도 의문이었다. 만일 오백 년
의 기운을 사용할 수 있다면 광마도법 칠백 번째 초식도 실전에서 펼

칠 수 있을 것이다. 내심 마음이 설레었다.

'저쪽이었지?'

미로처럼 얽혀 있는 동굴들을 살피다 그중의 한 동굴로 신형을 날렸다. 슬쩍 움직였을 뿐인데 벌써 동굴 안을 한참 지나고 있었다.

'…빠르군!'

비혼은 금세 동굴들을 지나 바깥으로 나왔다. 커다란 육두구 나무 사이로 돌아다니는 환물 인형들의 모습이 보였다. 대략 살펴보니 섬에는 제법 그럴듯한 요새가 만들어져 있었다. 포구도 건설되어 있었고, 전각은 물론 각종 객잔이나 주점까지 만들어져 있는 것이 작은 항구의 면모를 갖추고 있었고 제법 사람들도 돌아다니고 있었다.

'구자삼이 많이 발전시켰구나.'

비혼을 움직여 살피던 중 구자삼의 모습이 멀리 보였다. 그는 오층으로 건축된 커다란 전각의 사층에서 바깥을 보며 생각에 잠겨 있었다. 비혼은 훌쩍 뛰어 열려진 창문으로 들어갔다. 구자삼은 깜짝 놀라며 쳐다봤다. 비혼이 말했다.

"놀라지 마시오! 나는 이유강이오."

"…대인!"

비혼의 음성은 매우 사이했기에 구자삼은 경계심을 갖고 쳐다봤다.

"나는 지금 서장에 있소. 비혼이 드디어 완성되었기에 내가 있는 곳으로 부르는 중이오."

"아… 대인을 뵙습니다. 드디어 그때 말씀하시던 비혼이 완성되었군요."

구자삼은 반색하며 포권했다.

"별일없었소?"

"…그렇지 않아도 대인께 도움을 요청할 생각이었습니다."

"무슨 일이 있소?"

"예. 그동안 모든 일이 순조롭게 진행되고 있는데 최근 들어 카부 함대라는 곳에서 과도한 세금을 요구하고 있습니다. 그들에게 세금을 납부한 것은 대략 육 개월 전부터인데 우리 규모가 커지자 이익의 삼 할을 납부하라며 협박을 하는지라 골치입니다."

구자삼은 그것 때문에 상당히 골치가 아픈 듯 다소 안색이 초췌해져 있었다. 비혼이 말했다.

"알았소. 일단은 그들이 원하는 대로 들어주시오. 조만간 조치를 취하겠소."

"삼 할을 모두 주란 말씀이십니까?"

"그렇게 하시오. 아직은 그들과 부딪칠 때가 아니오. 그때까지는 그들의 비위를 맞춰주도록 하시오."

"알겠습니다."

구자삼은 포권하며 고개를 끄덕였다. 비혼이 말했다.

"비혼이 입을 만한 옷을 좀 준비해 주시겠소?"

"잠시만 기다리십시오."

구자삼은 밖으로 나가 흑색의 옷 한 벌을 가져왔다. 비혼은 즉시 옷을 입었다. 구자삼이 문득 말했다.

"참, 그때 말씀하신 대로 뼛가루는 지속적으로 확보하고 있습니다. 현재 대형 물고기의 뼈가 대략 일만 마리, 육지에 살던 맹수의 뼈가 수천 마리 분량입니다. 그리고……."

구자삼은 말을 하다 다소 머리를 긁적였다.

"이것은 주변의 섬들을 탐색하다 우연히 발견한 뼈들인데 혹시 필요하실지 몰라 따로 그곳의 위치를 표시해 두었습니다."

"무엇을 말이오?"

"아득한 고대에 존재하던 괴룡들의 뼈로 추정되는 뼈들이 있었습니다."

"괴룡들이라 하셨소?"

창밖을 바라보며 말하던 비혼의 고개가 돌려져 구자삼을 쳐다봤다. 구자삼은 끄덕였다.

"예. 고대의 괴룡들이 맞는 것 같습니다. 오랜 세월이 지났기에 보통 뼈도 삭아 없어져야 정상인데 그 동굴 안에서는 뼈들이 거의 그대로 보존되어 있었습니다."

"수고했소. 많은 도움이 될 것 같소."

"별말씀을."

"여러 가지 일들이 겹쳐 당분간은 이곳에 오지 못할 것이오. 지금처럼 수고하되, 항주에 있는 총군사 여송을 한번 만나보도록 하시오."

"알겠습니다."

비혼은 다시 창문으로 시선을 향하며 말했다.

"그럼 나는 이만 가보겠소."

"예, 대인. 부디 보중하시길……."

구자삼은 정중히 포권했다. 비혼은 훌쩍 창밖으로 날아올랐다. 이유강은 미리 준비해 두었던 환물 비조 한 마리를 불러 비혼을 태우게 하고는 자신이 있는 서장을 향해 날아오라 지시했다.

"이제 대략 반 시진이 지났겠군."

이유강은 감았던 눈을 떴다. 침상 앞에 서문소혜가 쓰러져 있었다.

"이런……."

이유강은 즉시 미환진을 해제하고 서문소혜를 흔들어 깨웠다.

"으음……."

"소저, 괜찮으시오?"

서문소혜는 잠에서 깬 듯한 표정으로 일어났다.

"이게 어찌 된 일이죠? 반 시진이 훨씬 지나도 오지 않기에 무슨 일이 있나 싶어 방에 들어왔는데 진법이 펼쳐져 있었지요."

"미안하오. 그럴 일이 있었소."

"어지간한 진법은 저도 알고 있는데 무척 특이하더군요. 방위를 잘

못 밟자 바로 졸음이 쏟아졌어요."

이유강은 미소를 지었다.

"그럴 것이오. 심려 끼쳐 미안하오."

"…이 대인님은 정말 알 수 없는 사람이에요."

서문소혜는 복잡한 표정으로 이유강을 쳐다봤다. 그녀는 말을 이었다.

"어쩔 때는 평범한 유생 같기도 하지만, 간혹 진저리 쳐질 만큼 잔혹한 투기도 보이고, 지금처럼 뭔가 신비로울 때도 있어요."

"과찬이오."

서문소혜는 벽에 있는 문을 향해 걸어가며 말했다.

"어쨌든 따라오세요."

그녀를 따라 그녀의 방에 들어가자 탁자 위에는 여러 가지 요리들이 차려져 있었고 귀해 보이는 술병도 보였다. 이유강이 멍하니 쳐다보고 있자 서문소혜가 피식 웃으며 말했다.

"앉으세요."

"오늘이 무슨 날이오?"

"그래요."

서문소혜는 환하게 미소를 지었다. 이유강은 그녀가 그렇게 밝게 웃는 모습을 처음 보았다. 무척 아름다운 외모의 그녀였지만 항상 뭔가 싸늘한 분위기를 풍겼고 웃을 때도 마찬가지였던 것이다. 이유강은 정색을 하며 말했다.

"소저께서 그리 웃으시니 매우 아름답소. 대체 오늘이 무슨 날이기에 이런 좋은 음식을 차리셨소?"

"사실은 오늘이 제 생일이에요."

"아……!"

이유강은 고개를 끄덕였다.

"생일을 축하드리오. 미리 말씀하셨다면 선물이라도 준비했을 것인데 아무것도 준비 못했소."

"선물은 필요없어요. 축하해 주셔서 감사해요."

"하하하. 감사할 것까지야. 소저야말로 세가에 있었다면 성대한 생일 잔치를 했을 것인데, 이곳까지 와서 고생이 많은 것 같소."

"내일이면 당장 전쟁이 벌어질 것인데 이 정도면 사치죠. 그래도 이 대인님께 꼭 축하를 받고 싶었어요."

이유강은 술병을 들어 따르며 말했다.

"한데 어찌 다른 사람들은 부르지 않았소?"

"친구 이외에는 초청하고 싶지 않아요. 모두가 부하들이라 저를 어려워하고 있죠. 이 대인님만 빼고 말이에요."

"…나를 친구라 여기시오?"

"네……."

서문소혜는 밝은 안색으로 고개를 끄덕이며 술을 따라주었다. 이유강은 부드럽게 웃으며 술잔을 받았다.

"친구라……. 내겐 무척 반가운 소리요. 나 역시 친구가 필요했소."

"알고 있어요. 이 대인님, 아니, 당신은 무척 외로운 사람이죠. 친구도 별로 없고……."

"하하. 소저처럼 좋은 친구도 있지 않소."

"그래서 말인데……."

서문소혜는 진지한 표정으로 말을 이었다.

"앞으로는 허물없이 친구처럼 지냈으면 해요."

"그렇게 하겠소."

이유강은 흔쾌히 고개를 끄덕였다.

"네. 그래서 앞으로는 저를 서문 소저라 부르지 말고 그냥 이름을 불러주세요. 오라버니께서 저보다 나이가 많으시니 소혜 혹은 혜매라고 불러주셔도 괜찮겠죠."

"…방금 오라버니라 하셨소?"

"네. 싫으신가요?"

"아니오. 내 앞으로 그대를 혜매라 부르겠소."

이유강은 오라버니라는 말을 들으니 내심 가슴이 뭉클해졌다. 서문소혜는 환한 미소를 지으며 술을 따랐다.

"유강 오라버니, 진작부터 이렇게 부르고 싶었어요. 편하게 저를 대해주세요."

"그렇게 하겠소."

"그런 존칭은 싫어요."

"…알았다. 혜매, 내게 무척 아름다운 누이가 생긴 것 같아 무척 기분이 좋구나."

"저도 그래요."

이유강은 내심 마음이 편해졌다. 서문소혜는 의외로 화통한 구석이 있는 것 같았다. 어쩌면 이전의 뭔가 어색했던 감정을 그녀 스스로도 이렇게 정리하고 싶었는지도 모르겠지만, 지금 스스럼없이 오라버니라 부르며 따스하게 쳐다보는 서문소혜의 표정에서 가식이 느껴지지는 않았다. 적어도 지금 이 순간만큼은 진정 편한 친구처럼 생각하고 있는 것이 분명했다.

"오라버니께 특별히 연주해 드릴게요."

서문소혜는 일어나 방의 한쪽에 놓인 비파를 들고 왔다.

디디딩……!

이유강은 서문소혜의 비파 연주를 눈을 감고 기분 좋게 감상했다. 잠시 후 술과 요리를 적당히 비우고는 자리에서 일어났다.

"밤이 늦었으니 이만 가보겠다. 편히 쉬어라."

"네, 오라버니."

서문소혜는 조금 섭섭해하는 듯했으나 미소를 지으며 말했다. 이유강은 고개를 끄덕이고는 벽의 문을 통해 방으로 돌아갔다.

"……."

서문소혜는 시녀를 불러 음식을 치우게 하고는 탁자에 앉아 차를 마시다 거울을 쳐다봤다. 술을 제법 마셔서인지 양 볼이 붉어져 있었다.

"그래. 이것도 좋겠지……."

그녀는 길게 한숨을 쉬었다.

"빈, 네가 그토록 당하다니 믿을 수가 없구나."

"…마교십대무공 중의 하나인 이수마혼지였습니다."

커다란 천막 안에는 십여 명의 인물들이 모여 있었다. 사십대 초반의 콧수염이 멋진 사내가 걱정스런 표정으로 서빈을 바라보았다. 서빈의 오른손은 시뻘겋게 변하여 완전 마비가 된 상태였고, 그로부터 붉은 기운이 점점 퍼지며 몸의 오른쪽을 마비시키고 있었다.

그때 천막 안으로 한 명의 여인이 침통을 들고 들어왔다. 서빈의 상세에 걱정하고 있던 사람들은 여인의 등장에 반색하며 안도하는 표정으로 정중히 포권했다.

"제갈 군사님, 어서 오십시오."

"네. 상세가 중하다 들었어요."

여인은 제갈수연이었다. 그녀는 사람들의 인사에 답하고는 서빈의 상세를 살폈다. 사십대 사내가 말했다.

"마교십대마공에 당했다는 것 같소."

"……아수마혼지군요."

제갈수연은 딱딱하게 굳어진 안색으로 말했다. 누워 있던 서빈은 고개를 끄덕였다. 제갈수연이 물었다.

"설마 아수마존이 온 것인가요?"

"…아니오. 그녀는 십대 후반의 매우 아름다운 여인이었소."

그러자 제갈수연은 잠시 뭔가 생각하는 듯하더니 말했다.

"아수마혼지는 아수마존과 그녀의 직계제자들만 사용하는 무공이에요. 내공이 적어도 백 년은 넘어야 시전이 가능한 마공으로, 그동안 파악한 정보에 의하면 아수마존의 제자들 중 오직 두 명만 그 무공을 펼칠 수 있어요. 어려서부터 온갖 영약과 개정대법으로 어리지만 가공할 내공과 무공을 습득한 괴물들이죠."

"음… 그들이 누군지 알고 있소?"

"마교십대상가의 핵심 두 축인 서문세가와 환가장의 금지옥엽들이죠."

제갈수연의 말에 사람들의 안색이 변했다. 사십대 사내가 말했다.

“환가영은 추적조의 추격을 피해 도주한 후 아직도 종적이 묘연한 상태니 그녀일 리는 없을 것이오.”

“맞아요. 지금 온 여인은 서문소혜가 분명해요. 마교주의 오른팔 서문소의 하나뿐인 누이동생이죠.”

제갈수연의 눈이 매섭게 빛났다. 좌중의 시선이 그녀를 향해 고정되었다. 제갈수연은 그들을 향해 고개를 끄덕였다.

“계획을 수정하겠어요. 아직은 전면전을 피할 때라 그들을 보내려 했으나 서문소혜가 온 것이 확실하다면 무슨 일이 있어도 그녀를 생포해야 해요.”

“걱정 마시오. 팽가의 이천 정예만으로도 마교의 버러지들을 일거에 쓸어버릴 수 있다 들었소. 하물며 우리 밀교전사(密敎戰士) 일천과 정파 무인 삼천에 서장무림 최강의 방파인 비궁의 사천 고수까지 합세했소. 내일 날이 밝기 전에 기습하는 것이 좋을 것 같소.”

“마교 육천 정예를 얕봐서는 안 돼요. 가급적 최소한의 피해로 승리를 얻어야 해요. 서문소혜를 생포하는 것이 관건이에요.”

“그것은 걱정 마시오. 밀교칠위(密敎七衛)를 모두 보내겠소. 밀교칠위의 막내 서빈이 부상을 당했으니 그를 제외한 여섯 명이 가겠지만… 설사 아수마존이라 해도 그들을 상대로 무사하긴 힘들 것이오.”

그 말에 제갈수연은 고개를 끄덕였다.

“그렇다면 안심이군요. 대협을 믿겠어요.”

“팽 맹주님과의 맹약을 지킬 뿐이오. 혹시 그분은 어디 계신지 아시오?”

“맹주님과 총군사 화옥님의 행방은 저뿐만 아니라 그 누구도 몰라요.”

"알았소. 참, 서빈의 상세는 치료 가능한 것이오?"

"물론이에요. 침으로 독기를 뽑아내고 보름 정도 휴식을 취하면 회복될 것이니 걱정하지 마세요."

그러자 사내는 안색이 밝아졌다.

"과연 제갈 군사님의 의술은 듣던 대로 대단하오. 당하면 죽을 수밖에 없다는 마교십대마공의 상처를 그리 쉽게 치료하다니 말이오."

"예전에… 한 번 동일한 상처를 치료한 적이 있었기에 자신한 것이에요. 너무 치켜세우지 마세요."

"오! 그런 적이 있었소?"

"네……."

제갈수연은 조금 쓸쓸한 표정으로 끄덕였다. 잠시 뭔가를 생각하는 듯하다가 그녀는 이내 고개를 젓고는 침을 꺼내 서빈을 치료하기 시작했다.

이유강은 술을 마셨기에 잠시 눈을 붙였다. 대략 한 시진쯤 지났을까. 바깥이 매우 어수선한 것 같아 잠을 깼다. 바깥으로 나가니 호위를 위해 배치했던 광마전사들이 긴장한 기색으로 서 있었다. 이유강은 철영을 향해 물었다.

"철영, 무슨 일이 있느냐?"

"조금 전에 기습이 시작된 것 같습니다."

"아직 이곳까지 들어온 자들은 없느냐?"

"예."

이유강은 서문소혜의 방을 향해 걸어가며 말했다.

"긴장을 풀지 말고 철저히 경계를 서도록 해라."

"예."

서문소혜의 방에는 이미 여러 명의 사람이 있었다. 홍염과 노파, 귀풍조장 귀령 외에 서너 명의 인물이 더 있었다. 홍염이 말했다.

"총군, 생각보다 적들의 무위가 강력해요. 만일에 대비할 필요가 있어요."

노파가 코웃음 쳤다.

"그래 봤자 정파 놈들의 잔당일 뿐이오. 이참에 아주 씨를 말려 버립시다."

서문소혜는 고개를 저었다.

"뭔가 자신있으니 기습을 했겠죠. 일단은 기습을 막아내는 것이 중요해요. 사호법과 염아는 각각 이천의 무사들을 이끌고 정면과 좌우를 방어해 주세요. 귀풍조, 야풍조, 이수조는 후면을 방어해 주세요."

"존명!"

서문소혜의 명에 의해 방 안에 있던 사람들은 모두 사라졌다. 서문소혜는 이유강을 보며 웃었다.

"유강 오라버니, 걱정하지 마세요. 저들을 뚫고 이곳까지 들어올 만한 자들은 없을 것이에요."

이유강은 고개를 끄덕였다.

"혜매, 나도 그렇게 생각한다만 만일을 대비해서 철저히 호위하도록 하겠다. 지금부터 나는 지붕 위에 있을 것이니 혹시라도 무슨 일이 발생하면 바로 소리쳐 내게 알려야 한다."

"그러실 것까지야……."

한데 바로 그때 문이 콰앙 부서지며 한 명의 무사가 방 안으로 나뒹굴었다.

"철영! 어찌 된 일이냐?"

쓰러진 무사는 다름 아닌 철영이었다. 철영은 가슴에 장력을 맞고 혼절해 있었다. 이유강은 급히 몇 군데의 혈도를 짚어 사혈을 토하게 했다.

"…우욱!"

철영은 잠시 깨어난 듯했으나 눈이 풀리며 다시 혼절했다. 다행히 응급 처치를 해서인지 생명에 지장은 없어 보였다. 더 이상 철영에게 신경 쓸 때가 아니었다. 문이 부서지고 그 앞에는 두 명의 사내가 서 있었다. 바깥에서 광마전사들이 치열하게 싸우는 소리가 들렸다.

'이토록 빨리 들어오다니. 대체 어찌 된 일인가.'

들어온 사내들의 기운은 매우 사이했다. 서문소혜가 소리쳤다.

"밀교에서 왔느냐?"

그러자 사내들은 기이하게 웃었다.

"그렇소. 우리를 안다면 순순히 따라가는 것이 좋을 것이오. 신변은 철저히 보호될 것이니 걱정하지 마시오."

"흥! 감히 네놈들이 나를 협박하다니. 일전에 혼이 나고도 정신을 못 차렸군."

"하하하! 우리 막내에게 행한 선물은 잘 받았소. 다행히 막내는 잘 치료한 후 쉬고 있으니 걱정 마시오."

"흥!"

서문소혜는 코웃음 치고는 비파를 들더니 손가락으로 줄을 튕겼다.

디디딩……!

퍼퍽! 퍽!

음파에 의해 두 사내의 몸체가 부서져 내렸다. 그러나 부서지기 무섭게 좌우로 새롭게 두 사내의 모습이 나타났다. 그들은 여유롭게 웃었다.

"보통의 무공으로 우리를 상대하는 것은 불가능하오. 우린 이미 기환지체를 이룬 지 오래요."

"감히!"

서문소혜는 이전보다 더욱 강한 음파를 보냈다. 동시에 비파를 든 그녀의 신형이 빛에 휩싸이더니 사내들을 향해 쇄도했다.

"…크윽!"

"으음!"

두 마디의 짧은 신음성이 들렸고 서문소혜의 신형은 바깥으로 나가 있었다. 사내들의 신형은 부서지듯 흩어졌고 좀 전처럼 다시 다른 곳에서 나타났다. 그러나 그들은 얼굴이 약간 창백해진 채로 비틀거렸다. 그들은 피를 약간 내뱉고는 말했다.

"과연 아수마존의 대제자다운 솜씨요."

"이제 우리 역시 본 실력을 보일 것이니 조심하시오."

이유강은 방에서 나와 그들을 묵묵히 쳐다봤다. 사실 처음 보는 기이한 환술을 보며 매우 놀라고 있었다.

'저런 괴이한 무공이 있다니 실로 신기하군.'

문득 주변에 쓰러져 있는 무사들의 시신이 눈에 들어왔다.

'……이들은!'

모두 광마전사들이었다. 백 명의 광마전사가 모두 쓰러져 있었고 그들의 주위로 네 명의 사내가 서 있었다.

"……."

모두 피를 토하고 죽어 있었다.

"…모두 당했단 말인가."

이유강은 순간 피가 머리끝까지 솟구치는 것 같았다. 일백광마연무관을 만든 후 배출된 최초의 무사들이었다. 아직은 그리 강하지 않으나 앞으로의 가능성이 무궁무진한 인재들을 선발해 꾸준히 지도해 왔었다. 어쩔 수 없이 이들을 데려왔으나 쓸데없는 싸움에 희생시키고 싶지 않아 내심 안도하지 않았던가. 한데 불과 일각도 안 되는 짧은 시간에 모조리 죽음을 당한 것이다.

츠으읏.

도저히 용서할 수 없었다. 백구십 년에 육박하는 내공을 모조리 끌어올린 후 사내들을 노려봤다.

"네놈들의 짓이냐?"

순간, 사방 수십여 장이 지진이라도 난 듯 흔들렸다. 천둥과도 같은 커다란 호통 소리에 광마전사들의 시신 주위에 있던 네 명의 사내뿐 아니라 서문소혜와 두 사내도 얼굴이 창백해져 비틀거렸다. 이유강은 네 명의 사내들을 향해 걸어가며 외쳤다.

"네놈들의 짓이냐 물었다!"

"…그렇다면?"

그중의 한 사내가 대답했다.

번쩍!

이유강의 도에서 빛이 나는가 싶더니 마치 쏟아지는 물살처럼 하늘에서 수백 개의 빛이 쇄도했다. 그것은 찰나의 일이었고 미처 피하지도 못한 네 명의 사내는 산산이 몸이 분산되어 무너져 내렸다.

"……!"

그러나 놀랍게도 사내들은 다른 곳에서 시커먼 그림자와 같은 형태로 나타났다. 그들은 기이하게 웃었다.

"대단한 도법이군. 하나 그것으로는 우리를 상하게 하지 못하……."

말을 하던 사내의 목소리가 떨렸다. 그들의 옷이 산산이 부서져 날렸고 온몸에 수십 갈래의 혈선이 그물처럼 그어져 있었다. 혈선들은 다행히 찰과상 정도의 얕은 상처들이라 생명에는 이상이 없었지만 그어진 혈선들을 통해 피가 흐르고 있어 그 모습은 실로 끔찍해 보였다. 사내는 믿기지 않는 표정이었다.

"어찌 이런 빠름이……."

"그 정도로 피해내다니 대단하군. 그러나 어떤 사술을 쓰는지 모르겠지만 더 이상 그따위 짓들은 통하지 않을 것이다."

이유강은 차가운 음성으로 말했다. 사내들은 굳어진 안색으로 서로 얼굴을 마주 보았다. 서문소혜 앞에 있던 사내들이 심각한 표정으로 신형을 날려 네 명의 사내 옆에 섰다. 그들 중 한 명이 말했다.

"자네… 위험한 인물이군."

"그래서 어찌하겠다는 건가."

그러자 사내는 비릿하게 웃었다.

"영광으로 알게. 본 교 비전 중 전설로 알려진 사령체(邪靈體)를 구경하게 해주지."

"사령체……?"

처음 들어보는 이름이었다. 이름 그대로라면 뭔가 사이한 것임이 분명했다. 사내들이 일순 몸에서 부적 비슷한 것을 꺼내 주문을 외우기 시작했다.

"옴끄라뿌쓰아……!"

"옴마뿌루……!"

알아들을 수 없는 이상한 주문을 외우던 그들의 몸이 흐늘흐늘 녹기 시작했다.

'무얼 하려는 것인가.'

이유강은 다소 궁금하기도 하여 잠시 그들을 주시했다.

"샤랑옴끄라뿌… 이옴마뿌루……!"

기괴한 주문 소리가 이어졌고 그들의 부적들이 핏빛으로 변하더니 혈광(血光)을 방출하기 시작했다. 흐느적거리며 녹던 몸들이 혈광에 뒤 덮여 보이지 않았는데 잠시 후 혈광이 사라지며 거대한 마귀 형상의 괴물이 눈앞에 나타났다. 그것은 사이한 미소를 지으며 이유강을 노려 봤다.

"쿠쿠쿠쿠……!"

그때 서문소혜가 창백한 안색으로 소리쳤다.

"피해야 해요. 설마 했는데 저것일 줄이야!"

"저따위 사술 따위를 겁낼 필요는 없지."

이유강은 도를 굳게 잡고 괴물을 노려봤다. 괴물이 말했다.

"사술이라 했나. 쿠쿠쿠……!"

괴물은 매우 빠른 속도로 달려와 이유강을 공격했다. 이유강은 잽싸 게 피하며 날아올라 괴물의 허리를 도로 가격했다.

푸욱!

“……!”

황당하게도 도는 괴물의 뱃속에 깊이 박혔고 강한 흡입력으로 칼자루만 남은 채 박혀 버렸다. 이유강은 급히 도를 빼려고 했으나 괴물이 팔로 공격을 해와 칼자루를 놓고 물러설 수밖에 없었다.

‘도를 놓치다니……!’

이런 어이없는 경우는 처음이었다. 재빨리 바닥에 널브러진 도 하나를 주워 들었다.

퍼억!

그러나 그 찰나의 빈틈을 노려 괴물이 발로 가격을 해왔다. 최대한 몸을 돌려 피했으나 옆구리를 차이고 말았다.

‘…우욱!’

굉장한 충격이었다. 다행히 별다른 상처는 입지 않았으나 맞은 부위가 조금 욱신거리고 아팠다. 서문소혜가 놀란 표정으로 소리쳤다.

“조심하세요!”

그녀의 손가락에서 붉은색 광선이 나가 괴물의 미간을 꿰뚫었다. 순간 괴물은 멈칫했으나 태연히 서문소혜를 노려봤다. 미간에 뚫렸던 구멍이 순식간에 복원되어 없어져 있었다.

“쿠쿠쿠… 아수마혼지인가? 설사 아수마존이 이 자리에 온다 해도 결과는 동일할 것이다.”

디디딩! 디딩!

서문소혜는 입술을 깨물더니 비파를 통해 음파를 연속으로 쏘아 보냈다. 전신의 내공을 끌어올렸는지 사방의 사물들이 파괴되며 그로부터 형성된 가공할 기운이 회오리치듯 괴물을 휩쓸었다.

그러나 괴물은 잠시 전신을 멈칫했을 뿐 별다른 충격을 받은 것 같지 않았다. 오히려 입을 벌려 핏빛의 연기 같은 것을 서문소혜를 향해 내뱉었다.

화르르륵……!

그것은 마치 화염처럼 타오르며 서문소혜에게 작렬했다. 그 순간 서문소혜의 신형이 순간적으로 일 장 옆으로 이동했다. 가볍게 연기를 피해낸 것이다. 이유강은 그 모습에 감탄했다.

'멋진 신법이로군.'

이유강은 고개를 돌려 괴물을 자세히 살폈다.

'뭔가 약점이 있을 것이다.'

선불리 칼을 휘둘렀다가는 아까처럼 칼을 빼앗길 것이 분명했다.

'광마삼식을 써봐야겠군.'

내공을 최대한 끌어올린 후 날아올라 괴물의 가슴을 향해 도를 휘둘렀다.

콰아앙!

거대한 불꽃이 폭발하듯 괴물의 전신을 뒤덮었다. 지축이 흔들리며 바닥이 꺼졌고 괴물이 있던 자리에는 커다란 웅덩이가 생겨났다. 주춤거리는 괴물의 모습이 보였다. 이유강은 지체없이 다시 도를 휘둘렀다.

콰앙!

또다시 불꽃이 폭발했고 웅덩이는 더욱 커졌다.

콰앙! 콰아앙!

이유강은 연이어 서너 번 더 광마삼식을 시전했다. 잠시 후 사방에 자욱한 흙먼지가 가라앉으며 웅덩이 안의 모습이 보였다. 괴물, 즉 사령체는 완전 박살이 나 있었다. 이유강은 웅덩이 안에 널브러진 현철도를 주워 들었다.

'죽은 건가…….'

그때 웅덩이 전체에 퍼져 있던 괴물의 살점들이 액체처럼 움직이며 다시 뭉치더니 온전한 사령체의 모습으로 화했다.

"크으……! 네놈은 대체 누구냐!"

괴물은 아까와는 달리 힘이 없어 보였다. 그러나 이유강은 또다시 감탄하고 있었다.

'실로 괴이하군. 갈기갈기 찢기고도 다시 복원되다니. 밀교의 환술이 이토록 신묘했단 말인가.'

괴물이 분한 듯 말했다.

"오늘은 이대로 간다만 다음에는 쉽지 않을 것이다."

"도망갈 생각인가? 실망이로군."

괴물의 표정이 일순 일그러졌다가 펴졌다.

"…쿠쿠쿠! 걱정 마라. 네놈이 어디에 있든 우린 반드시 찾아갈 것이다."

"감히 나의 부하들을 죽여놓고 도망갈 수 있다 생각하느냐?"

이유강은 다시 광마삼식을 펼치려 내공을 끌어올렸다. 한데 그 순간 괴물의 전신이 투명하게 변하더니 마치 꺼지듯 사라져 버렸다. 그리고는 기척을 다시 찾을 수가 없었다. 이유강은 주위를 살피다 허탈한 표정을 지었다.

"괴이한 무공이군."

서문소혜가 인상을 찌푸리며 다가왔다.

"정파에서 서장 밀교와 손을 잡다니 실로 이례적인 일이에요."

"밀교에 대해 잘 알고 있는 것 같군."

"네. 상대하기 까다로운 자들이라 본 교에서도 꺼려하는 세력이죠. 최근 몇백 년간 세상에 나오지 않았는데 정파와 손을 잡고 본 교에 대항을 하다니, 빨리 돌아가 총단에 알려야겠어요."

그때 홍염이 날아 내리며 외쳤다. 그녀는 내려서며 피를 왈칵 토했다.

"총군! 피하세요."

"총군, 속히 피하셔야 됩니다."

노파와 귀령 등도 다급한 표정으로 날아 내렸다. 그들 모두 심각한 부상을 입고 있었다. 서문소혜는 깜짝 놀라며 말했다. 적들이 기습해 온 지 불과 반 시진 정도가 지났을 뿐이었다.

"어찌 된 일인가요?"

"…속히 돌아가 총단에 알려야 합니다. 적들이 상상할 수 없이 강합니다. 저희들이 막을 테니 어서 피하세요."

"사호법……!"

서문소혜는 갈등의 표정을 지었다. 노파가 다그쳤다.

"어서요! 시간이 없습니다."

"일단… 배로 피해야겠어요."

서문소혜는 입술을 깨물며 말했다. 이유강은 고개를 끄덕이고는 서문소혜의 방으로 뛰어들어 가 혼절해 있는 철영을 들쳐 업었다. 사방에 쓰러져 있는 광마전사들의 시신이 눈에 들어왔다.

'백 명의 광마전사 중에 철영 너 혼자 남았구나. 내 이들의 시신조
차 수습하지 못하고 가야 하다니.'

이유강은 씁쓸한 표정으로 시신들을 쳐다보다 신형을 날렸다.

포구는 가까운 곳에 있었다. 한데 이곳에도 천여 명의 정파 무사들
이 진을 치고 있었다. 이유강은 그곳에서 낯익은 여인을 발견했다.

'제갈수연……!'

제갈수연 역시 놀라는 표정을 지었다. 이유강은 내심 반가운 마음이
들었으나 이 와중에 아는 척할 수는 없었다. 지금은 그녀가 펴놓은 진
을 뚫고 탈출해야 하는 것이다.

'제길, 기묘한 인연이로군.'

제갈수연의 얼굴을 보자 뭔가 씁쓸한 마음이 들었다. 그녀는 충격을
받은 표정으로 이유강을 쳐다보고 있었다. 이유강은 고개를 돌렸다.

'다음에 만날 기회가 있겠지.'

서문소혜의 뒤를 따르는 마교의 무사들은 귀풍조, 야풍조, 아수조의
생존자들로 도합 이백이 되지 않았다. 이유강은 서문소혜를 향해 외쳤
다.

"총군, 정면 승부는 불가하오! 단번에 기습하여 포구 맨 우측의 선박
에 승선해야 하오. 나머지는 내게 맡기시오."

맨 우측 선박은 흑골대함이었다. 이유강은 환물 괴어들을 흑골대함
밑에 이동시켜 놓았다. 이해할 수 없는 제의였으나 서문소혜는 고개를
끄덕였다.

"이 대인님을 믿겠어요."

그리고는 큰 소리로 외쳤다.

"전력을 다해 모두 포구 맨 우측 배에 승선하라!"

"존명!"

마교의 무사들은 흑골대함을 향해 우르르 달려갔다. 포구를 지키던 정파의 무사들은 이를 저지하기 위해 달려나왔다. 그때 갑자기 포구에 묶여 있던 마교의 빈 선박 한 척이 허공으로 떠오르더니 정파 무사들이 달려나오는 앞의 공간으로 날아왔다.

"으아아! 피해라!"

"배가 날아온다!"

거대한 배가 날아오자 달려나오던 정파 무사들이 기겁을 하며 멈춰 섰다. 물론 달려나가던 마교의 무사들도 급정지하며 물러났다.

콰아앙! 콰콰쾅!

배는 부서져 산산조각이 났고 파편이 사방으로 튀었다.

"……."

"……!"

사방이 갑자기 조용해졌다. 이해할 수 없는 황당한 일이 벌어진지라 모두들 말을 잊은 듯했다.

촤아아아!

그때 포구의 물이 파도치며 거대한 괴물이 일어났다. 광룡이었다.

"…허억!"

"…헉!"

광룡의 무시무시한 기세에 근처에 군집해 있던 정파 무사들은 기겁하며 뒷걸음질쳤다.

까아아아아아!

광룡은 크게 울부짖으며 지면을 향해 발을 세차게 굴렀다.

쿠웅! 쿠웅! 쿠웅……!

거대한 충격에 지면이 흔들렸고 광룡이 걸어오는 방향에 있던 정파의 무사들은 피하기에 급급했다. 그때 이유강이 서문소혜에게 말했다.

"총군, 속히 부하들에게 배에 오르도록 명하시오."

"……아!"

서문소혜 역시 겁에 질린 표정이었으나 급히 소리쳤다.

"모두 빨리 배에 오르라!"

"…존명!"

마교의 무사들은 명에 의해 흑골대함을 향해 다시 몸을 날렸다. 그러자 다시 정파의 무사들이 이를 저지하기 위해 몰려왔다. 그러나 광룡으로 인해 천여 명 중 불과 일백여 명만이 달려나올 수 있었다. 마교의 무사들은 그들과 곧바로 접전이 벌어졌고 잠시 후 대략 백 수십여 명의 무사들이 흑골대함에 올라탈 수 있었다.

이유강 역시 배에 올라 곧바로 환물 괴어들을 이용해 흑골대함을 빠르게 바다로 이동시켰다.

까아아아아아!

광룡은 꼬리를 연신 휘둘렀고 그 꼬리 공격에 맞아 쓰러진 무사들이 수도 없었다. 흑골대함이 포구를 벗어남과 동시에 이유강은 광룡을 다시 바다로 잠수시켜 돌아오게 했다. 멍하니 자신을 쳐다보고 있는 제갈수연의 모습이 눈에 들어왔다.

'다음에 해명할 기회가 있겠지…….'

이유강은 씁쓸한 마음으로 그녀를 바라보다 고개를 돌렸다. 흑골대함은 빠른 속도로 항구를 벗어나고 있었다. 포구를 배회하던 카부 함대의 전함들은 보이지 않았다. 정파에서 이미 승기를 확신하고 그들로 하여금 철수하라 말했던 것 같았다.

흑골대함에는 비스트로와 푸앙, 항해사들과 선원들이 모두 승선해 있었다. 마교의 수많은 무사들이 거처할 곳을 구하거나 만들기도 쉽지 않았기에, 이들은 배에서 내리지 않고 대기하고 있었던 것이다.

잠시 후 이유강은 환물 괴어들을 멀리 이동시키고 항해사들과 선원들에게 항주를 향해 항해하라 명했다.

'…저것은!'

멀리 하늘에서 하나의 점이 보였다. 이유강은 그것을 보고 반색했다.

'오! 벌써 온 것인가. 생각보다 가까이에 있었군.'

비혼을 태우고 오는 환물 비조였다. 이유강은 비혼을 배에 내리게 하려다 문득 생각을 바꿨다.

푸득푸득.

환물 비조는 포구를 향해 날아갔다. 포구에는 아직 정파 무사들이 모여 있었다. 이유강은 주위를 둘러보다 포구 뒤쪽의 커다란 산을 향해 환물 비조를 날아가게 했다.

'저곳이 적당하겠군.'

제법 험준한 절벽 가운데 위치한 작은 동혈이 눈에 띄어 환물 비조를 그곳에 들어가게 했다.

'비혼, 너는 당분간 그곳에서 대기해야겠다.'

第二十七章
소저에게 청혼할 생각이오

하루가 지났다. 철영은 이유강의 치료에 의해 깨어났고 침상에 누워 있었다. 이유강은 갑판으로 나왔다.

'마교와 정파의 싸움에 애꿎은 광마전사들을 잃었구나. 그들의 죽음을 무엇으로 보상해야 한단 말인가.'

마음이 착잡했다. 마교의 정예 육천 명이 그토록 어이없이 당할 줄은 미처 예상하지 못했던 것이다. 특히, 마교에서도 꺼림칙하게 생각한다는 서장 밀교의 고수들이 등장한 것이다.

'서장 밀교! 생각 같아서는 모두 박살을 내고 싶지만……'

이유강은 무겁게 고개를 저었다.

'그것은 오히려 마교를 돕는 것이 될 것이다.'

분노의 감정을 참기 힘들었으나 솟구치는 감정대로 행동할 때가 아니었다.

'어찌 되었든 마교로서는 이번의 패배로 인해 자존심이 크게 상했을 것이니 서장에 피바람이 몰아치겠군.'

마교의 진정한 주력들이 조만간 파견될 것이 분명했다.

'서장 밀교의 환술을 상대하려면 아무래도 고루마존의 혈강시라는 것이 적당하겠지.'

마교에서는 서장 밀교의 환술을 상대하기 위해 십대마존 중의 고루마존이나 사야마존 같은 인물들이 나설 것이다. 사야마존은 일명 사존(邪尊)이라고도 불리는데 온갖 사술(邪術)과 기환술(奇幻術)에 능통하다고 알려져 있었다. 특히 고루마존의 혈강시는 악마공자의 혈겁 때 환물들을 모조리 박살 낸 마물이었다.

'그것들이 어떤 것들인지 비혼을 통해 모두 지켜봐야겠군.'

비혼을 서장에 남겨둔 이유가 바로 이것이었다. 동시에 서장무림의 동향도 파악할 필요가 있었다. 그때 누군가 다가와 말했다.

"무슨 생각을 하세요?"

서문소혜였다. 그녀는 다소 우울해 보였다. 마교의 무사들이 거의 전멸한 상태에서 도주하는 중이니 마음이 편할 리가 없을 것이다. 이유강은 말했다.

"그냥 바람 좀 쐬고 있었소."

"오라버니께 물어볼 게 있어요."

"말해 보시오."

"편하게 얘기하세요. 우린 친구가 아닌가요?"

서문소혜는 서운한 듯 말했다. 이유강은 웃었다.

"그렇지. 혜매, 무엇이 궁금한지 말해 봐라."

"다름 아니라 그 괴물… 말이에요."

서문소혜는 두 눈을 크게 뜨고 이유강의 표정을 살피며 말을 이었다.

"오라버니께서 조종하신 거 알고 있어요."

"…어찌 그리 생각하는 것이지?"

"일전에 오라버니 혼자 카부 함대를 쫓아 나설 때 저 역시 걱정되는 마음에 뒤를 따랐죠. 그때 멀리서 그 괴물을 보았어요."

"음……."

서문소혜는 확신하는 표정이었다.

"그때는 혹시나 했는데, 어제 그 괴물이 또 나타난 것을 보고 확연히 깨달았어요. 대체 그것은 무엇인가요?"

"광룡을 말하는 것 같군."

이유강은 담담히 말했다. 그러자 서문소혜는 미소를 지었다.

"광룡! 역시 그렇군요. 이 배가 가끔 빨리 움직인 것도 그 광룡 덕분인가요?"

"…그것들은 따로 있다. 물고기 모양의 괴물들이지."

"제게 보여줄 수 있나요?"

서문소혜는 매우 호기심 어린 표정으로 간절히 쳐다보고 있었다. 이유강은 피식 웃으며 말했다.

"이 사실을 그 누구에게도 발설하면 안 된다."

"물론이에요. 걱정하지 마세요."

"이럴 때 보면 혜매도 어린아이 같군."

"보통 때는 제가 어땠는데요?"

서문소혜는 뭔가 기대 어린 눈빛으로 물었다.

"매우 싸늘하고 도도해 보였지."

"그랬군요."

서문소혜는 약간 실망하는 표정으로 고개를 끄덕이더니 말했다.

"어쨌든 그 물고기 괴물을 보여주세요."

"저쪽에 있군."

서문소혜는 이유강이 가리키는 방향을 쳐다봤다. 그곳에 커다란 물고기 한 마리가 물에서 도약했다가 다시 풍덩 사라졌다. 이어서 십여 마리의 물고기들이 연이어 도약했다가 물속으로 사라졌다.

"아! 멋지군요."

서문소혜는 감탄사를 발했다. 그때 환물 괴어 한 마리가 입에 있던 뭔가를 휙하고 이유강을 향해 던졌다. 제법 커다랗고 살이 오른 물고기였다. 이유강은 푸득거리는 물고기를 손에 들고는 멀찍이서 이쪽을 바라보고 있는 비스트로를 향해 던졌다.

"비스트로, 저녁에 좋은 요리를 부탁한다."

"하하. 싱싱하군요. 기대하십시오."

비스트로는 물고기를 받아 들고 미소 지었다.

임수아는 화구를 챙겨 집 밖으로 나왔다. 육선에게 미리 통보를 했기에 울타리 앞에는 장칠을 비롯한 호위무사들이 서 있었고 마차도 준비되어 있었다. 장칠이 하얗게 빛나는 구아와 비아를 신기한 듯 쳐다보며 말했다.

"아가씨, 마차에 오르십시오."

"네."

임수아는 마차에 오르며 돌쇠를 마부석 한쪽에 앉게 했다. 구아와 비아는 그녀를 따라 마차 안으로 들어왔다. 장칠이 힘차게 말을 채찍질했다.

"이랴!"

다가닥! 다가닥!

마차는 출발했고 임수아는 창문 밖으로 펼쳐지는 풍경을 바라보았다. 지난번 서호 외출 이후 처음 하는 외출이었다. 그동안 거의 집에 틀어박혀 뭔가를 만드느라 정신이 없었던 것이다.

환물총요에 있던 특이한 방식으로 환물을 만들었을 때 그 환물에게 치유의 능력이 있음을 알게 된 후 뭔가 영감을 얻어 시도를 했는데 무려 수백 번의 실패를 하고도 만족할 만한 결과를 얻을 수가 없었다.

"휴우. 너무 신경 썼더니 골치가 아프구나. 호수를 보면 좀 나아지려나."

임수아는 품속에서 자그마한 팔찌 두 개를 꺼냈다. 붉은 봉황의 모양이 세밀하게 음각된 예쁜 팔찌였다. 지난 한 달 동안 이것을 만드느라 두문불출했던 것이다.

겉으로 보기에는 그저 평범한 팔찌처럼 보이지만 이 팔찌들에는 특별한 능력이 있었다. 팔찌를 착용한 사람이 부상을 입었을 경우 그 상처를 치료해 주는 것이었다. 그러나 오직 한 번만 사용할 수 있었다. 한 번 사용하면 부서지고 마는 것이다.

"영구적으로 사용할 수 있다면 매우 유용할 텐데…… 겨우 한 번 사용하면 부서져 버리니 답답하구나.”

완벽하게 만들어 이유강이 오면 보여주고 싶었건만 생각대로 쉽게
되지 않았다.

“쓸데없는 것을 만들었다고 비웃으실지도 몰라.”

아무래도 그냥 보여주지 않는 것이 좋을 것 같다는 생각이 들었다.

“그래. 나중에 성공하게 되면 그때 보여 드리는 게 좋겠지.”

임수아는 팔찌들을 품속에 집어넣었다.

잠시 후 마차는 서호에 도착했다. 장칠의 목소리가 들렸다.

“아가씨, 도착했습니다요.”

“네.”

임수아는 구아와 비아와 함께 마차에서 내려 그림을 그릴 만한 적절
한 장소를 찾았다. 지난번처럼 한적한 곳에 전망이 좋은 언덕이 보였
다.

“저곳에서 있을게요.”

“예, 아가씨. 저희들은 이곳에서 기다리겠습니다.”

임수아는 고개를 끄덕이고는 돌쇠에게 화구를 들게 해 언덕 위로 올
라갔다. 언덕은 꽤 높아 올라와 보니 지난번보다 전망이 훨씬 좋았다.
호수에서 시원한 바람이 불어왔다.

“역시 나오기를 잘했구나. 머리가 맑아지는 것 같아.”

임수아는 미소를 지었다.

“어찌 이리 오랜만에 나오셨소.”

“……!”

임수아는 갑자기 뒤에서 들린 음성에 깜짝 놀라 고개를 돌렸다. 그

곳에는 머리에 죽립을 쓴 사내가 서 있었다. 사내는 죽립을 벗고 정중히 말했다.

"놀라지 마시오. 나요, 도상."

"…당신은!"

그러고 보니 일전에 구아와 비아가 번갈아가며 치료해 줬던 도상이라는 청년이었다. 도상은 뭔가 쫓기는 듯 조급해했던 그때와는 달리 지금은 상당히 여유로워 보였다. 임수아는 고개를 끄덕였다.

"오랜만이군요."

"하하, 요 며칠 동안 계속 이곳에 나와 있었소. 소저께서 언제 나오시나 하고 말이오."

도상은 호쾌하게 웃었다. 임수아는 의아한 표정으로 물었다.

"어찌 저를 기다리셨나요?"

"…소저께 지난번 큰 도움을 받았는데 내 어찌 그 은혜를 잊을 수 있겠소."

"보답을 바라고 한 것이 아니니 신경 쓰지 마세요. 그때 문제는 잘 해결되셨나 보죠?"

그러자 도상은 걱정 말라는 듯 자신있는 표정으로 말했다.

"물론이오. 그들은 지금 내가 하북에 있는 것으로 알 것이오."

"네……?"

"하하하, 그런 게 있소. 아무튼 임 소저께 무엇인가 보답하고 싶으니 뭐든 원하는 것을 말해 보시오."

"괜찮아요."

임수아는 고개를 저었다. 그러자 도상이 품속에서 얇은 책자 하나를 꺼내 건넸다.

"임 소저는 내게 있어 생명의 은인이오. 이것을 받으시오."

"…무슨 책인가요?"

임수아는 도상이 내민 책을 받으며 물었다. 원래 독서를 좋아하는 터라 새로운 책이라면 관심이 갔던 것이다. 도상은 임수아가 책을 받아 들자 만족한 듯 미소 지었다.

"간단한 경신술이 적힌 책이오. 심심할 때 읽어보시고 가능하다면 천천히 익혀보시는 것도 좋을 것이오."

"무공비급인가요?"

"비급이랄 것도 없소. 그냥 흔한 경신술이니 부담 갖지 마시오."

임수아는 책을 살펴보았다. 제목은 제황천풍신법(帝黃天風身法)이라고 적혀 있었다. 임수아는 호기심 어린 표정을 지었다.

"이름이 꽤 멋지군요."

"그럴 것이오."

"정말로 이것을 제게 주시는 것인가요? 저는 사실 무공에 대해서는 아무것도 몰라요."

"하하, 상관없소. 이제 나는 매우 먼 길을 가야 하오. 아마 살아 돌아오기 힘들 것 같소. 그러니 내게 더 이상 그 책은 필요없소."

도상은 조금 허탈한 표정으로 말했다. 임수아는 눈물을 글썽였다.

"…어디로 가시기에?"

"일단은 서장으로 가야 하오."

"서장이라면……?"

임수아는 놀라는 표정을 지었다.

"왜 그러시오?"

"제가 아는 분도 지금 서장에 가셨거든요."

"오, 그렇소? 그곳은 매우 먼 곳인데……."

"네. 무척 멀겠지요. 부디 조심하세요."

임수아는 걱정스러운 표정으로 말했다. 도상은 고개를 끄덕이고는 진지한 표정으로 말했다.

"감사하오. 만일 내가 살아 돌아온다면 소저를 꼭 찾겠소."

"무슨 말이신지……."

"소저에게 청혼할 생각이오."

"…어찌 그런 말을."

그 말에 임수아는 당혹스런 표정을 지었다. 도상은 강렬한 눈빛으로 임수아를 쳐다봤다.

"처음 보았을 때부터 소저를 마음에 두고 있었소. 나를 기다려 주겠소?"

"…말씀은 감사하나 제겐 이미 마음에 두고 있는 분이 있어요. 죄송해요."

"아……!"

도상은 매우 실망하는 표정을 지었다.

"그렇다면 어쩔 수 없구려. 나는 이만 가보겠소. 부디 행복하시오."

"…잠깐만요!"

도상이 돌아서려 하자 임수아는 그를 불렀다. 그녀는 품속에서 팔찌 두 개를 꺼내 도상에게 건넸다.

"받으세요."

“이것을 어찌?”

“팔찌를 양쪽 손목에 하나씩 차세요. 부상이 매우 심해 생명이 위험할 경우 팔찌 두 개를 서로 맞대고 잠시 기다리시면 몸이 완전히 회복될 것이에요.”

“오오……!”

도상은 매우 놀라는 표정을 지었다.

“그러나 단 한 번밖에 사용할 수 없으니 신중하게 사용하세요. 부디 원하시는 일 꼭 이루세요.”

“어찌 이런 귀한 것을 받을 수 있단 말이오.”

도상이 받지 않으려 했으나 임수아는 그의 손에 팔찌를 쥐어주었다.

“제겐 필요없는 물건이에요.”

“…고맙소. 이 은혜를 잊지 않겠소.”

도상은 정중히 포권을 하고는 팔찌를 양 손목에 찼다.

“그럼 이만 가보겠소. 부디 행복하시오.”

“네. 무사하시길 바랄게요.”

도상은 고개를 끄덕이고는 신형을 돌렸다 싶은 순간 그의 몸이 십여 장 밖에 있었고 마치 땅에서 꺼지듯 사라져 버렸다.

“……!”

임수아는 잠시 멍하니 그가 사라진 곳을 쳐다봤다. 그러다 이내 호수를 향해 시선을 돌린 후 그림을 그리기 시작했다.

스윽. 슥. 스윽!

그림이 완성되기까지는 대략 한나절의 시간이 소요되었다. 임수아는 완성된 그림을 담담히 바라보았다. 색을 넣지는 않았으나 그림 속의 하늘과 호수는 푸른빛을 띠었다. 호수를 거니는 사람들과 바람에 흔들리는 수풀들. 지저귀며 자유롭게 날아다니는 새들과 물속을 헤엄치는 물고기들의 모습도 보였다. 실제로 보이는 모든 풍경이 생생하게 종이 위에 펼쳐져 있었다. 살아 움직이는 그림은 마치 또 하나의 세계를 보는 것 같았다.

"이것에 무언가를 더할 수 있을 것도 같은데 도무지 알 수가 없구나."

이전부터 떠오른 영감이 하나 있는데 너무 허무맹랑한 일인 것 같기도 했다. 임수아는 한동안 고민하다 피식 웃으며 고개를 저었다.

"어쨌든 오늘 그림은 무척 마음에 드는구나. 대인께 드리면 기뻐하시겠지."

임수아는 돌아가기 위해 화구를 정리했다. 그때 장칠이 뛰어올라 오며 소리쳤다.

"아가씨, 대인께서 지금 장원으로 돌아오셨다고 합니다요!"

"…정말인가요?"

"예. 방금 연락이 왔습니다요. 아가씨께선 언제쯤 돌아가실 것인지요?"

"아, 그림은 모두 그렸어요. 지금 돌아가요."

임수아는 화구를 챙겨 마차에 올라탔다.

〈제3권 끝〉